追忆梁启超

追忆与铭记

贾鸿昇 编

泰山出版社 · 济南 ·

图书在版编目（CIP）数据

追忆梁启超 / 贾鸿昇编 .— 济南：泰山出版社，2021.10

ISBN 978-7-5519-0671-5

Ⅰ.①追… Ⅱ.①贾… Ⅲ.①传记文学—中国—当代 Ⅳ.① I25

中国版本图书馆 CIP 数据核字（2021）第 211573 号

ZHUIYI LIANG QICHAO

追忆梁启超

编　　者　贾鸿昇
责任编辑　徐甲第
特约编辑　史俊南
装帧设计　观止堂 _ 未　氓

出版发行　泰山出版社
　　社　　址　济南市泺源大街 2 号　邮编　250014
　　电　　话　综　合　部（0531）82023579　82022566
　　　　　　　市场营销部（0531）82025510　82020455
　　网　　址　www.tscbs.com
　　电子信箱　tscbs@sohu.com
印　　刷　天津画中画印刷有限公司
成品尺寸　155 毫米 ×230 毫米　16 开
印　　张　22.25
字　　数　250 千字
版　　次　2022 年 2 月第 1 版
印　　次　2022 年 2 月第 1 次印刷
标准书号　ISBN 978-7-5519-0671-5
定　　价　65.00 元

凡　例

一、将原书繁体竖排改为简体横排，并参照不同版本，订正书中明显的错讹。

二、原则上保留原著作中出现的外国人名、地名等的旧式译法，订正个别极易引起歧义的译法。

三、不改变原书体例，酌情删改个别表述不规范的篇章或文字。

四、原书中文字尽量尊重原著，通假字及当时习惯用法（如“他”“她”不分，“的”“地”“得”不分）而与现在用法不同者，一般不做改动。人名、字号、地名、书名等专有名词，酌情保留繁体和异体字形。

五、参照现行出版规范，对原书中标点符号进行适当修改，新中国成立后的日期等情况统一采用公元纪年法表示。

目 录

contents

梁启超小传

梁启勋

梁启超，字卓如，号任公，广东新会人。年十六，入学海堂为正科生。十九入万木草堂。甲午以后，加入国事运动。年廿四，创《时务报》于上海。翌年冬，主讲长沙时务学堂。年廿六，值戊戌政变，走日本。又二年，自檀香山赴唐才常汉口之役，抵沪而事败，避地澳洲，旋适日本。四十岁，始归国，参与民国新政。洪宪及复辟两役，奔走反抗甚力。欧战起，主张加入协约国。年四十六，漫游欧洲。翌年东归，萃精力于讲学著述。卒于民国十八年己巳，溯生于同治十二年癸酉，得年五十六。乙亥冬，启勋谨记。

《饮冰室合集》，中华书局 1936 年 1 月版

病院笔记

梁启勋

今日为四月十二日，任兄出协和，在院凡三十五日，彼之病至此遂告一结束，余得而论次之矣。平心而论，余实不能认为协和医生之成功，只能谓之为束手。质而言之，即世界之医学，仍甚幼稚而已。科学万能，或为千百年后之事实，但必不在现代耳。

剖治之当日，力舒东谓余曰：下午五时许，当可将割出之腰肾查得其病情矣。五时半，余在协和见刘瑞恒，询以此事，彼云该更历两日，后数日余再问之，答亦如前。此后余亦不复问，盖问之亟，彼亦何尝不可用自己之理想造一方案以相告，所望宿病既除，从此健康耳。即不然，则已覆之甑，顾亦何益。后再历十余日，余见该院医生之举动诡异，于心窃有所疑，乃复追求其故，始知割后二十余日，尿中依然带血也。剖治时余未参观，但据力舒东之言，则当腰肾割出时，环视诸人皆愕然。力与刘作一谐语曰："非把他人之肾错割乎？"刘曰："分明从右胁剖开，取出者当然是右肾，焉得有错。"乃相视而笑。力又云，作副手之美国大夫，亦发一简单之语曰："吾生平所未之见也。"以此证之，则取出之肾，颜色与形状，一如常人，绝无怪异可知。继乃将此肾中剖之，则见中有一黑点，大如樱桃，即从照片上所见，疑以为瘤者，即此物也。未入协和之先，用牛七、杜仲之吴桃三，谓此病非急症，任其流血二三十年，亦无所不可。入院之后，医生谓已发见得有贫血之象征，身上之白血轮，较于常人，已少却五分之一，不亟治，则将成一人造之贫血症，而日就衰弱也。迨既割而血仍不止，病源亦复不可得，遂令余等得闻一新颖之名词，谓此乃“无理由之出血症”，与流鼻血略相似，任其流二三十年亦不相干。计人之流鼻血，或以血热，或以虚弱，或以震动，固各自有其理由。且血既不应出而出，当然是病的状态，天下岂有无理由之病，或公等未知其理由耳。且初入院时，谓血轮已少却五分之一，不亟治，将即死。今则日，此等无理由之出血，流二三十年亦无伤。前何所见而后何所据，自相矛盾，一至于此。辛苦数十日，牺牲身体上之一机件，所得之结果，乃仅与中医之论断相同耶。中医之理想，虽不足以服病人，然西医之武断，亦岂可以服中医。总而言之，同是幼稚而已。

至于任兄之性情，亦复不可思议。得病已经年，家人劝彼就医，答曰“费事”，劝彼就瓶而溺，俾得交医生检查，答曰“费事”，如是不下数十次。迨未入协和之前一日，彼由清华来，余见其颜色有异，议论反常。后乃知其忽自疑为癌 Cancer，盖前年嫂氏之丧，乃膺此疾，故成惊弓之鸟，无端而自疑曰癌也癌也。余与彼为兄弟数十年，从未闻其作一颓唐语，今乃大异。因即促之入院再受检查，以安其心。日前在德医院，余之所以不愿其再查者，因见克礼似无甚把握，又见受蒙药时太辛苦耳。今彼之神经，若是其过敏，吾恐所受之刺激，必较甚于蒙药，乃毅然促其入协和。计彼得病以至于今，初则极端的不措意，一措意又复极端，此彼之所以为彼也。

至于刘瑞恒，以手术论，不能不谓为高明。割后绝不发热，且平复速而完好，虽则病人身体之强健，医生认为有异于常人，然亦良工也。但余颇嫌其年尚轻而任事未久，似觉炉火未纯。任兄之病必非癌，虽自非医生，亦可以想象而得。若癌已蔓延至于压逼肾脏而使之出血，更历一年，而犹不感受痛苦，天下岂有此等便宜事。后以此问诸医学者，亦皆谓然。且谓若为癌也，四个月即感苦痛，压迫内脏之后，不两月即当死。此等道理，刘瑞恒岂能不知。迨检查后，谓病在右肾，越一日，余问刘曰："必非癌乎？"盖病人所最不放心者以此，家族亦因之而不放心，理之常也。而刘答曰："不一定不是癌。"余又问将以何法治之？答曰："全部割去。"医生而故作惊人语，似不应该，且未经剖视，即照片上亦未觉其变形，岂能遽断为必须全部割去？不太莽耶？试观后来彼等讨论治法之日，外科主任之所以答余问，何等周挚，彼即作刘副手之美国人也。闻此公乃一极有名之外科，未施手术之先，院中人有为余相庆者，谓此大夫两月后即返美国，君家之机会佳哉。今刘亦并未尝因手术之不良而生变，则最好亦不过如是耳，更无问题矣。但美大夫既诧割出之肾无异状，似以为不应因此而出血，设当日以彼主其事，是否竟毅然去之，不能无疑。今果已证明病源之不在此矣，此肾之被弃，能无冤乎。医生之言曰，左右肾之来管本相同，中道而分为二，又复合为一管以入膀胱，二者同是排泄器，无异职也。所以如此组织者，乃上帝之美术的观念，觉得分左右列，较为整齐而已。此滑稽之言也。

今幸而左肾之排泄功能，绝无障碍，则亦不必追悔矣。

计刘之所之越俎而动者，乃徇任兄之请；任兄之所以请刘动手者，乃国际观念，谓余之病疗于中国学者之手，国之光也。一旦感情冲动，遂不惜以身试法，亦奇矣。任兄乃最富于情感之人，此亦彼之所以为彼也。

1926 年 5 月 29 日《晨报副镌》

病床日记

梁启勋

任公于四年前，即患小便出血症，当时因在清华讲学，城内各校时有定期讲演，异常忙碌；加以其夫人病体沉重，不可救治，任公以此种种关系，未暇医治。及其夫人病殁之后，任公失偶，情极难堪，仍在清华讲学如常，亦借此寄托，以过其难堪之日月也。其小便出血之症，由此愈剧。友人有劝其就医者，因先入德国医院，由克里大夫检查，结果不能断定病原所在。因改入协和医院，由协和泌尿科诸医检验，谓右肾有黑点，血由右边出，即断定右肾为小便出血之原因。任公向来笃信科学，其治学之道，亦无不以科学方法从事研究，故对西洋医学向极笃信，毅然一任协和处置。其友人中有劝其赴欧美就名医诊治者，有劝其不必割治，辞却一切事务专心调养者，有劝其别延中医，谓有某人亦同患此病，曾服某中医之药而见痊者，众论纷歧，莫衷一是。而任公微笑曰："协和为东方设备最完全之医院，余既信任之，不必多疑。"及右肾割去后，小便出血之症并未见轻，稍用心即复发，不用心时便血亦稍减。二三年来精神体力已大不如从前，时到协和打血针，约一个月一次，此法以生人之血补其血分之不足，打针后元气稍复。而任公因著述方面未完之工作甚多，虽友朋切劝而思潮时起，欲理旧业，仍不能绝对停止。近数月来，专以词曲自遣，拟撰一《辛稼轩年谱》。去年九月中因痔疾复发，未能脱稿，即来平，入协和割治，服泻药二星期之久，稍见轻。在院中仍托人觅关于辛稼轩材料，忽得《信州府志》等书数类，狂喜携书出院，痔疾并未见好，即驰回天津，仍带泻药到津服用。拟一面服泻药，一面继续《辛稼轩年谱》之著作。未及数日，即发微热，延日医田川氏诊治未见有效，热度不稍退，体气渐就衰弱，在津寓约四五十日，衰弱日甚，渐至舌强神昏，几至不起。去年十一月二十七日，乃弟仲策（启勋）到津视疾，遂偕至平入协和医院诊治。经该校教授柏格兰发见痰内有毒菌，在肺部及左肋之间。此病在美国威士康辛地方有三人曾罹此病，其一已死，其一治愈，一人尚医治中。在病原未发见以前，任公以其病不治，亲嘱家人以其尸身剖验，务求病原之所在，以供医学界之参考。一月十一日任公拟预备自祝六十岁寿，请其友人作文百篇，请林宰平作关于任公之佛学研究，罗复庵作任公书法。一月十五日病势垂危，至临终时，无一语遗嘱云云。

1929 年 1 月 21 日《大公报》

戊戌前后康、梁史料补遗

梁启勋

一八九五年，“公车上书”失败后，北京松筠庵的保国会亦被查封。康有为就到桂林讲学去了。

一八九六年，梁启超到上海办起了《时务报》。《时务报》出版后风行一时。那时湖南巡抚陈宝箴、臬台黄遵宪，要在长沙办一个学堂，请梁启超去当校长。

恰在这时，钱塘县知县吴小村先生（四川达县人）打算在西湖找一个地方，买上千百元的书，把梁启超“关”在那里，再请一个英文教员、一个德文教员教他；让万木草堂的高才生麦孟华和我——他的兄弟陪伴他。需要什么书或其他用物，由我随时代买。吴先生准备把他“关”五年再放出来。

为梁启超的去处，黄遵宪同吴小村激烈地辩论了半年之久。黄遵宪认为：甲午战败，国势危急，《时务报》的影响很大，应该让梁启超出来搞政治活动。吴则主张说，梁启超不过一个二十四岁的青年，学问还没有大成就，让他出来搞政治岂不是害了他？还是让他学一两种欧洲文，对他的学问帮助大。争论的结果，黄遵宪胜利了。一八九六年冬，梁启超到长沙办时务学堂。假如吴小村先生的主张实现，则戊戌维新运动可能不会有梁启超参加了。

一八九八年戊戌变法失败后，政局紧张。维新党人提议康有为离开北京。康乃于九月中旬出京。同人计算康之行程仍在中途，未到香港，梁启超于是到日本使馆请求援康。日本公使说："保护政治犯是国际法规定，是我们的义务。只要在可能范围内，无不尽力。"梁听说，即欲告辞。日本公使说："你还能出去吗？"梁说："政府所痛恨的就是康有为，我们其他人无所谓。"日本公使说："错了，据我所闻，这回政府对于维新党人要一网打尽，你暂在这里听消息吧。"一会儿，谭嗣同也来了，目的与梁同。日公使一样地阻拦他告退，梁亦劝他稍留。谭说："我与你不同，理由是：一、大概往后这十年八年，国内没有我们的立足地。逃亡的话，华侨多是广东人，我既不能讲英语，又不会粤语，一切活动能力都消失了，成为废料；二、我父亲在官，我跑了，一定株连家属；三、我有肺病，寿命不会很长了；四、世界史先例，政体转变，无不流血，让我来做个领头人吧。你该逃生，我则待死。"说完，和梁一拥抱，扬长而去。那时他的父亲谭继洵是湖北巡抚。

一八九八年九月二十一日，清廷开始逮捕维新党人，"六君子"入狱。九月二十八日，六人死于菜市口，刚毅为监斩官。行刑之前几分钟，谭嗣同还教训了他一顿。

康有为在沪港航程中，被一条英国兵船接往香港了。

梁启超在日本使馆，日本人为之剪发易服，随后送往天津日本领事馆。再由一武官陪同，用一小舢板送他前往停在塘沽之日本商轮。中国官方得到了他逃跑的消息。杨以德乘一条小轮船追他。舢板哪能逃脱得了？杨指着梁问日本武官："这是谁？"那武官回答："是我的学生。"又问："你们到哪里去？"回答："往塘沽打野鸭子。"杨让他们回天津说话，即用一根绳子把小舢板绑在小轮上往回拖。时值退潮，逆流而上，行船十分艰难。日本人对杨说："你真笨，往下驶一点就是塘沽，到塘沽搭火车回天津多好？"杨一想，也对，乃令小轮向塘沽方向行驶。当时，有一条日本兵船驻防在塘沽。日本武官远远望见兵船，即打了一个信号，兵船开动警戒，迫令小轮停驶。梁启超和日本武官上了兵船。梁就这样跑到东京去了。后又自日本往檀香山活动。

以后，万木草堂弟子分头出发，往南洋各地活动。华侨踊跃捐献经费。国内汉口、广州继续进行秘密工作。议决汉口先举事，请梁回国以资号召。梁自檀香山搭轮船回上海，因途中船上死一传染病人，船在长崎港外停了四日进行消毒。梁至上海，汉口失败之消息已传来。牺牲了一名健将唐才常，与唐同死者有湖南时务学堂学生二十余人。广州之举亦停。梁转澳洲活动。时一九〇〇年夏。

《文史资料选辑》第108辑，中国文史出版社1986年12月版

《艺蘅馆词选》自序

梁令娴

令娴校课之暇，每嗜音乐，喜吟咏，间伊优学为倚声。家大人谓是性情所寄，弗之禁也。既而麦蜕弇世丈东游，主吾家者数月，旦夕奉手从受业。丈既授以中外史乘掌故之概，暇辄从问文学源流正变，丈谆谆诲不倦。令娴家中颇有藏书，比年以来，尽读所有词家专集若选本，手钞资讽诵，殆二千首，乞丈更为甄别去取，得如干首。同学数辈展转乞传钞，不胜其扰，乃付剞劂，聊用自娱。夫选家之业，自古为难。稚齿谫学如令娴，安敢率尔从事。顾词之为道，自唐讫今千余年，在本国文学界中，几于以附庸蔚为大国，作者无虑数千家。专集固不可得悉读，选本则自《花间集》《乐府雅词》《阳春白雪》《绝妙好词》《草堂诗余》等，皆断代取材，末由尽正变之轨。近世朱竹垞氏网罗百代，泐为《词综》，王德甫氏继之，可谓极兹事之伟观；然苦于浩瀚，使学子有望洋之叹。若张皋文氏之《词选》，周止庵氏之《宋四家词选》，精粹盖前无古人；然引绳批根，或病太严，主奴之见，亮所不免。令娴兹编，斟酌于繁简之间，麦丈谓以校朱、王、张、周四氏，盖有一节之长云。抑令娴闻诸家大人曰：凡诗歌之文学，以能入乐为贵。在吾国古代有然，在泰西诸国亦靡不然。以入乐论，则长短句最便。故吾国韵文，由四言而五七言，由五七言而长短句，实进代之轨辙使然也。诗与乐离，盖数百年矣。近今西风沾被，乐之一科，渐复占教育界一重要之位置，而国乐独立之一问题，士夫间莫或厝意。后有作者，就词曲而改良之，斯其选也。然则兹编之作，其亦可以免玩物丧志之诮欤！戊申八月新会梁令娴。

《艺蘅馆词选》，1908 年 8 月印本

《梁任公先生演说集》序

张君劢

维民国纪元十月二十日，新会梁先生归自海外，莅于都门。盖先生之去国十有五年矣，于是先生旧时朋好与常所从游之士，及想望先生言语丰采以一接奉为幸者，自政客、学子、新闻记者以至于宗教家、工商业之徒，咸相与谋曰：方今国家新造，内忧外患，为日岌岌，举国蒙昧，日奔走叫号，莫知所适从。求蓄道德，能文章，博通古今中外治乱得失之故，知根本大计者，惟梁先生。梁先生归，吾曹不可不有所闻，用断难决疑。乃退而各召其徒，排日择广场置酒高会，会者数百人或数千人，咸屏息听梁先生。先生每演说，恒数万言，言各不同，若深博无涯涘，要皆有精义，根据于学理，切中时事窾要。意气声容，恻怛悲壮，闻者舞蹈感泣，万态呈露，莫不各得其意以去。去而告人，人又莫不叹恨，以为不获闻梁先生言。嘉森与蓝君公武，实司记言之役，远近以书来索稿者日数十，计无以应。呜呼！何其感人之深耶？非其所学者富，所见者真，而所发于性情者挚耶？乃序而梓之，以餍国人。

中华民国元年十一月十日，宝山张嘉森

《梁任公先生演说集》第一辑，正蒙印书局1912年12月版

党人列传·梁启超

胡思敬

梁启超，字卓如，号任甫，广东新会举人。少从康有为受学，世传康门有超回、轶孟等号，超回即启超也。李端棻典试广东，奇其文，以女弟妻之。当《时务报》盛行，启超名重一时，士大夫爱其语言笔札之妙，争礼下之。自通都大邑，下至僻壤穷陬，无不知有新会梁氏者。及应聘入湖南主讲时务学堂，专阐发康门一家之学，倡议废拜跪，易服色，抑君权，伸民权。湖湘劬学之士，如皮锡瑞、樊锥、戴德诚等，皆为所惑。又訾本朝国用不足，为大貊小貊。上书巡抚陈宝箴，请保境独立，如窦融河西故事。宝箴大骇，梁鼎芬至诋为会匪，乃辞归。戊戌会试报罢，以徐致靖荐，赏六品冠服，领译书局。有为每有密谋，必与之再三筹画，倚之如左右手。及被逮诏下，两人隔绝不相闻，仓卒薙发改装，遁入东洋，仍借报纸鼓煽四方。其为人善变工揣摩，文章叙事条畅，突过其师，虽不可绳以义法，削去东西洋各国名词，亦自斐然可观。惜终身为有为所慑服，不能湔拔以底于成。或援前明李贽、国初金圣叹相比拟，殊不类。同时有林旭，少启超一岁，启超以弟畜之，亦师事有为。

《戊戌履霜录》卷四，南昌退庐1913年仲夏刊本

梁启超乙未会试被黜

胡思敬

科场会试四总裁，按中额多寡平均其数，各定取舍，畸零则定为公额。数百年相沿，遂成故事。乙未会试，徐桐为正总裁，启秀、李文田、唐景崇副之。文田讲西北舆地学，刺取自注《西游记》中语发策，举场莫知所自出，唯梁启超条对甚详。文田得启超卷，不知谁何，欲拔之而额已满。乃邀景崇共诣桐，求以公额处之。桐阅经艺，谨守御纂，凡牵引古义者，皆摈黜不录。启超二场书经艺，发明孔注多异说，桐恶之，遂靳公额不予。文田不敢争。景崇因自请撤去一卷，以启超补之。议已成矣。五鼓漏尽，桐致书景崇，言："顷所见粤东卷文字甚背绳尺，必非佳士，不可取；且文田袒庇同乡，不避嫌。"词甚厉。景崇以书示文田，文田默然。遂取启超卷，批其尾云："还君明珠双泪垂，恨不相逢未嫁时。"启超后创设《时务报》，乃痛诋科举。是科康有为卷亦文田所拔，廷试后不得馆选，渐萌异志。

《国闻备乘》卷一，南昌退庐 1924 年刊本

梁任公先生入桂纪行

黄　群

梁任公先生，应陆幹卿都督之请，入桂劳军。以三月四日发上海，距桂省独立前恰十日也。首涂时，随行者六人；及入桂境，则先生孑身耳。记者固随行之一人，中间亦分张，追先生入桂后数日，始得追随而至。兹篇所纪，尚有大半为事后展转闻知者也。

先是陆督在桂，一切准备，略已就绪，惟必欲待先生到乃发。先生遂剑及屦及，前往赴义。其行固甚秘，然无端已作多鱼之漏。北京伪政府，早四张罗网，吾侪未之觉也。然亦深自警备，以防弋人之篡。先生由沪指港时，盖蛰伏舱底，未尝一度以色相示舟中人也。及抵港，而逻者遂大索于舟。既不得，则尾同行诸人后，穷搜各旅馆。同人乃分匿以避其锋，不甚能相闻问。初先生拟径越粤城，直冲梧州。同人睹此情形，共以为危，极力阻止，不得已乃更取道越南。然入越须有护照，护照须贴相片，此又为万办不到之事。然卒亦不得不取道于此途，于是同人各谋分道，惟记者独随行。其何术以得入越境，在越境何由栖止以谋入桂，今尚不能宣布。要之海行则仍伏舱底，不见天日者累日；登陆后则一日数迁，而匿于万山中者，殆浃旬也。先是滇中盼先生往甚急，敦促之书十数至。先生既亟于赴桂，不获分身。及记者已随侍至越，遂即夕将命入滇，于是先生乃孑身无侣矣。旋犯热病，濒死，赖急救得无恙。而先生乃于病起后乘间著《国民浅训》一书，凡十三章云。此书原稿已寄沪，记者未获见。然书成于造次颠沛、千艰万苦之中，愿我国民常念此精诚，而无或辜负也。

先生以三月十五日入越境，恰为广西宣告独立之日，而先生未之知也。初陆督已于初十日派专员往越迓先生，其员与先生先后抵越。而先生既以避人故，展转自匿，迓者遂不能得其所在。直至二十五日始得相值，而先生以二十六日乃获成行。此十日中，北京已遍电各地，指明先生行期行踪，及随行人数，意欲截留或暗杀。而越地华侨，咸喧传先生已戾止，思一见颜色。敌谍则奔走骇汗，搜旅馆，截车站，越政府亦不得不与之周旋。由越入桂之路，自海防经河内、谅山汽车，凡两日程，所经站以十数，每站皆有谍者。旁观焦灼，谓先生必无能飞度入桂之理。然而二十七日午后三时，镇南关司令部，列队肃肃，齐集车站，于国旗飞扬，军乐嘹亮中，欢呼“梁先生至矣”。先生何以能至，虽记者亦不深悉，但知其于入关前，曾露宿一宵，槁饿一日而已。

先生既以二十七日抵镇南关，关为历史上一纪念地。先生既至，将及薄暮，犹攀跻览形胜。关将苦留小住，先生以急于晤陆督，不能徇其请。时正距独立后十二日，陆督方在浔、梧间行营，去关尚十日程也。翌二十八日破晓遂行，指龙州。

镇南关至龙州，百五十里，兼程以进。初乘山车至连城。连城者前清边防大臣苏元春大本营所在，其地本非军事要隘，今驻巡兵数十而已。由连城易骑至鸭背滩，由鸭背滩易船至龙州，一日间车、骑、舟三易矣。午后三时遂抵龙州。盖驿递最驶之行程，亦不过是矣。其最使人生感者，则沿途所经，小村落小市集，约五六，其居民皆悬旗然爆，父老子弟，迎送于数里外。据军吏言：先生行踪，官厅初亦甚秘之，然民间已窃窃传说，欢喜相告，日日预备欢迎者，盖一旬矣。昨日既抵南关，关将亟电省会，电局所经，消息遂布，故沿途扶老携幼，愿见颜色也。及舟抵龙州，龙州镇守使谭君，已率师规取钦、廉，参谋长及道尹率所属军队肃迓于江干。既登岸，而全城爆竹之声，喧天沸地，聚观者空巷。记者观此，而叹吾国民爱国之热诚，与夫崇拜英雄之真心，不觉为之感极而泣也。

晚间先生接见诸军吏绅商，至十二时复发答各处电报，彻夜不寐。盖是日甫见袁氏撤销帝制之伪令，而陆都督自行营来电称，有粤使来商条件。先生焦急已极，凡致陆督电千余言；致滇、黔、蜀电亦数百言云。翌晨应龙州商会、教育会、广东会馆之欢迎，演说共三小时。下午遂乘船赴南宁。

自龙州至南宁，江浅滩多，轮船不能行驶，雇民船以行。行六日，抵镇龙村。沿途经太平府及驮芦镇，各有电局，得电，知百色龙军，已缴械投诚，龙觐光已由我军护送至南宁矣；又得廉州隆镇守使、钦州冯道尹电，知各已独立。先生皆以电慰勉之。至镇龙村，南宁都督府遣第六号巡轮来迎。翌日（即初四日）舟抵南宁，陆督自浔州行营返宁相迎，舟亦以是日至。督舟撬江口相俟，遂与先生携手入城。江干万旗齐飏，万炮齐发，列队肃肃入都督府。全城军民之欢喜距跃，更非复笔墨所能形容也。

1916年4月26—27日《时事新报》

滇桂纪行

黄　群

记者于三月四日，偕梁任公、汤觉顿、吴贯因、蓝志先、黄孟曦诸君同离沪，七日舟抵香港。予与任公尚泊舟中，而汤君觉顿则偕广西测量局长唐绍慧上岸，寓广泰来客栈。旋吴、蓝、黄三君，亦上岸，往访之。方晤谈间，即有警察四人至（二英捕二华捕），检查汤、唐之行李。虽无违禁物，而见有字纸，辄读之数遍，而盘诘亦极严厉。盖香港政府已接袁、龙之电，令搜查余等数人也。卒以检出广西将军所给护照一张，警察疑为官吏，乃始舍之而去。而吴君等三人，亦旋归舟中。是晚船长语予等曰："水上警察窥视极严，君等不能全住舟中。"于是仅留予与任公住舟中，而吴、蓝、黄三君，则上岸寓松原旅馆。越两日，汤君与唐君绍慧乘舟入梧州。而警察知吴君贯因等三人尚在香港，误往（东京旅馆）搜之，不获；翌日午后乃往松原旅馆搜查，则吴君等已于晨起移往他处矣。十二日，予与梁任公乘舟赴安南，十五抵鸿基，十六抵海防。翌日予往云南，而梁任公则尚在海防停留数日。安南某吏语某君曰："据探报梁启超已抵海防，然警察未能查出其住所。余素慕其为人，欲下令严搜，惧伤其感情，余又不忍。倘君能介绍与余一见，不特偿余景仰之素愿，且予亦可予民军以便宜。迩者滇军政府派委员与予交涉，请以滇越铁路为云南运军械，予不之许。若介绍梁与余相见乎，余当可许之。”某君乃答以俟探得梁寓所，当为介绍。及梁将赴镇南关时，某君乃告安南某吏曰：“当于某处介绍君与梁相见。”殆梁已入关，履中国地，某君乃始指而告该吏曰：“此即梁启超先生也。”其人惟频以目送之而已。

梁任公于三月二十七日，偕曾君其衡，由海防赴镇南关。初三抵龙州，时广西已独立，一路商民皆树国旗燃爆竹，以欢迎梁任公。任公在龙州广西银行支店，忽得广东电谓龙济光已派使与陆荣廷讲和，陆已愿与袁政府和平解决。此电盖由某嗾人发至广西，以离间陆、梁也。梁不知其真伪，乃致电于陆幹卿，谓闻龙济光奉袁命派使来议和，必须能承认左列条件，始可与之媾和，即（一）袁世凯须退位；（二）在川、湘之袁军须撤回；（三）送黎元洪、段祺瑞出天津；（四）筹安会首领杨度等六人，及办理帝政朱启钤、顾鳌等十人，须即行正法，正法时须拍照，而以其相片寄滇、黔、桂三省；（五）袁氏须担保不使北京兵变。及任公抵南宁，陆幹卿谓“我亦同此意见，并无与袁氏和平解决之事”，乃知广西银行之电出于某之造谣。

予于三月十七由海防起身赴滇，二十日抵云南，二十六日由云南起身回安南，二十九抵海防，时梁任公已赴广西，不获相见。四月一日由海防乘舟赴（府琼江），二日赴镇南关，三日抵龙州，沿途尚见高贴“广西军民全体欢迎梁任公先生”之字。十日抵南宁，十三抵梧州，十五抵肇庆。抵梧州时，张鸣岐亦同日由广东来，先余至数小时。张盖逆知广州将乱，不可以居，然欲逃往香港，又惧为党人伺隙狙击。惟陆幹卿系故人，故思托庇于其肘下。适遇海珠之变，张语龙济光谓“愿至梧州，见陆、梁为君刷洗”，龙乃许其离粤。张至梧州，力辩海珠之事，龙不与其谋。陆、梁与商解决广东之事。陆、梁意见，谓龙宜自带兵北伐，而以都督让之他人，每月则给龙军饷若干万；并宜交出蔡乃煌及海珠罪首颜启汉等。张谓龙之为人，他条件皆可与商，惟欲其辞去都督之职，彼必不能答应。因提议广东都督一席，请仍畀龙，而以潮、梅、钦、廉独立之民军归陆节制。及陆、梁抵肇庆，见广东除羊城之外，皆树独立之旗，与龙为难，盖知非龙去职不可，乃再电龙请其自行告退，而以都督让之岑西林。今幸龙已知难而退，赞成陆、梁之议矣。

张鸣岐抵梧州后，陆都督令其乘第一号兵轮。广西将士，多骂张之无耻，为张所闻，惧有不利，乃求与陆幹卿同乘一舟。顾陆所乘之舟，已无房屋，乃与陆同住一室。

予之由安南入镇南关也，南关副司令廖洁三语余，谓三月五日，统率办事处有电至，言梁启超、黄群、汤觉顿、吴贯因、黄孟曦、蓝志先六人，将潜入两广，务查获扣留，即请示办法。予于是始知在香港、安南时，警察搜查之严，盖袁氏已有密电至也。余于四月一日至同登（安南地名），适有龙觐光之密探为安南警察破获，于其裤间搜出一信，系龙觐光致蒙自土司者。大致请其继续谋乱，军饷则由龙担任，并谓桂与粤同一气，而非与滇同一气，请放胆为之。故蒙民当时乱民啸聚至万余，虽因缺于军械，旋即为滇军荡平，然云南、蒙自间之电，不通已若干日。

龙觐光现在南宁，陆幹卿待之甚厚。陆将东下时，语之曰：“龙济光如愿以和平解决，则余请汝住此，以享太平之福；如不幸至以武力解决，则余当先送汝及汝之眷属回广东，余决不留难汝也。”

原刊《时事新报》，录自1916年5月《大中华》2卷5期

记新内阁

黄远庸

熊总理于八月二十八任事，至今已一星期矣，而阁员迄不能拟就，故袁总统及熊氏，皆有皇皇之色。其原因则由熊氏宣言，须但成第一流经验与第一流人才之内阁。而第一流之人才，则多以本身及他种关系不愿出山也。

财政熊自兼，海陆军留任，外交孙宝琦，交通周自齐，内务朱启钤，此无问题矣。有问题者，惟以第一流人才分配之教育部、司法部、工商部（农林合并）耳。

第一须先述梁任公。熊氏之被电推为总理也，力辞甚坚，有“虽仲尼复生无可为”之语，具见本报。而其时徐东海既决为空山老友，张季直又力推熊之精神物望，此席终非熊莫任，其以大义相责而促成之者实梁任公。及议院通过后，熊氏复姗姗其来，任公复屡电催之。故熊到京后之第一目标，反在任公。其先本以教育部属之，任公坚辞决绝，任公之左右尤代任公坚辞决绝。熊氏乃大不怿，故第一次谈判时，熊实不欢而散。至第二次谈判，熊乃出其最峻厉之词锋与任公交涉矣，谓“屡次皆公促我来，属我牺牲；我既牺牲，而公乃自洁，足见‘熊希龄’三字，不抵‘梁启超’名字之尊”；又诘任公，以“公既不出，则张季直、汪伯棠

（大燮）皆牵连不出，熊内阁势将小产，此时进步党将持何等态度？又如公等均不出，熊内阁纯以官僚组织成之，舆论必不满意，此时进步党又将持何等态度？故为进步党计，公亦不可不出”。其词恳切，任公无以难之也。至此时已改换任公为司法部矣。

总统府一派，尤代熊氏张军而合围任公，谓“大局如此，社会责望政府不用新人及竭诚相推，而新人复望望然”，其言乃不仅指蒙古实业公司（任公住所），而遥指南通州矣。袁总统尤谓“任公不任，似为不可”。四面情势如此，此一礼拜来，梁任公可谓遭一大劫也。

某日梁任公乃亲见袁总统，自明出处之义，谓“某平生最喜负责任及牺牲。以我个人意思，不特总长，并次长亦可，乃至参事、佥事、主事亦乐为之。徒以进步党多不愿某之出，某一人可牺牲，而党则有不可牺牲者”，其词甚长。而袁总统谓：“汤济武（化龙）诸君均称党中甚愿君出者，何也？”任公云：“此系济武尚持牺牲主义与某相同，彼以个人观察说乃如此耳。”此时熊亦进谒袁总统，乃谓“总理在此，君可自与商之”。比出时，熊总理黯然，总统府秘书等惕然。进步党人对于任公之出处，确分两派：（第一）肯定派，汤化龙、刘崇佑、林长民等主之。诸君皆向持“大家干一干”之说者也，其说亦有至理。大略谓自民国成立以来，立宪党人对于国家，并无十分之尽力，而徒处于监督及旁观的地位，于大义有所不安。故认任公之出，为一绝好牺牲的时会。而（第二）之否定派，则理由甚多：（一）党势未固，任公入阁，则党益散漫。若谓爱党者即非爱国，则根本上须将党取消。（二）既为政党，须组织政党内阁。党员加入，虽系个人自由，然任公非普通党员，在彼自身本未决意加入，党中尤不宜怂恿之。（三）该党前此虽无确定之党议，但亦曾表示重要党员最好不加入混合内阁之意。（四）就令牺牲之说果正当，然熊氏先不应以周自齐、孙宝琦分配重要之部，而将此闲部位置彼意中之所谓人才。虽在国务会议同一发言，而实行之权究在各部。要部据于官僚之手，人才仅可发言，则任公即不入阁，亦何不可献策陈词为政府重？诸说之中，以此为强固矣。

据熊氏自谓，谓有彼主持，张四先生、任公、伯唐若联翩入阁者，则慕韩（孙宝琦）向不轻发言，子贻（周自齐）亦素性敦厚，故国务会议当纯然为我辈所主持。其所以游说任公者，此亦一理由也。

第二须述汪大燮氏。汪氏之爱国热诚，及缜密勤慎，以吾所知前清大官中，吾未之见。苏杭甬一案，知其内容者，皆知与汪氏丝毫无关；而横被唾骂，几于葬送此人一生，此真平情论事者所引为痛心者也。汪此次自日本归，无出意。以熊之力挽汪，乃以任公或张季直之出否为条件。彼更有一理想，谓“若大家同出者，则三人可连宇而居（任公所居实业公司与汪宅比邻），而其旁更设一俱乐部为会合会员及诸政客之所，大家一致讨论，一致牺牲，即牺牲下去，亦值得几文钱；不然，我已做过十余年官僚，在今日已无复有意添此蛇足矣”。盖汪及熊及任公，皆戊戌变政时有力人物，固不可以官僚目之者也。

第三须述杨度氏。杨之言最为俊爽，彼既受入阁之商，即自言“自愿帮忙而不愿帮闲”，意指交通部也。交通部拟周自齐者，一般揣测，皆谓该部为粤人之势力范围，惟周能为曹参，故群推之。杨之单刀直入，盖欲为交通部之黑旋风李逵也，故论者颇许杨为快人快语。哲子之精锐绝伦超群，记者亦许之，但少修养耳。

孙宝琦之长外交，实大非所愿。所以任孙者，以彼颇与法使相善。现中俄交涉，惟法使能调停耳。孙意殆得长居税务处亦已足矣。

此外有组织内阁之余谈二：当商议最急时，个中人颇有拟张元济君入阁者，汪氏尤谓即任公不出，若得菊生（张君之字）亦可；然识张君者，皆知此女将不仅十年不字，摇手作色而止。又有拟杨荫杭（即老圃者）法部者，此语亦大似商量饭菜单时，语及园圃中绝异之新蔬，虽不必下箸，而已津津有味矣。然梁任公即长法部，识者谓次长一席终须此圃。此圃现方为江苏法官，不知其以老菜根佳耶？抑上此台盘佳耶？

大抵北京政界有一重要问题发生，则有无数之政治理论，自然发明。吾上所述，皆北京最近最新之政治理论也。今事实上已有令梁任公不能不出者，预言新阁员之配置，当如下：

总理兼财政熊希龄，陆海军留任，外交孙宝琦，交通周自齐，司法梁启超，教育汪大燮，工商张謇（或须改名实业部）。

综言之，此次内阁差近人望，虽有二三官僚，而实以立宪党为主体。立宪党能否尽其天职，实行责任内阁救国之危亡于万一乎，吾舆论将以监督往日之国民党者监督之矣。

民国二年九月十一日

《远生遗著》卷三，商务印书馆 1920 年 6 月版

“尽信医不如无医”

陈西滢

“尽信医不如无医”，也可以算是一句不易的定论。可是一般人对于医生都有绝对的信仰——在他们发现了他们的谬误的先前。等到他们发现了谬误，也许已经太晚了。有了一次经验，我们总以为他们应当有些觉悟了？谁知道不然。他们单单把对于甲医生的信仰，移在乙医生的身上。近年来，不信中医的人渐渐的多了，可是他们又把对于中医的信仰，移在西医的身上。他们好像觉得外国医生都是活神仙，他们的话断不会错的。去年孙中山先生病危，西医说不能有救了，中医说也许有万一的希望，左右的人就决计改请了中医。当时就有些人很不赞成；他们说这种态度太不科学了，这种迷信实在应当打破的。我们听了都不免觉得他们自己倒有些不科学，因为他们不愿意得到那万一的希望的试验；他们自己脱不了迷信，因为他们以为西洋医学已经是发达没有错误的可能。我疑心就是西洋医学也还在幼稚的时期，同中医相比，也许只有百步和五十步的差异。

我新近又听到一个例。病人是谁，本没有关系，可是因为梁任公先生是尽人皆知的名人，提了姓名，说话也许添了更有分量的根据。并且我们可以相信，医院遇到这样的病人，一定只有加倍慎重，断不至于犯敷衍塞责的毛病，那么我们说的当然不会是偶然的一个例外。

梁先生患尿血症已经多年了。许多医生都说不出病原来。上月他入协和医院治疗，经过了好几个医生的诊视和推断，他们都认定病在左肾（应为右肾）。他们说他的左肾上有些肿物，要是不将左肾取去，肿物势必日益膨涨，将来总得有割治的一日。所以开割是早晚难免的事实，虽然四五年内还不要紧，可是晚治总不如早治，至少早治可以免去有变成别种病症的危险。他们的话说得很明白，所以虽然梁先生有些朋友劝他再到法国请名医诊视，他也没有听，决计就在协和施行手术了。腹部剖开之后，医生们在左肾上并没有发见肿物或何种毛病。你以为他们自己承认错误了么？不然，他们也相信自己的推断万不会错的，虽然事实给了他们一个相反的证明。他们还是把左肾割下了！可是梁先生的尿血症并没有好。他们忽然又发见毛病在牙内了，因此一连拔去了七个牙。可是尿血症仍没有好。他们又说毛病在饮食，又把病人一连饿了好几天。可是他的尿血症还是没有好！医生们于是说了，他们找不出原因来！他们又说了，这病是没有什么要紧的！为了这没有什么要紧的病，割去了一个腰子，拔去了七个牙，饿得筋疲力尽，肌瘦目陷，究竟是怎样一回事？并且还得花好几百块钱！

在梁先生初进医院的时候，上海一位懂得中医的朋友，写信给他，说他的病是不用施行手术的，只要饮什么汤就会好。这话不但西医们听了好笑，就是我们也一点都不信。可是这中西不同的推断究竟有多大的分别呢？大家都在暗中摸索，谁能说什么汤一定不能治愈这病症，即使不然，病人所受的损失，也不至于会比丢掉一个腰子和七个牙再大吧？

我们听了这一段新闻，少不了联想起了莫理哀名剧 Le Médecin Malgré Lui 里面的主角 Sganarelle，他是一个劈柴的小工，经他老婆的作弄，被人误认为医生。他最初很是不愿意，可是不久就决计终老于是了。他说：

> 我觉得这是顶好的行业；因为：不论我们弄得好弄得糟，我们一样的得到报酬。……一个鞋匠，在做一双鞋，弄坏了一小片皮就得受损失；可是在我们的事业里，我们弄坏了一个人也不用出一个大（子）。错误永远不会放在我们身上的。总是那死去的人的过失。

他说的多痛快！莫理哀这剧本写了已经有二百五十年，欧美的医学已经大有进步了，可是我们能说他这句话是说错了，或是失掉了力量了么？

也许有人说了，西医同中医虽然都是暗中摸索，胡乱瞎猜，可是中医只知道墨守旧方，西医却有了试验的精神。可是我最怀疑的就是医生的试验的精神。医学是介乎自然科学和社会科学之间的。自然科学的对象是物质，化学家尽可以做他们分析化验的工作，就是植物学者也不妨做移花接木的试验。可是社会科学的对象是人类。谁没有父母，谁没有夫妻子女，谁不感觉痛苦悲哀，我们怎能把我们同类做试验品？“绝圣弃智，民利百倍，圣人不死，大盗不止”也许是顶透彻的政治学说。可是除了秦始皇那样的暴君，谁也不肯，即使想到了，做那“焚书坑儒”的试验。为了同样的原因，我虽然对于任何政治学说，学理上都能有相当的了解，在事实上，总是觉得任何极端主义的实行家，不论新旧，都是害多利少的。

以前的大医学家也是非常仁爱的。巴斯德发明了他的——好像是治疯狗咬伤，可是不敢说定了——［的］种痘剂，对于它的效用已经很能自信了，还是不敢试验在人身上。一个妇人求他救她的儿子，因为其余的医生已经束手了。他还是不敢轻易的一试。结果她那可怜的哀哭打动了他的心，他勉强的应允了。那一晚他在小孩的床边，额上流汗，眼睛都不敢霎一霎。他那种“杀一无辜而得真理不为也”的精神，现在是不大听见了。近代的一般医生，眼中只见病症，不见病人，医院也成了一种冷酷无情的试验室。

也许科学是冷酷无情的东西，也许求真理者不用有仁爱的动机在后面。那么我们至少希望医者在施行手术之先，声明他做的是试验。这样，不愿做试验品的，也有了一个拒绝的机会。并且病人既然是试验品，当然没有再花钱的道理。平常医生们割一个兔，一个田鸡，都是花钱买，割人的时候，病人不但不花钱，还得收领些代价，也不见得说不过去吧？萧伯纳剧本 The Doctor's Dilemma 里的无道德的艺术家 Louis Dubedat 患很重的肺病，一个医生说只要割去了某处一块骨就好了，他情愿施行那手术。Dubedat 问他道：“我让你这样做，你给我多少钱？”医生觉得惊奇而发怒了，可是他的要求究竟是无理吗？

又有人说了，近代的医学虽然没有成完美的科学，协和医院实在还不足以做它的代表。协和的医生，在美国，也许最多是二三流吧了。要是这话不假，那么我们希望协和多请几位第一流的医生。在建筑和设备上，他们化了不知多少钱，却让二三流的先生来糟蹋了，也未免有些可惜吧。我们对于协和，至少还有些希望。它究竟不像东交民巷内的几个医院，止是托病政客，不走运伟人，和避难富绅名流的栖息所啊。

1926年5月《现代评论》3卷75期

革命保皇两党之冲突（节选）

冯自由

谢康之联合运动 丙申正月初九日，谢赞泰应陈锦涛、梁澜芬之宴，初识康有为之弟广仁于香港品芳酒楼。席间，谢痛言两党联合救国之必要，广仁极首肯。是年九月，谢与康有为会晤于惠升茶行，所谈不得要领。丁酉八月，谢约广仁会于公园。广仁谓其兄非忠心扶满，不过欲以和平革命方法救国，现时大臣如张之洞等咸赞成其主张，故不便与革命党公然往还，致招疑忌。孙文躁妄无谋，最易偾事；杨衢云老成持重，大可合作，彼当力劝其兄与杨联合救国等语。无何，广仁死于戊戌八月之变，康有为、梁启超同亡命日本。谢复致书康、梁师徒，重申前议，并介绍杨衢云与之接洽。康赴美洲后，杨于己亥四月廿八日，由冯镜如介绍与梁启超会谈于横滨山下町五十三番文经商店。事后杨驰函告谢，谓“梁不愿早事联合，只言各宜先向自党运动，以待时机。要之康党素来夜郎自大，常卑视留学生及吾党，且欲使吾党仰其鼻息。究其实学，尚远不如胡礼垣著之《新政安衡》。此种人非真爱国者，与之合作，实为有害无利”云云。谢初于运动两党联合事，极为热心，嗣闻杨言，始意气萧索，知难而退。

孙梁携手之经过 康有为离日赴美后，己亥（清光绪二十五年）夏秋间，梁启超因与中山往还日密，渐赞成革命，其同学韩文举、欧榘甲、张智若、梁子刚等主张尤形激烈。于是有孙、康两派合并之计划，拟推中山为会长，而梁副之。梁诘中山曰：“如此则将置康先生于何地？”中山曰：“弟子为会长，为之师者，其地位岂不更尊？”梁悦服。是年梁至香港，尝访陈少白，殷殷谈两党合办事，并推陈及徐勤起草联合章程。独徐勤、麦孟华暗中反对甚力，移书康有为告变，谓“卓如渐入行者圈套，非速设法解救不可”。时康在新嘉坡，得书大怒，立派叶觉迈携款赴日，勒令梁即赴檀岛办理保皇会事务，不许稽延。梁不得已遵命赴檀，濒行约中山共商国事，矢言合作到底，至死不渝。以檀岛为兴中会发源地，力托中山为介绍同志。中山坦然不疑，乃作书为介绍于其兄德彰及诸友。

附录当日梁启超致中山函三通如下：

（其一）捧读来示，欣悉一切。弟自问前者狭隘之见，不免有之，若盈满则未有也。至于办事宗旨，弟数年来，至今未尝稍变，惟务求国之独立而已；若其方略，则随时变通，但可以救我国民者，则倾心助之，初无成心也。与君虽相见数次，究未能各倾肺腑。今约会晤，甚善甚善。惟弟现寓狭隘，室中前后左右皆学生，不便畅谈。若枉驾，祈于下礼拜三日下午三点钟到上野精养轩小酌叙谭为盼。此请大安。

弟名心叩　十八

（其二）逸仙仁兄鉴：前日承惠书，弟已入东京。昨晚八点钟始复来滨，知足下又枉驾报馆，失迎为罪。又承今日赐馔，本当趋陪，惟今晚六点钟有他友之约，三日前已应允之，不能不往，尊席只得恭辞，望见谅为盼。下午三点钟欲造尊寓，谈近日之事，望足下在寓少待，能并约杨君衢云同谈尤妙。

此请大安。

弟卓如顿首

（其三）逸仙仁兄足下：弟于十二月卅一日抵檀，今已十日。此间同志大约皆已会见，李昌兄诚深沉可以共大事者，黄亮、卓海、何宽、李禄、郑金皆热心人也。同人相见皆问兄起居，备致殷勤。弟与李昌略述兄近日所布置各事，甚为欣慰。令兄在他埠，因此埠有疫症，彼此不许通往来，故至今尚未得见，然已彼此通信问候矣。弟此来不无从权办理之事，但兄须谅弟所处之境遇，望勿怪之。要之我辈既已订交，他日共天下事必无分歧之理。弟日夜无时不焦念此事，兄但假以时日，弟必有调停之善法也。匆匆白数语，余容续布。此请大安。

弟名心叩　一月十一日

檀岛保皇会之成立　己亥十一月，梁启超抵檀，持中山介绍书谒侨商李昌、郑金、何宽、卓海诸人，颇受欢迎。旋赴茂宜岛，访中山之兄德彰。德彰招待优渥，且令其子阿昌执弟子礼，随梁赴日留学。梁居檀数月，渐以组织保皇会之说进，谓名为保皇，实则革命。侨商不知其诈，多入彀中，捐助汉口起事军饷逾华银十万元。中山闻之，谓梁失信背约，驰书责之，然已无及。自是檀岛兴中会员多为保皇会所用，与横滨兴中会员如出一辙。

附录当日梁启超致孙眉函二通如下：

（其一）孙眉仁兄同志阁下：拜别以来，忽经旬日，每念厚谊，未尝或忘。近日北京事益急。各国西报日日扬言必当救皇上，废西后；而唐山来书，（南方）预备既足，亦指日起事，此诚今日最大机会也。弟因现时外交之事甚要，欲急往美，本拟十号搭阿士梯耶前往，因太急，不能得船位。而昨日多力船来，接有香港、新加坡两电，皆催弟即刻回唐，又别有一电催会项也。弟（现）尚未定行止，然弟意究以往美为要。因唐山事有弟不为多，无弟不为少，美国事则惟弟就近前往乃可也，故现时仍往美为多。阿昌随行之议既决，望阁下即遣其克日前来大埠，以便同往。弟约在二十号之船，必启行矣。

今日得接德初兄来书，内附阁下所惠隆仪五十元，谢谢！阁下前为公事，既已如此出力，复多所馈赠，于弟诚不敢当也。

本月四号大埠本会请酒，集者百三十余人，道威值理数名皆到。是日共加捐六千余金，今日钟木贤、黄亮又各加捐三千元（四号之席两位已各加捐千元），可谓踊跃之至。人心如此，大事何患不成？望告各同志即将会款迅速收集，急电汇归，以应急需，是所切盼。（此请义安。）

弟启超顿（首）

七月七号　太夫人尊前望代弟请安。

杨纳兄、谭允兄处望代传电问候。

（其二）孙眉仁兄同志：阿昌到埠，得接手书，欣悉一切。弟本（定）拟搭二十号之船往金山，乃于本日唐山金山船同时到埠，接有新加坡电文两封，上海、香港、日本信函多件，皆催弟即日归国办事，不可少延贻误。弟看此情形，必是起义在即，有用着弟之处。再四筹度，不能不改而东归，决于明日搭日本丸东返矣。弟此行归去，必见逸仙，随机应变，务求其合，不令其分。弟自问必能做到也。至弟既东行，行踪无定，所有阿昌相随之议，似可作罢论。盖东方无甚可开见识之事，而阿昌现当就学之年，似仍当令其入书馆，胜于东归也。此子循良，弟甚爱之，望其勉学成就，他日共事之日正长也。至于令侄（及）各同志捐项，仍望赶收赶汇，因唐山急催弟归，其事机之急可知，其需款之急［更］可知矣。匆匆手此告别，即请义安。杨纳、谭允诸兄望打钢线代弟问好告别。

弟启超顿（首）　七月十七日

日本志士之入狱　庚子某月，日人宫崎寅藏语中山，谓彼于康有为有恩，闻康近到新嘉坡，拟亲往游说，使其抛弃保皇主义，联合革命。中山以为不易，宫崎固请，乃许之。香港康徒闻宫崎曾赴粤谒李鸿章，遽电告康，谓宫崎奉李鸿章命来南洋行刺，请慎防。康以告新嘉坡英官，故宫崎至新埠二日，即被警察逮之入狱。中山到自越南，闻其事，乃亲访英总督说明底蕴，始获释放。自是日本志士所唱道孙、康合作之议，始废然抛弃，而两党更无合作之望矣。

唐部对康梁之恶感　庚子汉口一役，唐才常与林圭、秦鼎彝等均与中山有合作之约，虽以勤王为号召，实则利用康有为在海外筹款而已。故汉口、大通既先后蹉跌，秦鼎彝、陈犹龙诸人以保皇会捐款用途不明，谓其阻误义师，攻击甚力。康、梁师徒疑为革命党主使，衔恨益深。时梁启超尝有从此披发入山之愤言。甲辰（清光绪三十年）中山二次游美，旧金山保皇会竟嗾使美国海关译员阻其登岸，即含一种报复性质。

各地党报之笔战　自是以后，海外各埠革命党与保皇党之冲突，日益剧烈。东京政闻社之开幕，及徐勤在小吕宋与新嘉坡之演说会，均被革命党员捣乱破坏。两党机关报之大开笔战，尤无时无地无之。兹就双方笔战之海外各埠两党机关报，表列其报名、地点、年代、当事人姓名如下。（表略）

《中华民国开国前革命史》上编，革命史编辑社

1928年11月版

革命逸史（节选）

冯自由

横滨《清议报》

戊戌政变后，康、梁师徒同亡命日本，梁启超感觉有设立言论机关之必要，遂于己亥春（一八九九年）向侨商募资，在横滨发刊《清议报》，大倡保救清帝光绪之说，推冯镜如任总理，而自任总撰述，麦孟华、欧榘甲等佐之。出版数月，除歌颂光绪圣德及攻击西太后、荣禄、袁世凯诸人外，几无文字；所载谭嗣同著《仁学》，及译述日本柴四郎著《佳人奇遇记》，内有排斥满清论调，为康有为所见，遽命撕毁重印，且诫梁勿忘今上圣明，后宜谨慎从事。及康离日赴加拿大，梁与欧榘甲等渐与中山、杨衢云、陈少白等相往还，意气日盛，因而高唱自由平等学说，自号饮冰室主人，题其学说曰《饮冰室自由书》，颇为世人欢迎。梁有别号曰任庵，至是亦改称任公，以示脱离康氏羁绊之义。盖康门徒侣多以庵字相称，即为源出康门之标记，梁此举即所以表示其决心也。欧榘甲亦有一文阐扬汤武革命，语极动听，事为康所知，深恐梁、欧等改弦易辙，于彼不利，遂令梁赴檀香山创设保皇会，欧赴旧金山主持《文兴报》，而使麦孟华专任《清议报》

笔政，凡有革命自由独立自主等名辞，一律禁止登载。梁自檀岛尝以其赠何蕙珍女士诗二十首寄登报末，康来书切责编辑陈镛，谓“卓如（梁字）荒淫无道至此，汝等乃公然刊其淫词，实属有玷师门”云云。《清议报》于庚子年（一九〇〇年）冬骤遇火灾，因保险单误书总理人姓名为林北泉，西人保险行不允赔偿损失，遂致停版歇业。

1936 年 4 月《逸经》4 期

梁任公之情史

梁启超字卓如；任庵、任公、哀时客、少年中国之少年、饮冰室主人、中国之新民等名，皆其报章上撰文之别号也。少从康有为于长兴学舍，学冠侪辈，才气横溢，陈千秋而外，无人可与颉颃，故又有轶赐之称。学使贵州人李端棻爱其聪颖，以其妹妻之。李女貌陋而嗜嚼槟榔。启超翩翩少年，风流自赏，对之颇怀缺憾，然恃妇兄为仕途津梁，遂亦安之。当其未晋京之前，尝与同门扶乩试问休咎，得乩仙批示律诗二章。其一曰：“蛾眉谣诼古来悲，雁殡衡沙远别离。三字冤沉名士狱，千秋泪洒党人碑。阮生负痛穷途哭，屈子犹怀故国思。芳草幽兰怨摇落，不堪重读楚骚辞。”其二曰：“煮鹤焚琴事可哀，那堪回首望蒿莱。一篇《鹏鸟》才应尽，五字河梁气暗摧。绝域不逢苏武驾，悲歌愁上李陵台。男儿一死何当惜，抚剑纵横志未灰。”此诗出示于戊戌政变以后，世人颇有疑为启超所杜撰者。

己亥（一八九九年）冬，启超自日本莅檀香山，华侨保皇会屡邀其至美国教堂及商业团体演讲，以作对外宣传。时有小学教员新安人何蕙珍女士长于英文辞令，每遇启超演说，或与外人酬酢，会众恒延何女任译事。启超赏其才识，大为倾倒，颇露乞婚之意。何女知使君有妇，遂以文明国律不许重婚一语却之。启超居檀半载，知女性刚烈，不可强求，乃为情诗二十绝以解嘲。中有“一夫一妻世界会，我与浏阳实创之”之句。诗载横滨《清议报》，即康有为所斥为“荒淫无道”者是也。原诗仅记忆十三章。录之如次：

人天去住两无期，啼鴂年芳每自疑。多少壮怀偿未了，又添遗憾到蛾眉。

青衫红粉讲筵新，言语科中第一人。座绕万花听说法，胡儿错认是乡亲。

目如流电口如河，睥睨时流振法螺。不论才华论胆略，须眉队里已无多。

卿尚粗解中行颉，我惭不识左行怯。奇情艳福天难妒，红袖添香对译书。

眼中直欲无男子，意气居然我丈夫。二万万人齐下拜，女权先到火奴奴。

眼中既已无男子，独有青睐到小生。如此深恩安可负，当筵我几欲卿卿。

后顾茫茫虎穴身，忍将多难累红裙。君看十万头颅价，遍地钼麑欲噬人。

匈奴未灭敢言家，百里行犹九十赊。怕有旁人说长短，风云气尽爱春华。

一夫一妻世界会，我与浏阳实创之。尊重公权割私爱，须将身作后人师。

却服权奇女丈夫，道心潭粹与人殊。波澜起落无痕迹，似此奇情古所无。

万一维新事可望，相将携手还故乡。欲悬一席酬知己，领袖中原女学堂。

甘隶西征领右军，几凭青鸟致殷勤。他年世界女权史，应识支那大有人。

含情慷慨谢婵娟，江上芙蓉各自怜。别有法门弥阙陷，杜陵兄妹亦因缘。

时启超力劝檀侨各遣其子弟至日本求学，于是罗登桂遣其子昌，梁荫南遣其弟文贤，蕙珍亦遣其弟望同莅东京，均肄业于高等大同学校。及启超返日，以麦孟华中年丧耦，拟媒介蕙珍于麦，征其同意。麦表示嘉纳，而蕙珍以向守独身主义一语相拒，事遂无成。何望后易名其武，入成城学校习初级陆军，与蔡锷、蒋尊簋等同砚。丙午（一九〇六年）任保皇会所设广州南强公学体操教员。适广西道台刘士骥赴美洲招募股款开采桂省天平山金矿，加拿大保皇会分会长叶恩力助其事，公司赖以告成。康有为借口股本多募自保皇会员，强刘以该金矿归保皇会公有。刘、叶均严拒所请。康徒徐某等衔刘彻骨，遂使其武刺杀刘于广州。案发，其武与徐某均被粤吏悬赏通缉。叶恩不满康、徐所为，遂率加拿大多数保皇会员宣告脱离，而保皇会化身之帝国宪政党从此根本动摇，不可收拾矣。蕙珍在檀知乃弟受人愚弄，驯致身败名裂，大为懊丧，因亦与康、梁党徒断绝往来，闻近年尚操教员职业如故。其循循善诱诲人不倦之热诚，犹为侨胞所称道不置。启超素有季常之癖，其妇李氏有随嫁婢二，一名阿好，一名来喜，皆黔产。阿好不安于室，为女主所逐，竟流落于横滨山下町恃丑业为活。来喜深得女主宠用，在《新民丛报》时代，举家度支及锁钥概付其掌管。甲辰（一九〇四年）某月启超忽托其友大同学校教员冯挺之携来喜至上海。友人咸为诧异，后乃知为因易地生产之故，盖来喜得孕，极为女主所不喜，故不得不遣至别处分娩。久之，梁妇怒解，始许来喜母子归横滨同居。一说谓启超向守一夫一妻主义，曾赋诗以见志；一旦变节纳妾，实为言行不符，彼之遣妾避嫌，诚非得已。是说亦未尝无因也。

1936 年 6 月《逸经》8 期

日人德富苏峰与梁启超

民三十四年七月十一日重庆各报转载日本通讯社消息，称该国新闻界领袖德富苏峰对于日政府禁止发表太平洋各岛失陷事，大恣抨击，谓此举实为欺骗国民，等于自杀。应即坦白自承，使全国人民知所戒惧，而互谋匡救之策云云。考德富苏峰原名猪一郎，东京国民新闻社长。于明治维新初年即已藉藉有名，号称新文学界之权威。其宗旨在于提倡国民独立自主之精神，数十年如一日，与庆应义塾大学校长福泽谕吉同受彼国人士之景仰。日人对于所崇拜之本国人或外国人，惯以“翁”字尊之，如称华盛顿曰华翁，拿破仑曰拿翁，托尔斯泰曰托翁等是。日人之被称曰“翁”，亦只数人。维新功臣西乡隆盛曰南洲翁，福泽谕吉曰福翁，浪人派首领头山满曰头山翁。德富苏峰亦在称翁之列，故曰苏峰翁。笔者于民国前十四年戊戌留学东京时已熟耳其名。即凡涉足彼都之留学生，亦少有不读过苏峰著之《国民小丛书》也。

苏峰为文雄奇畅达，如长江巨川，一泻千里，读之足以廉顽立懦，彼国青年莫不手握一卷。其所选之小品文字，尤切中时要，富刺激性，亦在《国民新闻》批评中披露。其门人尝汇辑报上短评，分别印成小册数十卷，号《国民小丛书》，由民友社出版。各书店所刊各类小丛书以民友社为最风行，尤与中国文学之革新大有关系。盖清季我国文学之革新，世人颇归功于梁任公（启超）主编之《清议报》及《新民丛报》。而任公之文字则大部得力于苏峰。试举两报所刊之梁著《饮冰室自由书》，与当日之《国民新闻》论文及民友社《国民小丛书》一一检校，不独其辞旨多取材于苏峰，即其笔法亦十九仿效苏峰。此苏峰文学所以间接予我国文学之革新，影响至巨，而亦《新民丛报》初期大博社会欢迎之一原因也。然任公徒剿袭他国文学家之著作，并不声明出处，直以掠美为能事，卒不免为留学志士所严正指摘，是亦其自取之道。

苏峰长于汉学，其文辞只须删去日语之片假名而易以虚字，便成一篇绝好之汉文。任公之日文程度仅粗知门径，尚能转译成文，据为己有，则苏峰汉学之湛深，可见一斑。在辛丑年（民国前十一年）秋冬间，苏峰有一短文刊于《国民新闻》，题曰Inspiration。一月后横滨《清议报》之《饮冰室自由书》即译成汉文，题曰《烟士披里纯》。全文意义与《国民新闻》相同。略谓烟士披里纯一语之英文意义，在汉文字典上无一适当之名词足以表明之，只可译音云云。在读者方面或以为任公不独深通日文，亦且深通英文，大足炫耀其学问之渊博。讵料两月后在上海出版之《新大陆》杂志即起而反唇相稽，并列举《国民新闻》及《清议报》之原文两相对照。谓任公不当剽窃苏峰之文为己有，败德掠美，无耻孰甚等语。《新大陆》杂志乃东京留学界出版之《国民报》的后身，《国民报》为革命志士戢元丞、沈翔云、秦力山、王宠惠及余等所创办，发刊四期，即因款绌停版。戢元丞、秦力山等乃另创《新大陆》于上海，仍鼓吹革命，抨击保皇，不遗余力，故始终乘抵瑕隙，以揭发康、梁之诈术。是次纠举任公之剽窃苏峰文字，即其一端。任公经《新大陆》杂志之指摘，噤若寒蝉，不置一辞，盖亦知难而退矣。考Inspiration字，应作灵感或感动、鼓舞等解，胡适在留美札记上谓任公所译“烟士披里纯”，应译为“神来”，胡殆不知任公之材料是由苏峰间接得来也。

在日本明治年间，东京各日报有三大权威：一为《万朝报》社长黑岩周六，二为《二六新报》社长秋山定辅，三即《国民新闻》社长德富苏峰。而苏峰物望尤有号召各级社会之能力。及大正、昭和间，黑岩、秋山先后寂然无闻，今日犹巍然独立者，仅苏峰一人，盖年已近九十高龄矣。查苏峰于大正以后，其节操及主张前后颇不一致，有时以其《国民新闻》供官僚之御用，被在野党斥为军阀之走狗；有时亦不顾一切，排击政府之武断政策，世人颇有以晚节不终四字訾议之者。然其人个性至强，国家观念实较任何国人为诚挚，至今日人仍尊为维新前辈之泰斗也。

《革命逸史》第四集，商务印书馆 1946 年 8 月版

记梁任公先生

冯武越

幼时读书家塾，即喜诵梁任公所作文章词曲，亟爱其悲壮，因而景慕其为人。一九一九年，作客瑞西之罗山，梁氏以考察至瑞，始得见十年来仰慕之近代中国大文豪。梁氏此行，与蒋百里（方震）将军、夏浮筠（元瑮）先生俱，抵罗之日，为九月八日，余友朱骝先（家骅）君（现任浙江民政厅长）设筵为先生洗尘，留瑞同人本寥寥，其时尤为零落，其地更无所谓中国杂碎馆之类，朱夫人乃亲制国馔，以飨嘉宾，尚忆是日最可口之红烧肉一味，为朱夫人之拿手菜，座客均赞美不置。是日在旧历为己未闰七月十四，入夜月明如昼，湖山似画，饭后相约做来蟒湖上游，乃买汽舟，余为操舵，余人共话故国，此情此景，至今未能忘之。梁、蒋二氏，并题字以志其盛。翌日为洋重九，先生约同人餐于宫庭旅馆，并嘱余留影纪念，即本页角上一影是也[①]。影中自左至右：坐者赵汉威君，记者即立其后，朱骝先君及其夫人；中立者应溥泉（时）君，曾任北京法制馆副总裁，再右坐者即梁任公先生（△），坐其旁者蒋百里将军，立其间者，则已忘

① 照片漫漶不清，兹不移录。

其名矣。

光阴似箭，倏忽十年，而梁先生乃以逝世闻；夫先生之文章盖世，固无论矣，其所灌输之思想，实开新学界之先河，故称为三十年来时代思想之先驱者，绝非过誉。先生晚年致力整理国学，尤能造福后世；是则其师康南海亦有所不及已。至于先生之政治生活，其为功为过，则非余辈后生小子所敢置论，惟其“顺应时代之潮流，而永远站在第一个浪头上”，则实为中国近代学者所未能；此殆梁氏之所以为梁氏欤？

1929 年 1 月 26 日《北洋画报》274 期

梁启超

徐凌霄

（与三十年来之政治、社会、文学、思想、舆论甚有关系之人物。即以其人撰《李鸿章》之法，为文以传之。）

十八年岁琯聿新，北平虽因迁都关系，视往年气象为索，而统一庆成，群伦望治，希望所属，亦自欣欣，惟名流耆老，忽于数日前接踵仙游。郭春榆（名曾炘，前清侍郎，民国未仕，其子则澐，曾充国务院秘书长）以一月四日逝。刘仲鲁（名若曾，前清京卿，民国直隶省长）、汪伯唐（名大燮，前清侍郎，民国历任国务总理，外交、教育总长等职）以五日逝，而梁卓如（启超）又以十九日逝世闻。梁氏于三十年来之思想界及政治上之变迁，甚有关系。其文学尤占优势，故注意之者亦独多，虽以今日之局势衡之，已是“过去的人物”，且为“主张之失败”者，而论其事迹与所影响于各界，颇有占历史篇幅之可能。盖亦不可以无述也。

梁氏与科举

梁氏籍广东之新会，少而颖异，甲午以前，外患未著，新政未萌，犹是科名时代，以梁之才思卓越，而以时代关系，固未能遽超乎举业之范围。光绪十五年己丑科与其兄（其名似系志文）及三水梁士诒同举于乡，胥在妙龄，众皆艳羡，称以三梁。启超受主试官贵州李苾园（端棻）之特赏，妻以幼妹，师生而申之以婚姻，佳话流传，其名益噪。然累试春官，皆遭挫折。乙未会试卷已荐入副考李芍农（文田）手，击节叹赏，拟中元魁，而正考官徐荫轩（桐）则误以为康有为卷，坚持不录，李不得已，批"还君明珠双泪垂"于落卷之上，及拆封填榜，则康名（榜名祖诒）已高列第五，且为徐桐所特取，一时传为笑谈。梁读李氏批，感激知遇，捧卷而泣，乃修贽以谒，则放言高论。李转不以为然。时中日战后，时事日非，而梁之新生命乃开始焉。戊戌岁清光绪帝维新求士，先世父（即徐致靖）荐梁于朝，同被荐者，康有为、张元济、黄遵宪、谭嗣同也。康、张以京秩立召见，黄、谭亦送部引见，梁则以举人无官职，仅交总署察看，后赏六品衔。先世父之举梁固由康氏，而李苾园典试归京之日，逢人说项，固已心识其人矣。

梁氏虽早抛旧业，肆力新知，浸以新学知名于世。然其于逊清末年，主撰《国风报》，曾有《官制与官规》篇云："昔美国用选举官吏之制，不胜其敝，及一八九三年始改试验法，美颂为政治上之新纪元。而德国、日本行之大效，抑更章章也。世界万国行之最早者莫如我。此法实我先民千年前之大发明也。自此法行而我国贵族寒门之阶级永消灭，自此法行而我国民不待劝而竞于学，此法之造于我国也大矣。人方拾我之唾余以自夸耀，我乃惩末流之敝而因噎废食，抑甚矣。吾故悍然曰复科举便。"又云：

“科举非恶制。所恶乎畴昔之科举者，徒以所试之科不足致用。”又分别国家学、行政、生计学、商律、民刑律等共十项，以为标准。其主张与今之五权宪法考试独立所以深有取于旧时之科举者略同。

梁妻李夫人亦才女也。三年前逝去。梁自为《悼启》，述苾园许婚事甚悉。予代友撰一挽联云：

令德出清门，当年咏絮试才，此日拈花证果。

郎君真国士，信是神仙眷属，况兼文字因缘。

则就其《悼启》中事而撮言之。又闻梁己丑登贤书时其乡人谭某为联以贺，有“就贡举才十有六岁”“诵诗书已念余万言”，两语可想见其才华矣。

梁氏与报界

梁涉历各界，而以报界为最著。黄远生君尝尊之为报界大总统。文思缜密而笔又条达，反覆周至无不宣之隐。其主撰报章最早者为丁酉年之《时务报》，日有撰著，所作如《史记货殖传今义》等，以西方政俗参证古说，似孙诒让《周礼政要》一类，在当时已为甚博洽而新颖。未几又有《知新报》者创设于澳门，总理为何廷光、康广仁（有为之弟）。撰述则梁启超、徐勤，皆有为之门人也。文誉日隆，时先缦愔兄（即徐仁铸）继江君建霞督湘学，夙知梁君之才，延为湖南时务学堂总教习，任之弥专。以新学课士，耆老震惊。王先谦以书抵先兄致警告，而不为动。更办《湘学报》，以开风气焉。次年梁氏膺荐入都，赏六品衔，任译书。政变出走日本，遂办《清议报》，则专以掊击西太后、荣禄、刚毅等。尊皇之议累牍连篇，所谓皇者对后而非对民。虽行文闳肆而树义犹狭。庚子拳乱之后，清廷又标榜维新，所任多腐旧之臣，而不及戊戌之新党，梁氏乃办《新民报》，以灌输新知、改进社会自任。著《新民说》《新民议》，而自署以"中国之新民"，盖所谓先觉觉后也。更采撷日人研究中国之书，著《学术思想变迁大势》《新史学》《意大利建国三杰传》。又为中国历史商鞅、管子作传，而贯以时事，参以新解，遂觉别开生面。又办《新小说》杂志，著《新中国未来记》《新罗马传奇》，并瑰丽流畅为时人所乐，丛报畅销，有家弦户诵之观。时民党办《民报》于日本，鼓吹革命，摧覆满清。梁则谓新民乃当务之亟，有新民而后有新政府。与民党之主张相突。及清室宣统即位，在筹备宪政之期，遂办《国风报》，从一切新政著笔批评。又办政闻社，以树野党之先声。辛亥革命，梁氏返国，在天津办《庸言报》，又为共和建设讨论会起草《中华建国大方针》，其态度仍主渐不主急，维持当时之政府施行保育政策。越年梁入政界，其报亦停。后梁氏罢官，又有《大中华杂志》者出现于沪上，大书梁启超撰述，梁氏且大登其启事，常川为该杂志撰文。自云永为政论的学者，不再涉足于政界。然出版不数期又停，而梁之政治生活与兴味转益浓厚。民五之两广军务院、民六之天津段政府，梁氏皆居要职，帷幄运筹，遂长财政，后段阁倒，梁亦去位。政府仍月俸以三千元，谓之著书费，自是梁氏生计已裕，乃专意著作，充各书店编撰及清华等校讲师。不但绝迹于政界，并且最致力最擅名之报界生涯，亦若有若无，偶有一二篇章披露于较有派系的历史之报纸，亦以局外之态度出之。而其生涯乃专于学者。综梁氏一生，以纯旧之学者起（科举），以较新学者终，中间之政、报两界则迭为循环，互相间杂，其式如下：

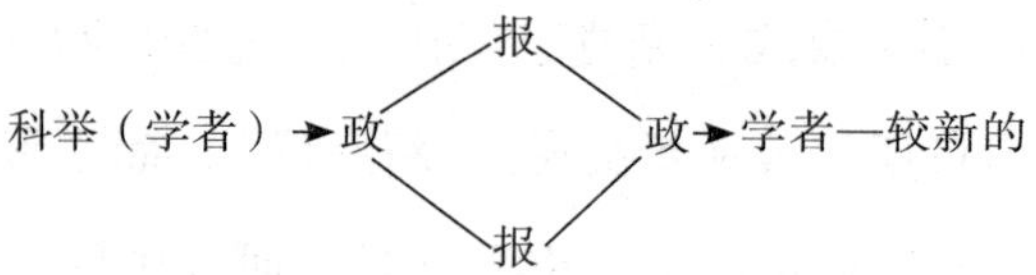

夫梁氏始于学，终于学（以其晚年之著作虽新，仍以新法整理国故为多，故曰较新，别于纯新派也），可云无憾。然梁氏之名及所建树，仍以报为最著，吾将进而申述其于言论界之关系。

梁氏与康有为

“康梁”二字久已成为密切的联属关系。康氏门生綦繁，晚年尤多多益善，而梁氏资极深，名最著，迄乎丁巳之役，康以复辟败遁，而梁以马厂预谋，功名转盛，师弟不相通问者十年，近顷两三岁中，乃归于好，以恩谊终，其间离合悲欢，世或不能尽悉也。康居乡讲学时犹一诸生，其年虽长于梁十余龄，而乡举则迟于梁者四年。（梁光绪十五年己丑，康则光绪十九年癸巳。而梁士诒亦己丑举人，士诒之父又癸巳登科。假设举人亦论前后辈者，则父为子之后辈，师为弟之后辈，而科分亦各相同，甚趣事矣。）梁固服膺康氏，戊戌之役，同发扬，同患难，东游著译语必称南海先生。时人比之孔之颜回，释之大士，其关系之切，绝异等常自不待言。丁酉在湘主讲时务学堂，一承师门衣钵，传宣大同主义，极赞共和民主之治为太平之极则，标《春秋》大一统之义，且言收其功者将在北美，以美行民主其国富而康也。时湘人旧派王先谦、叶德辉等大哗，贻书先兄及巡抚陈右铭，谓梁氏身为主教而昌言以美国一统寰宇，将置大清于何地，而新派谭嗣同、熊希龄诸人，则力赞梁氏。梁氏语必称师说，故湘绅之攻梁者亦并称康、梁。宾凤阳上王先谦书曰："康、梁所用以惑世者民权耳，平等耳，是率天下而为乱也。"王俊猷曰："康、梁专以民权平等无父无君之说为立教宗旨，诚风俗之隐忧，士民被其荼毒陷为禽兽。"梁鼎芬亦致王先谦书曰："廉耻日丧，大局皇皇，群贼披猖，毫无忌惮。"康氏尊孔标举公羊，自云服膺朱次琦（时称九江先生）分三世立说，其主张人民自治，废除政府，分工均田，男女无别，至时夫妇同居，以十年以内为中率，不主张终身夫妇，打通国界，铲除阶级，陈义至高，而非主即行，盖皆属太平之第三世。即所盛推之北美民权犹止小康不及此也。康、梁最初讲学皆盛张民治。梁于康氏亦步亦趋，皆文悌（满御史）参折所谓"伸民权，兴党会，平君臣之尊卑，改男女之内外，有乱无已卖国何难"者。当时康、梁言论之高敞激越可以想见。戊戌以后，康西游而梁东渡，梁氏历主《清》《新》两报，著文率皆引申其师之说。其先但论学理，后乃标出开明专制之主张，立政闻社云预闻清室之宪政也。

辛亥革命，清室覆亡。康、梁皆返国，二人之主张与出处渐歧。康仍坚执其"由帝制以先求小康，用帝制宜仍扶清室"之主张。袁氏累召不赴。梁则接受袁之延纳，初办《庸言报》于天津，兼充进步党魁。及名流内阁立则欣然就司法总长于袁政府之下。康不谓然，贻书相让，以为袁氏旧隙固不足论，而其人非可恃，政实不足为谋，梁之答覆则曰“先生此语不惟不知项城，亦并不知启超”。康大不怿，旋复大笑，时吾弟适盦侍侧。康戏撰一联以示曰：

既不知袁世凯，复不知梁启超，无知人之明，先生休矣。

一败绩于戊戌，再败绩于辛亥，举大事不成，中国殆哉。

自是师弟之间，遂绝音讯。后袁、梁渐疏，筹安会立，梁由津走沪密谋倒袁，同居租界，而相避不面。适弟持先世父手书恳语以解，梁悔一时语失，而终佩先见之明，颇诣面谢，而康之意态，未能遽回。丁巳夺门，康微服莅都，以与其事。梁复与段合作，为讨逆军参战。驰檄有“大言不惭之书生”语，或告康曰“卓如竟破脸詈师矣”。已而事败，康被通缉，避入美使馆。梁则入段阁长财长，犹私挽其同门罗悖曧为之解说。谓“书生”一语实指刘廷琛等，卓如非忘旧者，愿资吾师旅用，请允一见。康曰，彼新贵，吾已累囚，不交涉逮捕已拜其赐，他何必言。康年老崛强，先入者深，失意之际，犹难挽合也。

民八以后，梁伏处津门，于政治已趋消极，闭户读书，念袁、段离合往事，觉其师实知袁且甚爱己，乃长函自数，语甚沉挚。康亦感动，以书报之。十五年秋，康氏北游，晤梁于津之私邸，相持而泣。次年康氏七十寿。梁苦思极虑，欲集成语为佳联以表耆宿。初得上联，出自《郑康成传》，恰合分际，而久不获对，后翻《儒林传》，又翻京都赋复得数句，以为之配。工稳贴切，缀系自然，其词如左：

述先圣之玄意，整百家之不齐，入此岁来，已七十矣。

奉觞豆于国叟，致欢忻于春酒，亲受业者，盖三千焉。

上书“南海先生览揆令辰集汉贤成语为寿”，下书“丁卯二月五日弟子梁启超顿首拜撰并书”。乃不越月而康氏遽逝于青岛。启超哭累日，复约同门设位于宣南之畿辅先哲祠，缟衣素食，极哀尽礼，撰一千四百言之祭文，亲书八幅，悬之享堂，有云：“爰有奇书，书曰大同。察世患之所自始，哀民艰之不可终穷，谓一切恶业皆起于自私自我，救之之道，在廓天下而为公”；“凡今世学子稗贩以相诧之新学说，皆我师三十年所尝瞑索而精砻，非我今日始作此语，其书之散布人间者，早已如日月之丽空”。则表扬其学说也。又云：“复辟之役，世多以此为师诟病，虽我小子，亦不敢曲从而漫应。虽然，丈夫立身，贵有本末。师之所以自处者，岂曰不得其正，报先帝之知于地下，则于吾君之子而行吾义。栖燕不以人去辞巢，贞松不以岁寒改性，宁冒天下之大不韪，而毅然行吾心之所自靖，斯正吾师之所以大过人，抑亦人世之所托命。”则为一白丁巳之事，且自忏也。康、梁恩谊未复之际，梁尝著一清代学术之书，承认其师评己之流质性太变，而亦不满于其师之太不变。观此祭文，则于康之不变有同情矣。又一联曰：

祝宗祈死，老眼久枯，翻幸生也有涯，免卒睹全国（鱼烂）陆沉之惨。

西狩获麟，微言遽绝，正恐天之将丧，不仅动吾党山颓木坏之悲。

语气抑郁，乃其晚境使然，不须细论，只就私人恩谊而言，亦可谓善全终始者焉，且距其师之逝甫阅一周，使灵学有据，则相逢地下，更当欣慨交萦焉。

梁氏之文学

今之文学有“文言”与“语体”之两大类。梁之文笔则介于两者之间。其笔流畅圆熟，其文曲折详尽。长于说理，叙事次之，抒情又次之。其文名之盛，实始于《新民丛报》，而《新民丛报》之文字实参合以下之三原素以成之：

（1）梁氏之天才与其得力之一种合于实用的旧文学。

（2）日本学者之著作。（梁氏最著名之《新史学》

及《论中国学术思想变迁之大势》，多以日人所著为蓝本，其述佛学之明密深透，则自言根据于日文之《八宗纲要》《佛宗纲领》，此固传译介绍，不同剽窃，且独擅之文格，亦有润色之功能也。）

（3）日本译自西洋之科学的名词及其他学艺之术语。如“经济”“论理”“哲学”之类，皆为梁氏用入己文，此类译名，即随梁之文势而普习于中国。严几道氏虽亟图自立，创译“计学”“名学”“爱智学”，然至今仍以不甚通透之日本译名最为通行，梁文有力焉。

当时学子既震于其文，又惊其所学，职是之故。时科举方改试策论时务，故应试者亦多借《新民丛报》为蓝本。其文字之势力，乃遍及于学堂之学生，科场之士子。厥后报纸繁兴，凡杂志上作长篇论文者，大抵规抚梁氏，即在今兹之日报中，梁氏文脉之余势增未尽衰。盖古文不宜于说理（曾国藩语），而新语体文，虽重条贯，而款式符号太繁，每为时间所不许也。梁氏之文善用开阖之姿势，抑扬之音调，非惟人性如流质，文亦似水之无孔不入。然有时失之空滥。如“吾岂不知……”“吾思之而重思之”“夫……则何待言者”“吾亦知……”之开阖词句辄嫌其多。摩者辄得其病。而梁亦自知其病，故民国以后，《庸言报》之《罪言》诸作，已力趋沉炼矣。而近数年感受新语体文派之暗示，亦往往作白话以阐学理。综而言之，则有四变：

（1）旧式文字（戊戌以前在上海办报时）

（2）自创一格之文字（在日本办报时）

（3）简炼而近于古文之文字（《庸言报》）

（4）语体文（最近讲学及著作之文字）

世人所认为真正之梁文，大抵皆以《新民丛报》所作为标准也。其用语体文于学术之讲演，及整理旧艺之著作，亦出于自然。以新语体自有显白条理之特长。此系实用问题，贵得其便。章士钊遽讥其阿附后生，降抑身分，则所见甚陋。此只是工具之运用耳。苟于宣意达词为便，区区人我之界先后之分又何足论哉。

1929 年 1 月 26—28 日《时报》

梁任公先生

郑振铎

一

梁先生在文坛上活动了三十余年，从不曾有一天间断过。他所亲炙的弟子当然不在少数；而由他而始“粗识文字”，粗知世界大势以及一般学问上的常识的人，当然更是不少。梁先生今年还只五十六岁，正是壮年的时代；有的人因为他在文坛上活动的时候很久，便以为他已是一位属于过去时代的老将了，其实他却仍是一位活泼泼的足轻力健，紧跟着时间走的壮汉呢。不幸这位壮汉却于今年正月十九日逝去了！这个不幸的消息，使我惆怅了许久！我们真想不到这位壮汉会中途而永息的。我不想做什么应时的文字，然而对于梁任公先生，我却不能不写几句话——虽然写的人一定很不少——我对于他实在印象太深了。

他在文艺上，鼓荡了一支像生力军似的散文作家，将所谓恹恹无生气的桐城文坛打得个粉碎。他在政治上，也造成了一种风气，引导了一大群的人同走。他在学问上，也有了很大的劳迹；他的劳迹未必由于深湛的研究，却是因为他的将学问通俗化了，普遍化了。他在新闻界上也创造了不少的模式；至少他还是中国近代最好的、最伟大的一位新闻记者。许多的学者们，其影响都是很短促的，廖平过去了，康有为过去了，章太炎过去了，然而梁任公先生的影响，我们则相信他尚未至十分的过去——虽然已经绵延了三十余年。许多的学者们，文艺家们，其影响与势力往往是狭窄的，限于一部分的人，一方面的社会，或某一个地方的，然而梁任公先生的影响与势力，却是普遍的，无远不届的，无地不深入的，无人不受到的——虽然有人未免要讳言之。

对于与近三十年来的政治、文艺、学术界有那末深切关系，而又有那末普遍、深切的影响与势力的梁任公先生，还不该有比较详细的研究么？

二

说到一位人的生平，他自己的话，当然是最可靠的。在冠于第一次出版的，即当梁任公先生三十岁那一年出版的《饮冰室文集》之前，有他的一篇《三十自述》。在这一篇《自述》里，已将他自己的一个很重要的活动时期，即三十岁以前，办《时务报》，时务学堂，公车上书，戊戌政变，刊行《新民丛报》《新小说》的一个时期的事迹叙述得颇为详细了。本文仅就之而作一番的简节为复述而已。三十以后的事迹也多半采用他自己的叙述。又他的《清代学术概论》也略有叙述到他自己的地方。

梁任公先生名启超，字卓如，别署饮冰室主人，任公是他的号。父名宝瑛，字莲涧，母氏赵。他为中国极南部的一个岛民，即广东新会的熊子乡，熊子乡是正当西江入海之冲的一个岛。他生于同治十二年癸酉正月二十六日，正是中国受外患最危急的一个时代，也正是西欧的科学、文艺以排山倒海之势输入中国的时代；一切旧的东西，自日常用品以至社会政治的组织，自圣经旧典以至思想、生活，都渐渐的崩解了，被破坏了，代之而起的是一种崭新的外来的东西。梁氏恰恰诞生于这一个伟大的时代，为这一个伟大时代的主动角之一。梁氏生四五岁时，“就王父及母膝下授四子书、《诗经》。夜则就睡王父榻，日与言古豪杰哲人嘉言懿行，而尤喜举亡宋亡明国难之事，津津道之。六岁后，就父读，受中国略史，五经卒业。八岁学为文。九岁能缀千言。十二岁应试学院，补博士弟子员。日治帖括，……顾颇喜词章。王父父母时授以唐人诗，嗜之过于八股。……父慈而严，督课之外，使之劳作。言语举动稍不谨，辄呵斥不少假借。常训之曰：‘汝自视乃如常儿乎？’……十三岁始知有段、王训诂之学，大好之。”十五岁，母死。时肄业于广东省城的学海堂。学海堂是阮元在广东时所设立的。他沉酣于乾嘉时代的“训诂词章”的空气中，乃决舍帖括而有意训诂词章。十七岁，梁氏举于乡。第二年，他的父亲偕他一同赴京会试。李端棻以他的妹子许字给他。下第归，过上海，从坊间购得《瀛环志略》读之，乃知有所谓世界。这一年的秋天，他和陈千秋同去拜谒康有为。这是梁氏与康氏的第一次的会面，也即是使梁氏的生活与思想起了一个大变动的一次重要的会面。梁氏在《三十自述》里曾有一段话提到这一次的会面情形，很足以动人：

于是乃因通甫（即千秋）修弟子礼，事南海先生。时余以少年科第，且于时流所推重之训诂词章学，颇有所知，辄沾沾自喜。先生乃以大海潮音，作师子吼，取其所挟持之数百年无用旧学，更端驳诘，悉举而摧陷廓清之。自辰入见，及戌始退。冷水浇背，当头一棒，一旦尽失其故垒，惘惘然不知所从事。且惊且喜，且怨且艾，且疑且惧，与通甫联床，竟夕不能寐。明日再谒，请为学方针。先生乃教以陆、王心学，而并及史学西学之梗概。自是决然舍去旧学，自退出学海堂，而间日请业南海之门。生平知有学自兹始。

第二年，康有为开始讲学于广东省城长兴里的万木草堂。康氏讲述中国数千年来学术源流，历史政治，沿革得失，取万国以比例推断之。梁氏与诸同学日札记其讲义。他自己说，他“一生学问之得力，皆在此年”（《三十自述》）。康氏著《新学伪经考》时，他从事校勘。著《孔子改制考》时，他从事分纂。这一年十月，梁氏入北平，与李氏结婚。第二年，他的祖父病卒。自此，学于万木草堂中凡三年。然梁氏虽服膺康氏，却也并不十分赞同他的主张。“治《伪经考》，时复不慊于其师之武断，后遂置不复道；其师好引纬书，以神秘性说孔子，启超亦不为然。”（《清代学术概论》一百三十八页）

甲午，梁氏年二十二，复入北平，“于京国所谓名士者多所往还”（《自述》）。“而其讲学最契之友，曰：夏曾佑、谭嗣同。曾佑方治龚（自珍）、刘（逢禄）今文学，每发一义，辄相视莫逆。……嗣同方治王夫之之学，喜谈名理，谈经济，及交启超，亦盛言大同，运动尤烈。而启超之学，受夏、谭影响亦至巨。”（《清代学术概论》一百三十九页）六月，中日战事起，梁氏惋愤时局，时有所言，却不见有什么人听信他。他因此益读译书，研究算学史地。明年，和议成。他代表广东公车百九十人，上书陈时局。康有为也联合公车三千人，上书请变法。梁氏亦从其后奔走。这一次可以说是梁氏第一次的政治运动。七月，北平创立强学会，梁氏被委为会中书记员。不三月，强学会被封。第二年，黄遵宪在上海办《时务报》，以书招梁氏南下。他便住在上海，专任《时务报》的撰述之役。他的报馆生活实开始于此时。著《变法通议》，以淹贯流畅，若有电力足以吸住人的文字，婉曲的达出当时人人所欲言而迄未能言或未能畅言的政论。这一篇文字的影响，当然是极大。像那样不守家法，非桐城，亦非六朝，信笔取之而又舒卷自如，雄辩惊人的崭新文笔，在当时文坛上，耳目实为之一新。丁酉十月，陈宝箴、徐仁铸，聘他到湖南，就时务学堂讲席。这时，黄遵宪恰官湖南按察使，谭嗣同亦归湘助乡治。湖南人才称极盛。不久，德国割据胶州湾事起，这更给他们以新的刺激。时务学堂学生仅四十人；而于这四十人中，在后来政治上有影响的却很不少。助教唐才常为第一次起义于汉口而不成的主动者。学生蔡锷则为起师云南推覆袁氏帝制的一位最重要的主角。在那时，梁氏每日在讲堂四小时，夜则批答诸生札记，每条或至千言，往往彻夜不寐。所言皆当时一派之民权论，又多言清代故实，胪举失政，盛倡革命；其论学术，则自荀卿以下汉、唐、宋、明、清学者掊击无完肤。及年假，学生各回故乡，出札记示亲友。全湘大哗。反动的势力便一时蜂起。叶德辉著《翼教丛编》(应为苏舆所编),张之洞著《劝学篇》,皆系对于梁氏及康氏、谭氏诸人的言论加以掊击的。当时的康、梁,谈者几视之与“洪水猛兽”同科。

明年戊戌,梁氏年二十六。春大病几死,出就医上海。病愈,更入北平。时康有为方开保国会,梁氏多所赞画奔走。四月,以徐致靖之荐,清帝即命办大学堂译书局事务。“时朝廷锐意变法,百度更新。南海先生深受主知,言听谏行。复生(谭嗣同)、暾谷(林旭)、叔峤(杨锐)、裴邨(刘光第),以京卿参预新政。”(《三十自述》)梁氏亦在其中有所尽力。在这个时候,又遇到一个极大的反动;康氏诸行新政者,以德宗为护法主;旧势力却投到西太后那里去。双方怒目而视,如箭在弦上,一触即发。恰巧有一个御史,胪举梁氏札记批语数十条指斥清室鼓吹民权的,具摺揭参。于是,卒兴大狱。谭、林等六君子于八月被杀。德宗被幽禁。康有为以英人的仗义出险。梁氏亦设法乘日本大岛兵舰而东。梁氏的第一期政治生活遂告了一个段落。以后便入了一个以著述为生的时期了。他的影响也以这个第一期的著述时代或《清议报》《新民丛报》时代为最大。十月,与横滨商人,创刊《清议报》,仍以其沛沛浩浩若有电力的热烘烘的文字鼓荡着,或可以说是主宰着当时的舆论界。自此,居日本一年,“稍能读东文,思想为之一变”。盖因东籍的介绍,对于近代古代的欧洲思想与政治,很觉得了然;而对于中国的学术历史,也突然的另感到了一种与前全异的新的研究方法。以后发表于《新民丛报》中的许多学术论文,皆可以说是受了东籍的感应力的产品。

己亥冬天，美洲的中国维新会招他去游历。道过夏威夷岛，因治疫故，航路不通，留居在那里半年。庚子六月，正欲赴美，而义和团变已大起，北方纷扰不堪。梁氏便由夏威夷岛复向西而归。至日本，闻北京失守。至上海时，又知汉口难作，唐才常等皆已被杀。他便匆匆的复由上海，过香港，至南洋，经印度，到澳洲。居澳洲半年，复回日本。自此以后便又入了著述的时代了，这个时代便是《新民丛报》的时代。于《新民丛报》外，复创刊《新小说》。“述其所学所怀抱者，以质于当世达人志士，冀以为中国国民道铎之一助。”（《三十自述》）这个时代，自壬寅（一九〇二年）至辛亥（一九一一年），几历十年。中间惟丙午（一九〇六）及己酉（一九〇九）二年所作绝少。其余几年则所写著作极为丰富，实可谓名副其实的大量生产者。在这个时代，他的影响与势力最大。一方面结束了三十以前的作品，集为《饮冰室文集》，一方面则更从事于新方面的努力与工作。除了少数的应时的时事评论及著《开明专制论》等等，力与当时的持共和论者相搏战之外，他的这几年来的成绩，可分为六方面：

第一方面是鼓吹宣传“新民”之必要，欲从国民性格上加以根本的改革，以为政治改革的入手。他知道没有良好的国民，任何形式的政体都是空的，任何样子的改革也都是没有好结果的。于是他便舍弃了枝枝节节的“变法论”“保皇论”，而从事于“新民丛报”的努力；所谓“新民丛报”，盖即表示这个刊物是注重在讲述“新民之道”的。他在这个报上，一开头便著部《新民说》，说明：“国也者，积民而成。国之有民，犹身之有四肢五脏，筋脉血轮也。未有四肢已断，五脏已瘵，筋脉已伤，血轮已涸，而身犹能存者，则亦未有民愚陋怯弱，涣散混浊，而国犹能立者。故欲其身之长生久视，则摄生之术不可不明；欲其国之安富尊荣，则新民之道不可不讲。”以后便逐渐的讨论到“公德”“国家思想”“进取冒险”“权利思想”“自治”“自由”“进步”“自尊”“合群”“生利分利”“毅力”“义务思想”“私德”“民气”等，很有几点是切中了我们的古旧民族的根性病的。他如大教主似的，坐在大讲座上，以师子吼，作唤愚启蒙的训讲。庚戌年（一九一〇）创刊《国风报》时，他又依样的以《说国风》冠于首，说明，“国风之善恶，则国命之兴替所攸系也”，而思以文字之力，改变几千年来怯懦因循的国风。

第二方面是介绍西方的哲学、经济学等等的学说。所介绍的有霍布士、斯片挪莎、卢梭、倍根、笛卡儿、达尔文、孟德斯鸠、边沁、康德诸人。他的根据当然不是原著，而是日本人的重述、节述或译文。然因了他的文笔的流畅明达，国内大多数人之略略能够知道倍根、笛卡儿、孟德斯鸠、卢梭诸人的学说一脔的，却不是由于严复几个翻译原作者，而是由于再三重译或重述的梁任公先生。这原因有一大半是因为梁氏文章的明白易晓，叙述又简易无难解之处，也有一小半因为梁氏的著作流传的范围极广。我常常觉得很可怪：中国懂得欧西文字的人及明白欧西学说的专门家都不算少，然而除了严复、马建忠等寥寥可数的几位之外，其他的人每都无声无臭过去了，一点也没有什么表现；反是几位不十分懂得西文或专门学问的人如林琴南、梁任公他们，倒有许许多多的成绩，真未免有点太放弃自己的责任了。林、梁诸人之视他们真是如巨人之视婴儿了！即使林、梁他们有什么隔膜错误的地方，我们还忍去责备他们么？而林、梁之中，林氏的工作虽较梁氏多，梁氏的影响似乎较他为更大。

第三方面是运用全新的见解与方法以整理中国的旧思想与学说。这样的见解与方法并不是梁氏所自创的，其得力处仍在日本人的著作。然梁氏得之，却能运用自如，加之以他的迷人的叙述力，大气包举的融化力，很有根柢的旧学基础，于是他的文章便与一班仅仅以转述或稗贩外国学说以论中国事物的人大异。他的这些论学的文字，是不黏着的，不枯涩的，不艰深的；一般人都能懂得，却并不是没有内容；似若浅显袒露，却又是十分的华泽精深。他的文字的电力，即在这些论学的文章上，仍不曾消失了分毫。这一方面重要的著作是《论中国学术思想变迁之大势》《子墨子学说》《中国法理学发达史论》《国文语原解》《中国古代币材考》等。在其中，《论中国学术思想变迁之大势》一作尤为重要；在梁氏以前，从没有过这样的一部著作发见过；她是这样简明扼要地将中国几千年来的学术加以叙述，估价，研究；可以说是第一部的"中国学术史"（第二部的至今仍未有人敢于着手呢），也可以说是第一部的将中国的学术思想有系统的整理出来的书。虽有人说她是肤浅，是转贩他人之作，然作者的魄力与雄心已是十分的可敬了。此作共分七部分：一、总论；二、胚胎时代；三、全盛时代；四、儒学统一时代；五、老学时代；六、佛学时代；七、近世之学术。梁氏在十余年之后，更欲成《中国学术史》的大著，为深一层的探讨，惜仅成一部分——《清代学术概论》——而止。今梁氏亡矣，这部伟大著作是永没有告成的希望了。

第四方面是研究政治上、经济上的各种实际的问题。在这个时候，梁氏的政论，已不仅是宣传鼓吹自己的主张，或攻击、推翻古旧的制度而已，这样的时代，即著《变法通议》的时代，已经过去了；他现在是要讨论实际上的种种问题以供给所谓“建设时代”的参考了。所以他一方面介绍各国的实例，一方面讨论本国的当面问题。在这些问题中，关于政治的，以宪法问题为中心；关于经济的，以货币、国债问题为中心。这些问题，都是那个时代的举国人民所要着眼的问题。关于前者，他著有《论政府与人民之权限》（壬寅）、《外官制私议》（庚戌）、《立宪法议》（庚子）、《论立法权》（壬寅）、《责任内阁释义》（辛亥）、《宪政浅说》（庚戌）、《中国国会制度私议》（庚戌）及《各国宪法异同论》（己亥）诸作。关于后者，他著有《中国国债史》（甲辰）、《中国货币问题》（甲辰）、《外资输入问题》（甲辰）、《改盐法议》（庚戌）、《币制条议》（庚戌）、《外债平议》（庚戌）诸作。

第五方面是对于历史著作的努力。梁氏的事业，除了政论家外，便始终是一位历史家。他的对于中国学术思想的研究也完全是站在历史家的立场上的。他一方面攻击旧式历史的秕缪可笑，将历来所谓“史学”上所最聚讼的问题，如“正统”，如“书法”，等等，皆一切推翻之，抹煞之，以为不成问题。他以为：所谓历史，不是一姓史、个人史，也不仅仅是铺叙故实的点鬼簿、地理志而已；历史乃是活泼泼的，乃是“叙述人群进化之现象，而求得其公理公例者也”，乃是供“今世之人，鉴之裁之，以为经世之用也”。在这一方面，他著有《新史学》（壬寅）、《中国史叙论》（辛丑）等。他又在第二方面，写出许多的史书、史传来，以示新的历史，所谓“使今世之人，鉴之裁之”的历史的模式。这一方面的著作有《中国专制政治进化史论》（壬寅）、《历史上中国民族之观察》《南海康先生传》（辛丑）、《李鸿章》（辛丑）、《张博望班定远合传》（壬寅）、《赵武灵王传》《袁崇焕传》（甲辰）、《中国殖民八大伟人传》（甲辰）、《郑和传》（乙巳）、《管子传》（辛亥）、《王荆公传》《匈牙利爱国者噶苏士传》（壬寅）、《意大利建国三杰传》《雅典小史》《朝鲜亡国史略》（甲辰）等等，都是火辣辣的文字，有光有热，有声有色的；决不是什么平铺直叙的寻常史传而已。

第六方面是对于文学的创作。梁氏在这十年中，不仅努力于作史著论，即对于纯文艺，也十分的努力。他既发刊《新小说》，登载时人之作品，如我佛山人的《痛史》《二十年目睹之怪现状》《九命奇冤》，以及苏曼殊诸人的翻译等等。他自己也有所作，如《新中国未来记》《世界末日记》（此为翻译）、《十五小豪杰》（此亦为翻译）等；又作传奇数种，如《劫灰梦传奇》《新罗马传奇》《侠情记传奇》，虽皆未成，却已传诵一时。他的诗词也以在这个时间所作者为特多。又有诗话一册，亦作于此时。他对于小说的势力是深切的认识的，所以他在《论小说与群治之关系》一文中，说起：

欲新一国之民，不可不先新一国之小说。故欲新道德，必新小说；欲新宗教，必新小说；欲新政治，必新小说；欲新风俗，必新小说；欲新学艺，必新小说；乃至欲新人心，欲新人格，必新小说。何以故？小说有不可思议之力支配人道故。

小说之支配人道，有四种力：一是熏，“熏也者，如入云烟中而为其（所）烘，如近墨朱处而其为所染”。二是浸，“浸也者，入而与之俱化者也”。三是刺，“刺也者，能入于一刹那顷，忽起异感而不能自制者也”。四是提，“前三者之力，自外而灌之使入，提之力自内而脱之使出”。他既明白小说的感化力如此的伟大，所以决意便于《新民丛报》之外复创刊《新小说》，然《新小说》刊行半年之后，梁氏的著作却已不甚见。大约他努力的方向后来又转变了。

这十年，居日本的十年，可以说是梁氏影响与势力最大的时代，也可以说是他最勤于发表的时代。我们看民国十四年（乙丑）出版的第四次编订的《饮冰室文集》里，这十年的作品，竟占了一半有强。

《新民丛报》与《新小说》创刊的第二年（一九〇三），梁氏曾应美洲华侨之招，又作北美洲之游。这一次却不曾中途折回。他到了北美合众国之后，随笔记所见闻，对于“美国政治上，历史上，社会上种种事实，时或加以论断”。结果便成了《新大陆游记》一书。

在这一个时期内，还有一件事足记的，便是，从戊戌以后，他与康有为所走的路已渐渐的分歧；然在表面上还是合作的。到了他在《新民丛报》上发表了一篇《保教非所以尊孔论》后，便显然的与康氏背道而驰了。他自己说：“启超自三十以后，已绝口不谈‘伪经’，亦不甚谈‘改制’；而其师康有为大倡设孔教会，定国教祀天配孔诸议，国中附和不乏，启超不谓然，屡起而驳之。”(《清代学术概论》二百四十三页）世人往往以康、梁并称，实则梁氏很早便已与康氏不能同调了。他们两个人的性情是如此的不同：康氏是执著的，不肯稍变其主张；梁氏则为一个流动性的人，往往“不惜以今日之我，难昔日之我”，不肯故步自封而不向前走去。

辛亥（一九一一）十月，革命军起于武昌，很快的便蔓延到江南各省。南京也随武昌而被革命军所占领。梁氏在这个时候，便由日本经奉天而复回中国。这时离他出国期已经是十四年了。因为情势的混沌，他曾住在大连以观变。南北统一以后，袁世凯就临时大总统任，以司法次长招之。梁氏却不肯赴召。这时，国民党与“进步党”（民元时代名共和党）的对峙情形已成。袁氏极力地牵合进步党，进步党也倚袁氏以为重。梁氏因与进步党关系的密切，便也不得不与袁氏联合。他到了北平与袁氏会见。会见的结果，却使他由纯粹的一位政论家一变而为实际的政治家。自此以后，他便过着很不自然的政治家生活，竟有七年之久。这七年的政治生活时代是他的生活最不安定的时代，也是他的著述力最消退，文字出产量最减少的时代。这个时代，又可分为三期：

第一期是与袁世凯合作的时代。癸丑（一九一三）熊希龄组织内阁，以梁氏为司法总长；这是戊戌以后，他第一次的踏上政治舞台。这一次的内阁，即所谓“名流内阁”的是。然熊氏竟无所表见，不久竟倒。梁氏亦随之而去，这一次的登台，在梁氏可以说是一点的成绩也没有。然他却并不灰心，也并未以袁世凯为不足合作的人。他始终要立在维持现状的局面之下，欲有所作为，欲有所表见，欲有所救益。这时，最困难的问题便是财政问题。梁氏在前几年已有好几篇关于财政及币制的文章发表（这时他的文章多发表在《庸言报》上）。这时更锐然欲有以自见，著《银行制度之建设》等文，发表他的主张。进步党的《中华民国宪法草案》也出于他的手笔。袁世凯因此特设一个币制局，以他为总裁（一九一四年），俾他能够实行他的主张。然梁氏就任总裁之后，却又遇到了种种的未之前遇的困难；他的主张一点也不能施行。实际问题与理论竟是这样的不能调合。结果，仅获得《余之币制金融政策》一篇空文，而不得不辞职以去。自此，他对于袁氏方渐渐的绝望了，对于政治生涯也决然的生了厌恶、舍弃之心。他写了一篇很沉痛的宣言，《吾今后所以报国者》，极恳挚的说明，他自己是很不适宜于实际的政治活动的。他说："夫社会以分劳相济为宜，而能力以用其所长为贵。吾立于政治当局，吾自审虽蚤作夜思，鞠躬尽瘁，吾所能自效于国家者有几。夫一年来之效既可睹矣。吾以此日力，以此心力，转而用诸他方面，安见其所自效于国家者，不有以加于今日！"他更决绝的说道："故吾自今以往，除学问上或与二三朋辈结合讨论外，一切政治团体之关系，皆当中止。乃至生平最敬仰之师长，最亲习之友生，亦惟以道义相切劘，学艺相商榷。至其政治上之言论行动，吾决不愿有所与闻，更不能负丝毫之连带责任。非孤僻也，人各有其见地，各有其所以自信者。虽以骨肉之亲，或不能苟同也。"他这样的痛切的悔恨着过去的政治生涯，宜可以再度的复入于"著述时代"了。然而正在这时，一个大变动的时代却恰恰与他当面。欧战在这时发生了；继之而中日交涉勃起，日本欲乘机在中国获得意外的权利；继之而帝制运动突兴，袁世凯也竟欲乘机改元洪宪，改国号中华帝国，而自为第一代的中华帝国的皇帝。种种大事变紧迫而来，使他那末一位敏于感觉的人，不得不立刻兴起而谋所以应付之。于是他便又入于第二期的政治生涯。

第二期是"护国战役"时代。他对于欧战，曾著有《欧洲大战（战役）史论》一册；后主编《大中华》月刊，便又著《欧战蠡测》一文。更重大的事件，中日交涉，使他与时人一样的受了极大的刺激。他接连在《大中华》上写着极锋利极沉痛的评论，如《中日最近交涉平议》《解决悬案耶？新要求耶？》《外交轨道外之外交》《交涉乎？命令乎？》《示威耶？挑战耶？》诸作。及这次交涉结束之后，他又作《痛定罪言》《伤心之言》二文。他不曾作过什么悲苦的文字，然而这次他却再也忍不住了！他说道："吾固深感厌世说之无益于群治，恒思作壮语留余望以稍苏国民已死之气。而吾乃时时为外境界所激刺，所压迫，几于不能自举其躯。呜呼吾非伤心之言而复何言哉！"（《伤心之言》）

更重大的事件帝制运动，又使他受了极大的刺激。他对于这次的刺激，却不仅仅以言论而竟以实际行动来应付它了。帝制问题其内里的主动当然是袁世凯，然表面上则发动于古德诺的一篇论文及筹安会的劝进。这是乙卯（一九一五）七月间的事。梁氏便立刻著《异哉所谓国体问题者》一文，发表于《大中华》。梁氏在十年前，原是君主立宪论的主持者，然对于这次的政体变更，却期期以为不可。他的理由在《异哉所谓国体问题者》里说得又透彻，又严肃，又光明，又讥诮。他以为自辛亥八月以来，未及四年而政局已变更了无数次，“使全国民彷徨迷惑，莫知适从”。作帝制论者何苦又“无风鼓浪，兴妖作怪，徒淆民视听，而诒国家以无穷之戚”，并为袁氏及筹安会诸人打算利害，以为此种举动是与“元首”以不利的。当时他亦“不敢望此文之发生效力。不过因举国正气销亡，对于此大事无一人敢发正论，则人心将死尽，故不顾利害死生，为全国人代宣其心中所欲言之隐耳”。（以下引文皆录自《盾鼻集》。）他的此文，草成未印时，袁氏已有所闻，曾托人以二十万元贿之。梁氏拒之，且录此文寄袁氏。未几，袁氏又遣人以危辞胁喝他，说：“君亡命已十余年，此种况味亦既饱尝，何必更自苦。”梁氏笑道：“余诚老于亡命之经验家也。余宁乐此，不愿苟活于此浊恶空气中也。”来的人语塞而退。这时，梁氏尚住在天津。他的从前的学生蔡锷，革命后曾任云南都督，这时则在北平。于是梁、蔡二氏便密计谋实际上的反抗行动。在天津定好后此的种种军事计画，决议：云南于袁氏下令称帝后即独立。二人并相约：“事之不济，吾侪死之，决不亡命。若其济也，吾侪引退，决不在朝。”他们便相继秘密南下。蔡氏径赴云南，梁氏则留居上海。这一年十二月，云南宣布独立，进攻四川。广西将军陆荣廷则约梁氏赴桂，同谋举义事。他说道：“君朝至，我夕即举义。”许多人皆劝梁氏不要冒险前去，然他却不顾一切的应召而去。丙辰（一九一六）三月，梁氏由安南偷渡到桂，时海防及其附近一带铁路，袁政府的侦探四布。梁氏避匿山中，十日不乘火车，而间道行入镇南关。至则广西已独立。不久，广东亦被迫而独立。然广东局面不定，梁氏冒险去游说龙济光，几乎遇害。两广局面一定，他便复到上海，从事于别一方面的活动。这时才知道他的父亲宝瑛，已于他间道入广西时病殁了。这时，情形已大为转变。浙江、陕西、湖南、四川诸省皆已独立；南京的冯国璋也联合长江各省谋反抗。正在这个时候，袁世凯忽然病死。于是这次的“护国战争”便告了结束。黎元洪继任大总统，段祺瑞组织内阁。梁氏则实践初出时的“决不在朝”的宣言，并不担任政务。然不久，却又有一个大变动发生，又将梁氏牵入旋涡，使他再度第三期的政治生涯。

第三期是“复辟战役”时代。当欧战正酣时，中国严守中立，不表示左右袒的态度，虽日本在山东占领了好几个地方，以攻青岛，我们也只是如在日俄战争时代一样的置之不见不闻。到了后来，德国厉行潜水艇海上封锁政策，美国首先提出抗议。中国的抗议也继之而提出。德国方面却置之不理。于是中国便进一步而与德、奥绝交。协约国极力劝诱中国也加入战团。梁氏承认这是一个绝好的机会，可以增高中国在国际上的地位，并可以收回种种已失的权利，便极力的鼓吹对于德、奥宣战。他在大战的初期，著《欧洲大战（战役）史论》及《欧战蠡测》之时，虽预测德国的必胜，然在这个时候，他已渐渐的瞧透德、奥兵力衰竭的情形了。在这个时候，黎元洪与段祺瑞已表示出明显的政争情态。实际上是总统与总理的权限之争，表面上却借了参战问题，做政争的工具。段氏主张参战，黎氏则反对参战。梁氏因段氏的主张与他自己的相投合，便自然的倾向到段氏一方面去。不幸这次的政争愈演愈烈；参战问题始终不能解决，而内政问题却因黎氏的决然免去段职之故而引起了一段意外的波澜。

段氏免职之后，继之而有督军团的会议，而有各省脱离中央的宣告，而有张勋统兵五千入北平，任调停之举。这个“调停军”的内幕，却将黎、段两方都蒙蔽了。原来，张勋此来，系受了康有为诸人的怂恿，有拥宣统复辟之意。黎氏固不及觉察，即段氏也不甚明白。直至张勋到了天津，复辟的空气十分浓厚，他们才十分的惊惶。于是梁氏与熊希龄急急的欲谋补救。宣统复辟于六年七月初成事实。梁氏乃极力的游说段祺瑞，要他就近起来反抗。马厂誓师的壮举，半是梁氏所怂恿的。梁氏自己也于七月一日发表了一篇反对复辟的通电，持着极显白的反抗态度。他陈说变更国体的利害，十分的恳切动人，较他的《异哉所谓国体问题者》一文尤为直捷痛切。他说：“苟非各界各派之人，咸有觉悟，洗心革面，则虽岁更国体，而于政治之改良何与者。若日建帝号则政自肃，则清季政象何若，我国民应未健忘。今日蔽罪共和，过去罪将焉蔽。况前此承守成余荫，虽委裘犹可苟安。今则师悍士狡，挟天子以令诸侯。谓此而可以善政，则莽，卓之朝，应成郅治。似斯持论，毋乃欺天！”这些话，都足以直攻复辟论者的中心而使之受伤致命的。梁氏又说：“启超一介书生，手无寸铁，舍口诛笔伐外，何能为役。且明知樊笼之下，言出祸随，徒以义之所在，不能有所惮而安于缄默。抑天下固多风骨之士，必安见不有闻吾言而兴者也。”然这事不必望之于他人，他自己便已投笔而兴了，他自己已不徒实行着口诛笔伐，而且躬与于“讨伐”之役了。这时，他与康有为已立于正面的对敌地位。自戊戌以后，梁氏与康氏便已貌合神离，为了孔教问题，也曾明显的争斗过，而这次却第二次为了政治问题而破脸了。梁氏自己相信他始终是一位政论家，不适宜于做政治上的实际活动。他非到于万不得已的时候决不肯放下政论家的面目而从事于政治家的活动。这一次，与“护法战役”之时相同，都是使他忍不住不出来活动的。他带着满腔的义愤，与段祺瑞会见于天津；他说动了段氏，举兵入北平。在这时，似乎也只有段氏一个人比较的可以信托。其他的督军军人们都是首鼠两端的。段氏的崛起，使张勋减少了不少的随从。段氏便很快的得到了成功，扑灭了以张勋、康有为为中心的清帝复辟运动。张、康等皆逃入使馆区域。梁氏在政治上的成功，这是第二次。他对于共和政体的拥护，这也是第二次。

段氏复任总理，黎氏退职，由副总统冯国璋就大总统任。段氏既复在位，对德、奥宣战，便于那一年的八月十四日实行。梁氏这次并不曾于功成后高蹈而去，他做了段内阁的财政总长（一九一七）。他很想发展他的关于财政上的抱负，然而在当时的局面之下，却不容他有什么主张可以见之实施。不久，他便去职。经过这一次的打击之后，他的七年来的政治生涯便真的告了一个终结。自此以后，他便永不曾再度过实际上的政治生活。自此以后，即自戊午（一九一八）冬直到他的死，便入于他的第二期的著述时代。

第二期的著述时代亘绵了十一年之久。这个时代，开始于他的欧游。一九一八年欧战告终，和会开始。抱世界和平的希望的人很多，梁氏也是其一。他既倦于政治生涯，便决意要到欧洲去考察战后的情形。他于民国七年十二月由上海乘船动身。他自己说：“我们出游目的，第一件是想自己求一点学问，而且看看这空前绝后的历史剧怎样收场，拓一拓眼界。第二件也因为正在做正义人道的外交梦。以为这次和会，真是要把全世界不合理的国际关系根本改造，立个永久和平的基础，想拿私人资格将我们的冤苦，向世界舆论伸诉伸诉，也算尽一二分国民责任。”（《梁任公近著第一辑》卷上七十三页）在船上，他本了第二个目的，曾做三两篇文章，为中国鼓吹。其中有一篇是《世界和平与中国》，表示中国国民对于和平会议的希望。后来译印英、法文，散布了好几千本。他在欧洲，到过伦敦、巴黎，到过西欧战场，到过意大利、瑞士，还到过为欧战导火线之一的亚尔莎士、洛林两州。这一次的旅行，经过了一年多。民国九年春天，归国。他自己曾说起对于此行的失望，第一是外交完全失望了，他的出国的第二个目的，最重大的目的，已不能圆满达到；第二是他“自己学问，匆匆过了整年，一点没有长进”。在这一年中，真的，他除了未完篇的《欧游心影录》之外，别的东西一点也没有写；而到了回国以后，所著作、所讲述的仍是十几年前《新民丛报》时代，或第一期的著述时代所注意、所探究的东西，一点也没有什么新的东西产生。此可见他所自述的一年以来“一点没有长进”，并不是很谦虚的话。

然他回国以后所讲述、所著作的东西，题材虽未轶出十几年前《新民丛报》时代所探讨的，在内容上与文字的体裁上却已有了很大的不同了：第一，他如今所研究的较前深入，较前专门；已入于谨慎的细针密缝的专门学者的著作时期，而非复如从前那末样的粗枝大叶、一往无前的少年气盛的态度了。所以《中国学术思想变迁大势》的一篇长文，在当时可以二三个月的时候写成之者，如今则不能不慎重的从事；经过了好几年的工夫，还只成了《清代学术概论》的一部（即《中国学术史第五种》),《中国佛教史》(《学术史第三种》) 则已半成而又弃去。他自己虽说“欲以一年内成此五部”(《清代学术概论》第二自序），然其他几部却始终不曾出现。其他著作也均有这样的谨慎态度。第二，他的文字已归于恬淡平易，不复如前之浩浩莽莽，有排山倒海的气势，窒人呼吸的电感力了。读《新民丛报》的文字，我们至今还要感到一种兴奋；读近年来的梁氏文字，则如读一般的醇正的论学文字，其所重在内容而不在辞章。第三，他的文章体裁也与从前有了一个很大的变化。从前他是用最浅显流畅的文言文，自创一格的政论式的文言文，来写他的一切著作的；在这个时代，他却用当代流行的国语文，来写他的著作了。此可见梁氏始终是一位脚力轻健的壮汉，始终能随了时代而走的。

但很有些人却说梁任公此后文字的不能动人，完全是因为他抛弃了他所自创的风格而去采用了不适宜于他应用的国语文之故。这当然是一种很可笑的无根的见解。以梁氏近七八年来的态度与见解，而欲其更波翻云涌的写出前十七八年的《新民丛报》时代的论文，怎么还会可能的呢？且第二期的著述时代的作品也不尽是以国语文写成的。溪水之自山谷陡降也，气势雄健，一往无前，波跳浪涌，水声雷轰，一切山石悬岩，皆只足助其壮威，而不足以阻其前进；及其流到了平原之地，则声息流平，舒徐婉曲，再也不会有从前那末样的怒叫奔腾了。这便是年龄，便是时代，便是他本人的著作态度，使梁氏的文字日就舒徐婉曲的，并没有什么别样的理由。

他从欧洲归后，至民国十一年双十节前，所著述的约有一百万字。他自己曾在《梁任公近著第一辑》的序上统计过："已印布者，有《清代学术概论》约五万言，《墨子学案》约六万言，《墨经校释》约四万字，《中国历史研究法》约十万言，《大乘起信论考证》约三万言。又三次所辑《讲演集》约共十余万言。其余未成或待改之稿有《中国韵文里头所表示的情感》约五万言，《国文教学法》约三万言，《孔子学案》约四万言。又《国学小史稿》及《中国佛教史稿》全部弃却者各约四万言。其余曾经登载各日报及杂志之文，约三十余万言，辄辑为此编，都合不满百万言。两年有半之精神，尽在是矣。"

此时以后的著作，则有《陶渊明》（单行）、《戴东原先生传》《戴东原哲学》《人生观与科学》《近代学风之地理的分布》《说方志》《国学入门书要目及其读法》，等等。尚有《中国文化史》的未定稿一篇，《社会组织篇》，亦已印行。

综观这个"第二著述时代"的梁氏的著作，其研究的中心有四。第一，是对于佛教的研究。这是他将十几年前的《中国学术思想变迁大势》中，关于佛教的一部分放大了的。他的《中国佛教史》虽未完成，然已有好几篇很可观的论文告毕的了；如在庚申（一九二〇）所写的《佛教之初输入》《千五百年前之中国留学生》《佛教与西域》《印度史迹与佛教之关系》《佛典之翻译》《翻译文学与佛典》等皆是；其所着意乃在于"佛教的输入"史一部分。在这部分上，他的研究确是很深邃的，其材料也大都是他辛苦收集得来的。与前十几年之稗贩日本人的研究结果的文字完全不同。第二年（一九二一），他在南京东南大学讲演，同时又到支那内学院，研究佛教经典。《大乘起信论考证》即作于是年。甲子（一九二二），又写了一篇《印度与中国文化之亲属的关系》，可以说是研究佛教的余波。

第二，是对于先秦诸子的研究。这也是将《中国学术思想变迁》中关于先秦思想的一部分放大了的。然其研究的面目，与前也已十分的不同。庚申（一九二〇）年写成的有《老子哲学》《墨子年代考》《墨经校释》等，第二年（辛酉）又写成《墨子学案》一书。梁氏对于墨子本来研究得很深。从前有过一部《墨学微》出版。这一次的研究，则“与少作全异其内容”。《先秦政治思想史》则出版于壬戌年。

第三，是对于清代学术思想的研究。这也是将《中国学术思想变迁》一文中，关于清代学术一部分加以放大的。在这一方面，他自己说：“余今日之根本观念，与十八年前无大异同，惟局部的观察，今视昔似较为精密。且当时多有为而发之言，其结论往往流于偏至；——故今全行改作，采旧文者什一二而已。”（《清代学术概论自序》）《清代学术概论》出版于庚申，是他对于清代学术的有系统的一篇长论，但多泛论，没有什么深刻的研究的结果。独有对于康有为及他自己今文运动的批评，却是很足以耐人寻味的。此外对于戴东原的研究也是他的一个专心研究的题目。《戴东原先生传》《戴东原哲学》《戴东原著述纂校书目考》（皆作于癸亥）都是他研究的结果。又有《明清之交中国思想界及其代表人物》（甲子）及《颜李学派与现代教育思潮》（癸亥）亦可归入这一类。

第四，是对于历史的研究。这又是将十几年前他所作的《新史学》等文以放大的。关于这一方面，所作有《近代学风之地理的分布》(甲子)、《中国历史上民族之研究》(壬戌)、《历史统计学》(壬戌)、《中国历史研究法》(壬戌)、《说方志》(甲子)等。《中国历史研究法》是他的《中国文化史稿》的第一篇。他的《中国文化史》，其规模较他的《中国学术史》为尤大。除此作外，尚成有一部《社会组织篇》，惟未公开发表。

这些都是与他十几年前的研究有很密切的关系的。所以我们可以说第二期著述时代的梁任公作品，都不过是第一期著述时代的研究的加深与放大而已。但也有一部分轶出于这个范围之外；一是几篇关于《人生观与科学》(癸亥)的论文，二是几篇对于中国诗歌的研究，如《屈原研究》《情圣杜甫》《陶渊明》《中国韵文里头所表现的情感》(皆作于壬戌)，等等。他的关于时事论文，这时所作很少。真可以说是实践他前几年在《吾今后所以报国者》一文中所说的"吾自今以往，不愿更多为政谭。非厌倦也，难之，故慎之也。政谭且不愿多作，则政团更何有"而未能实践的话。

他在卒前的二三年，虽仍在清华学校讲学不辍，然长篇巨著的发表已绝少。最后的几年，可以说是他生平最销沉的时代。这一半是因为他的夫人李氏在民国十六年得病而死，他心里很不高兴，一半也因为他自己有病，虽曾到北平的一家医院里割去过一只内肾，而病仍未痊愈。最后还是因此病死去。他自己说：

> 我今年受环境的酷待，情绪十分无俚。我的夫人从灯节起，卧病半年，到中秋日，奄然化去。她的病极人间未有之痛苦，自初发时，医生便已宣告不治。半年以

来，耳所触的只有病人的呻吟，目所接的只有儿女的涕泪。丧事初了，爱子远行，中间还夹着群盗相噬，变乱如麻，风雪蔽天，生人道尽。块然独坐，几不知人间何世。哎，哀乐之感，凡在有情，其谁能免。平日意态活泼兴会淋漓的我，这会嗒然气尽了。(《痛苦中的一点小玩意儿》)

以后几年，他的意绪似还未十分的恢复。但他究竟是一位强者，虽在这种“嗒然气尽”的环境，仍还努力的工作着。他在病中还讲学，还看书，还著书。临死前的数月，专以词曲自遣。拟撰一部《辛稼轩年谱》。在医院中还托人去搜觅关于辛稼轩的材料。忽得《信州府志》等书数种，便狂喜携书出院，仍继续他的《辛稼轩年谱》的工作。然他的病躯已不能再支持下去了。今年一月十九日，梁氏便卒于北平医院里。《辛稼轩年谱》成了他的未完工的一部最后著作。

三

每个人都有自知之明；然真能深知灼见他自己的病根与缺点与好处之所有的，却不很多；每个人都能够于某一个时候，坦白披露他自己的病根，他自己的缺点，他自己的好处；然真能将自己的病根与缺点与好处分析得很正确，很明白，而昭示大众，一无隐讳的，却更不多。梁任公先生便是一位真能深知灼见他自己的病根与缺点与好处的，便是一位真能将他自己的病根与缺点与好处分析得很正确，很明白，而昭示大众，一无隐讳的。世人对于梁任公先生毁誉不一；然有谁人曾将梁任公骂得比他自己所骂的更透彻，更中的的么？有谁人曾将梁任公恭维得比他自己所恭维的更得体，更恰当的么？一部传记的最好材料是传中人物的自己的记载；同此，一篇批评的最好材料，也便是被批评者对于他自己的批评。这句话，在别一方面或未能完全适合，然论到梁任公，却是再恰当也没有的了。

梁任公最为人所恭维的——或者可以说，最为人所诟病的——一点是“善变”。无论在学问上，在政治活动上，在文学的作风上都是如此。他在很早的时候，曾著一篇《善变之豪杰》（见《饮冰室自由书》），其中有几句话道：“语曰：君子之过也，如日月之食焉，人皆见之。及其更也，人皆仰之。大丈夫行事磊磊落落，行吾心之所志，必求至而后已焉。若夫其方法随时与境而变，又随吾脑识之发达而变，百变不离其宗。”他又有一句常常自诵的名语，是“不惜以今日之吾与昨日之吾宣战”。我们看他，在政治上则初而保皇，继而与袁世凯合作，继而又反抗袁氏，为拥护共和政体而战，继而又反抗张勋，反抗清室的复辟；由保皇而至于反对复辟，恰恰是一个敌面，然而梁氏在六七年间，主张却已不同至此。这难道便是如许多人所诟病于他的“反覆无常”么？我们看他，在学问上则初而沉浸于词章训诂，继而从事于今文运动，说伪经，谈改制，继而又反对康有为氏的保教尊孔的主张，继而又从事于介绍的工作，继而又从事于旧有学说的整理；由主张孔子改制而至于反对孔教，又恰恰是一个对面，然而梁氏却不惜于十多年间一反其本来的见解。这不又是世人所讥诮他的“心无定见”么？然而我们当明白他，他之所以“屡变”者，无不有他的最强固的理由，最透彻的见解，最不得已的苦衷。他如顽执不变，便早已落伍了，退化了，与一切的遗老遗少同科了；他如不变，则他对于中国的供献与劳绩也许要等于零了。他的最伟大处，最足以表示他的光明磊落的人格处便是他的“善变”，他的“屡变”。他的“变”，并不是变他的宗旨，变他的目的；他的宗旨他的目的是并未变动的，他所变者不过方法而已，不过“随时与境而变”，又随他“脑识之发达而变”其方法而已。他的宗旨，他的目的便是爱国。“其方法虽变，然其所以爱国者未尝变也”。凡有利于国的事，凡有益于国民的思想，他便不惜“屡变”，而躬自为之，躬自倡导着。惟其爱的是国，所以他生平“最爱平和惮破坏”(《盾鼻集 · 在军中敬告国人》)，所以他在辛亥时代则怕因变更国体之故而引起剧战，在民国元二年之交，则又“惧邦本之屡摇，忧民力之徒耗”而不惜与袁世凯合作。惟其爱的是国，所以他不忍国体屡更，授野心家以机会，所以他两次为共和而战，护国体，即所以护国家。惟其爱的是国，所以他竭力的说明保国与保教的不同，而力与他自己前几年的主张相战。他在《保教非所以尊孔论》的前面，有过一段小引：

> 此篇与著者数年前之论相反对，所谓我操我矛以伐我者也。今是昨非不敢自默。其为思想之进步乎，抑退步乎，吾欲以读者思想之进退决之。

以梁氏思想与主张之屡变而致此讥诮的，我也不知道他们的思想到底是“进步乎，抑退步乎”？

梁氏是一位感觉最灵敏的人，是一位感情最丰富的人，所以四周环境里一有显著的变动，他便起而迎之，起而感应之。这又是他的“善变”的原因之一。例如，一件极小的事，前几年的“人生观与科学”的论斗，他的朋辈有一部分加入，他便也不由自主的而卷入这个争论的旋涡中。前几年有几个人在开列着《国学书目》，在研究着墨子、戴东原、屈原、印度哲学，他便也立刻的引起了他所久已放弃了的研究这些题目的兴致。

梁氏又是一位极能服善的人，他并不谬执他自己的成见；他可以完全抛弃了他自己的主张，而改从别人的。这大约又是他的“善变”的原因之一。他本治戴、段、王考证，及见康有为，则“尽弃所学而学焉”。到了日本之后，他见到日本人的著作，则又倾向于他们而竭力的去汲引了他们过来。当他中年以后，国语文的采用，成了必然的趋势。虽然一般顽执者竭全力以反对之，他却立刻便采用国语文以写他的文章，一点也不吝惜的舍去了他的政论式（或策论的，或《新民丛报》式的）已成为一大派别的文体。这可见他的精神是如何的博大，他的见解如何的不粘着。

梁氏还有一个好处或缺点——大多数人却以为这是他的最可诟病之缺点——便是“急于用世”，换一句话，说得不好听一点，便是“热中”。他在未受到政治上的种种大刺激之前，始终是一位政治家。虽然他晓得自己的短处，说是不适宜于做政治活动，然在七年十二月之前，那一个时候不在做着政治的活动，不在过着政治家的生涯。戊戌不必说，民元二年不必说，民五六七年不必说，即在留居日本的时候，办《清议报》，办《新民丛报》，办《国风报》，还不都在做着政治活动么？到澳洲，到美洲，到菲律宾，还不都在做着政治活动么？即民七的到欧洲去，还不带有一点政治的意味么？《新民丛报》时代，论学之作虽多，然其全力仍注意在政治上。他自己有一段话最足以表现他的政治生涯的里面：

吾二十年来之生涯，皆政治生涯也。吾自距今一年前，虽未尝一日立乎人之本朝。然与国中政治关系，殆未尝一日断。吾喜摇笔弄舌，有所论议。国人不知其不肖，往往有乐倾听之者。吾问学既谫薄，不能发为有统系的理想，为国民学术辟一蹊径。吾更事又浅，且去国久，而与实际之社会阂隔，更不能参稽引申，以供凡百社会事业之资料。惟好攘臂扼腕以谈政治。政治谭以外，虽非无言论，然匣剑帷灯，意固有所属。凡归于政治而已。吾亦尝欲借言论以造成一种人物。然所欲造成者，则吾理想中之政治人物也。(《吾今后所以报国者》)

惟其对于政治这样的“热中”，所以他一有机会，便想出来做一点事，为国家做一点事。政治上的活动人物，有两种不同之型式，一种是革命者，一种是改良者。革命者有他的政纲，有他的主义，他是要彻底改革的，他是要彻底建设的。改良者则不然，他不见得有具体的政纲，不见得有一成不变的主义，他不想破坏现状，他没有打倒了一个旧的，创出一个新的之雄心，他只欲在现状之下，使他尽量的改良，尽量的做一点好事。非万不得已，他决不肯去推翻已成的势力。因为他相信有所凭借而做事，每是牺牲最少而成功最易的。梁任公便彻头彻尾是这样的一位改良派的政治家。传说中的伊尹，五就桀，五就汤，古传中的孔子，一日不得其君，则惶惶然若不可终日，皆是这个型式中的人物。梁氏既是一位改良者，所以他在辛亥革命成功以前便反对革命而主张君主立宪；在袁世凯未露逆谋之前，便始终以为他还是可以与之为善的；在段祺瑞最无忌惮的时代，便也未觉得他是绝望了的。总之，他是竭力欲出来做一点好事的。现状的能否根本推倒原是很渺茫的，所以还是就现状之下，而力谋补助，力求改良，力求做一点好事，即仅仅是一点也是好的。像这样的“热中”下去，当然未免有“不择人而友”之讥。然而他的心却是热烈的，却是光明的，却是为国的；即在与最不堪为伍的人为伍着时，我们也还该原谅他几分。比之一事不做的处士，贪污坏事的官吏，其善不肖为何如。何况梁氏也曾两次的放下了他的改良者的面目，为正义自由，为国体人格而战，已足一洗其政治上的温情主义者或容忍主义者之耻呢！

四

在学术上，梁氏对于他自己的成就也有很正确的分剖与批判。他的话是那样的坦白可喜，竟使我们无从于此外再赞一辞：

> 启超之在思想界，其破坏力确不小，而建设则未有闻。晚清思想界之粗率浅薄，启超与有罪焉。启超常称

佛说，谓“未能自度，而先度人，是为菩萨发心”；故其生平著作极多，皆随有所见随即发表。彼尝言，“我读到性本善，则教人以人之初而已”；殊不思性相近以下尚未读通，恐并人之初一句亦不能解；以此教人，安见其不为误人。启超平素主张，谓须将世界学说为无制限的尽量输入。斯固然矣；然必所输入者确为该思想之本来面目，又必具其条理本末，始能供国人切实研究之资；此其事非多数人专门分担不能。启超务广而荒，每一学稍涉其樊，便加论列；故其所述著，多模糊影响笼统之谈，甚者纯然错误；及其自发现而自谋矫正，则已前后矛盾矣。平心论之，以二十年前思想界之闭塞委靡，非用此种鲁莽疏阔手段，不能烈山泽以辟新局；就此点论，梁启超可谓新思想界之陈涉。……启超与康有为有最相反之一点，有为太有成见，启超太无成见，其应事也有然，其治学也亦有然。有为常言：“吾学三十岁已成，此后不复有进，亦不必求进。”启超不然，常自觉其学未成，且忧其不成，数十年日在旁皇求索中。故有为之学，在今日可以论定；启超之学则未能论定。然启超以太无成见之故，往往徇物而夺其所守：其创造力不逮有为，殆可断言矣。启超“学问欲”极炽，其所嗜之种类亦繁杂；每治一业，则沉溺焉，集中精力，尽抛其他；历若干时日，移于他业，则又抛其前所治者。以集中精力故，故尝有所得；以移时而抛故，故入焉而不深。彼尝有诗题其女令娴《艺蘅馆日记》云：“吾学病爱博，是用浅且芜，尤病在无恒，有获旋失诸。百凡可效我，此二无我如。”可谓有自知之明。(《清代学术概论》一百四十七至一百四十九页)

他因为“爱博”，所以不能专，不能深入，因为“每一学稍涉其樊，便加论列”，所以“浅且芜”的弊，也免不了。然而他究竟是中国“新思想界之陈涉”，虽未必有精湛不磨的成功，然他的筚路蓝褛，以开荒荆的功绩则已不小了。且他还不仅仅为一个陈涉而已；他的势气的阔大，规模的弘博，却竟有点像李世民与忽必烈，虽未及建国立业，其气势与规模已足以骇人了。他在政治上虽是一位温情主义的改良论者，野心一点也不大；然在学术上，他却是一位虎视眈眈的野心家。他不动手则已，一动手便有极大的格局放在那里；不管这个格局能否计划得成功。他喜于将某一件事物、某一国学术作一个通盘的打算，上下古今的大规模的研究着，永不肯安于小就，作一种狭窄专门的精密工作。例如，他要论中国的学术，便写了一篇《中国学术思想变迁大势》；要论中国的民族，便写了一篇《历史上中国民族之观察》；要对于“国学”有所讲述，便动手去写一篇《国学小史》；要对于中国民族的文化有所探究，便又动手去写《中国文化史》。这些都是极浩瀚的工作，然而他却一往无前的做去；绝不问这个工作究竟有无成功的可能。他的《中国学术史》，据他的计划要分为五部分：其一，先秦学术；其二，两汉、六朝经学及魏、晋玄学；其三，隋、唐佛学；其四，宋、明理学；其五则为清学。他的《国学小史》为民九在清华学校的课外讲演，五十次的讲述，讲义草稿盈尺。我们未见此稿，不知内容究竟如何，然即就其论墨子的一部分（已印行，即《墨子学案》）而观之，已可想见其全书内容的如何弘博了。最可骇人的还有他的《中国文化史》的计划；他为了要写此书，特地先写了一篇极长的叙论印行，名为《中国历史研究法》。在他的已成的《中国文化史》本文的一小部分《社会组织篇》上，我们又见到他的《中国文化史》的全部计划。这个文化史，范围极为广大，凡分三部，二十九篇，上自叙述历史事实的《朝代篇》，下至研究图书的印刷、编纂、收藏的《载籍篇》，凡关于中国的一切事物，几无不被包括在内。现在且抄录其全目于下：

第一部

朝代篇　神话及史阙时代、宗周及春秋、战国及秦、两汉、三国南北朝、隋唐及五代、宋辽。

种族篇上　汉族之成分、南蛮诸族。

种族篇下　北狄诸族、东胡诸族、西羌诸族。

地理篇　中原、秦陇、幽并、江淮、扬越、梁益、辽海、漠北、西域、卫藏。

政制篇上　周之封建、秦之郡县、汉之郡国及州牧、三国南北朝之郡县及诸镇、唐之郡县及藩镇、唐之藩属统治法、宋之郡县及诸使、元之行省及封建、明清之行省及封建、清之藩属统治法、民国之国宪及省宪。

政制篇下　政枢机关之制度及事实上之沿革、政务分部之沿革、监察机关之沿革、清末及民国之议会、司法机关、政权旁落之变象。

舆论及政党篇　历代舆论势力消长概观、汉之党锢、宋之王安石及司马光、明之东林复社、清末及民国以来所谓政党。

法律篇　古代法律蠡测、自战国迄清中叶法典编纂之沿革、汉律、唐律、明清律例及会典、近二十年制律事业。

军政篇　兵制沿革、兵器沿革、战术沿革、历代大战比较观、清末及民国军事概说、海军。

财政篇　力役及物贡、租税、专卖、公债、支出分配、财政机关。

教育篇　官学及科举、私人讲学、唐宋以来之书院、现代之学校及学术团体。

交通篇　古代路政、自汉迄清季驿递沿革、现代铁路、历代河渠、海运之今昔、现代邮电。

国际关系篇　历代之国际及理藩、明以前之欧亚关系、唐以后之中日关系、明中叶以来之中荷中葡关系、清初以来之中俄关系、清中叶以来之中英中法关系、清末以来之中美关系。

第二部

社会组织篇　母系、婚姻及家族、宗法及族制、阶级、乡治、都市。

饮食篇　猎牧耕三时代、肉食、粒食、副食、烹饪、麻醉品、米盐茶酒烟之特别处理。

服饰篇　蚕丝、卉服、皮服、装饰、历代章服变迁概观。

宅居篇　有史以前之三种宅居、上古宫室蠡测、中古宫室蠡测、西域交通与建筑之影响、室内陈设、城垒、井渠。

考工篇　石铜铁器三时代、漆工、陶工、冶铸、织染、车、舟、文房用品、机械、现代式之工业。

通商篇　古代商业概想、战国秦汉间商业、汉迄唐之对外商业、唐代商业、宋辽金元明间商业、恰克图条约以后之对外商业、南京条约以后之对外商业、近代国内商业概观。

货币篇　金属货币以前之交易媒介品、历代圜法沿革、金银、纸币、最近改革币制之经过、银行。

农事及田制篇　农产物之今昔观、农作技术之今昔观、荒政、屯垦、井田均田之兴废、佃作制度杂观、森林。

第三部

言语文字篇　单音语系之历史的嬗变、古今方言概观、六书之孳乳、文字形体之蜕变、秦汉以后新造字、声与韵、字母、汉族以外之文字、近代之新字母运动。

宗教礼俗篇　古今之迷信、阴阳家言及谶纬家言、道教之兴起及传播、佛教信仰之史的观察、摩尼教、犹太教之输入、回教之输入、基督教之输入及传播、历代祀典及淫祀、丧礼及葬礼、时令与礼俗。

学术思想篇上　古代学术思想之绍述机关、思想渊源、儒家经典之成立、战国时诸子之勃兴、西汉时儒墨道名法阴阳六家之废兴及蜕变、西汉经学、南北朝隋唐经学、佛典之翻译、佛学之宗派、儒佛道之诤辩与会通、宋元理学之勃兴、程朱与陆王、清代之汉学与宋学、晚清以来学术思想之趋势。

学术思想篇下　史学、考古学、医学、历算学、其他之自然科学。

文学篇　散文、诗骚及乐府、词、曲本、小说。

美术篇　绘画、书法、雕塑、建筑、刺绣。

音乐篇　乐律、古代音乐蠡测、汉后四夷乐之输入、唐之雅乐清乐燕乐、唐宋间乐调之变化、元明间之南北曲、乐器、乐舞、戏剧。

载籍篇　古代书籍之传写装潢、石经、书籍印刷术之发明及进步、活字板、汉以来历代官家藏书、明以来私家藏书、类书之编纂、丛书之辑印、目录学、制图、拓帖。

中国文化史究竟是不是这样的编著方法，我们且不去管他，即我们仅见此目，已知他的著书的胆力之足以“吞全牛”了。但因为他的规模过于弘伟之故，所以他的著作，往往是不能全部告成的；《中国文化史》固已成了“广陵散”，即比较规模较小的《中国学术史》也因了此故而迄不能成功。这当然是很可悼惜的事，在这一方面，我们不禁要想起了著《通志》的郑樵。郑樵的野心正与梁氏不相上下；他的《通志》，恰好是《中国文化史》的一个绝妙的对照。然而郑樵却成功了；梁氏则半因爱博无恒，半因“屡为无聊的政治活动所牵率，耗其精而荒其业”，终于成了一个未能成功的郑夹漈！我们在此，不仅为梁氏惜，也要为中国学术界惜。这部大著作假如告成，即使有了千万则的缺漏以及一切的芜浅，对于中国读者也是极有益的；他所要做到的至少是将专门的学问通俗化了，是将不易整理就绪的材料排比得有条理了。这样的一部书，即在今日或明日专门学者如林的时代也不会全失去他的读者的。

五

最后，我们还应该提到他在文学上的成功。我在上文已经说起过，他是一位最好的新闻记者。日报上的时论未必可存，新闻记者的文章，够得上文学史的齿及的也很不多见。然而最好的新闻记者，却往往同时是一位上等的文学者；像爱迭生（Addison），像马考莱（Macaulay），像威尔斯（H.G.Wells）诸人都是这样。梁任公先生当然也是这种少数的新闻记者中的一位。梁氏在他的《饮冰室文集》第一次出版时，曾有一序，很谦抑的说起像他那样的时论是不足存的。他说道：“吾辈之为文，岂其欲藏之名山，俟诸百世之后也，应于时势，发其胸中所欲言。然时势逝而不留者也。转瞬之间悉为刍狗。况今日天下大局，日接日急，如转巨石于危崖，变异之速，匪翼可喻。今日一年之变率，视前此一世纪犹或过之，故今之为文，只能以被之报章，供一岁数月之道铎而已。过其时则以覆瓿焉可也。”然他虽是这样的自谦，他的散文却很有可存的价值；时代过去了，他所讨论的问题已不成问题了，然而他的《变法通议》诸作至今读之，似还有一种动人的魔力。这便是他的散文可存的一个要证。他在《清代学术概论》上对于他自己的文字，也有一段很公平的批判：

> 启超夙不喜桐城派古文；幼年为文，学晚汉、魏、晋，颇尚矜炼；至是自解放，务为平易畅达，时杂以俚语韵语及外国语法，纵笔所至不检束；学者竞效之，号新文体。老辈则痛恨，诋为野狐。然其文条理明晰，笔锋常带情感，对于读者别有一种魔力焉。（一百四十二页）

他的散文，平心论之，当然不是晶莹无疵的珠玉，当然不是最高贵的美文，却另自有他的价值。最大的价值，在于他能以他的“平易畅达，时杂以俚语韵语及外国语法”的作风，打倒了所谓恹恹无生气的桐城派的古文，六朝体的古文，使一般的少年们都能肆笔自如，畅所欲言，而不再受已僵死的散文套式与格调的拘束；可以说是前几年的文体改革的先导。在这一方面，他的功绩是可以与他的在近来学术界上所造的成绩同科的。黄遵宪在诗歌方面，曾做着这种同样的解放的工作，然梁氏的影响似为更大，这因散文的势力较诗歌为更大之故。至于他的散文的本身，却是时有芜句累语的；他的魔力足以迷惑少年人，一过了少年期，却未免要觉得他的文有些浅率。他批评龚自珍的文说：“初读《定庵文集》，若受电然。稍进乃厌其浅薄。”这种考语，许多批评者也曾给过梁氏他自己。

梁氏所作，以散文为主，诗歌不很多；连词、曲、传奇总计之，尚不及一册。他根本上不是一位诗人。然他的诗歌也自具有一种矫俊不屈之姿，也自具有一种奔放浩莽，波涛翻涌的气势，与他的散文有同调。他喜欢放翁的诗，稼轩的词，而他的诗词也实际的很受他们的影响。姑举一首《志未酬》为例：

志未酬，志未酬；问君之志几时酬。志亦无尽量，酬亦无尽时。世界进步靡有止期，吾之希望亦靡有止期；众生苦恼不断如乱丝，吾之悲悯亦不断如乱丝。登高山复有高山，出瀛海更有瀛海。任龙腾虎跃以度此百年兮，所成就其能几许。虽成少许，不敢自轻。不有少许兮，多许奚自生。但望前途之宏廓而寥远兮，其孰能无感于余情。吁嗟乎，男儿志兮天下事，但有进兮不有止。吾志已酬便无志。

本文以此诗为结束，并不是偶然的；“男儿志兮天下事，但有进兮不有止”，这两句诗已足够批评梁氏的一生了。

十八年二月作于上海

1929 年 2 月《小说月报》20 卷 2 号

我国学者与政治生活

——为哀悼梁任公先生而作

郑师许

梁先生长逝了！正在放弃政治生活，努力从事学术的梁任公先生，在前月十九日下午二时，抛弃了他最可宝贵的光阴而长逝了。当他病危时候，沪上各大报均不厌求详地登载他的病状和病源，正因为梁先生讲学逾南北，门弟子知交甚众，想晓得他的近状的人必甚多的原故。梁先生逝世的消息证实以后，《民国日报》首先载着陈德徵氏的悼辞；同时《民众日报》也有金满成氏的志语，《时报》彬彬氏的《梁启超》也继续登载了三天，《中国评论周报》也有很简括的纪载和评语。就作者现时所知的已是如此。说不定将来也有学报或杂志，如清华国学院的《国学论丛》之类，替他出一个专号的。总之，梁先生在事业上或学术上确曾有了相当成绩，不愧他生活过五十七年。

In the death of Mr.Liang Chi-Chao China has lost another scholar and a reformer of the by gone age...During his later years however, Mr.Liang seemed to have lost much of his vigor and with it his political judgment and vision... His faults not with standing, his contribution to the early awakening of New China will be appreciated more when history is written and passions subside.

——The China Critic Vol.II，No.4

这一段话的当可以说是梁先生很好的盖棺定论了。不过在下的也是当年选修梁先生的“中国政治思想史”的一个无名小卒，亲身受过梁先生教导的。对于梁先生学问道德，都有相当的佩服；所以这回梁先生之丧，似乎不能不写出几句哀悼的说话，这篇文章是这样的动机写出来的！

作者是个有历史的人，近年来研究中西学术的历史，发见了一个特殊的现象，就是我国的学问成为官吏的专有物。截至这回梁先生之丧之日止，凡是可以占有学术史上一个位置的人物，没有一个不曾和政治发生过关系的。这是一个很特殊的现象。还有一层，在我国历史上凡是有名的学者，固然都是在大大小小的政治舞台上或台后发生过关系；但是如果政治生命断送愈早，或不甘失足而回头愈早的人物，便是学术史上愈有深造的人物。否之，如果是高官厚禄，令闻终身的，不是中才以下的人物，便是那时候的政治发生了一种变态，那位学者不过是一位“伴食宰相”而已。在历史上的例子，很容易找，从梁先生称为与但丁的《神曲》齐名的《离骚》的作家屈原起，以至贾谊、司马迁、陶潜、韩愈、杜甫、司马光、王安石、苏轼、朱熹，一直到王守仁、李东阳、顾炎武、戴震、汪中、王怀祖父子，没有一个不是这样的，只王氏父子是个合了上文所谓变态而已。这是什么原故呢？在作者推想出来，大约（一）因为在我国的历史上，士农工商，士人的职业就是做学问，做学问这事情只有士人得有这种机会，其他种田的做工的做买卖的便可以不必有学问。当时农工商事业没有发达，没有多大分功，也没有多大空闲给他们去做学问。（二）当时有“学而优则仕”的一句话，即便他本来是种田的，因为他学问做到家了，便也跑上了做官的路上去。（三）做官的就叫做显者，显者的名字易为一般人所知。如果有了学问，一定为当时的公卿大夫交口称誉，死后也容易得几个学者为之作传作墓志，便可以流传于后世。如果不是做过官的，便老死牖下，没世无闻，那一个知道他的呢！（四）其他画工、垩墁，一切奇技淫巧形而下学者流，向来视为贱业，屏不与于学术之林。所以我国在从前，便是做官的人和做学问的人分不开的。虽然在政治上失败过的人物，便应该消极、厌世才是，何以还能很有勇气做学问呢？这大概因为我国的学术和西洋的学术有点不同，尤其是老、孔、庄、墨诸人的学说，比人家有特殊的异点。我们一读他们的遗书，便发见满纸里有了无数的“知足不辱，知止不殆”“不义而富且贵，于我如浮云”“死生有命，富贵在天”“顺天者必得其赏”“我为天之所欲”，诸如此类的话。读书愈多的人，愈能从书本里得着安慰，便愈能从书本里去度过他失意的残年，而他的学问便愈能到家。仿佛有一个学者说过：“政治的失意场中，然后可以专心去做学问。”就是这个原故。因此，无形中我们为站在学术的立场上来说，如果希望那位学者对于学术方面有了满意的成绩，便应当希望他的政治生命早一天停止。

以上所说一大段的话便是我国学术史上普遍的现象。如果我的观察是不错的呢，那吗（么），我们便可以明白了梁先生的环境造成了梁先生一生的成绩，而一切毁誉的话，也可以不必多说了，因为梁先生总算是这部有了特殊现象的学术史里的最后一位的原故。梁先生在事业方面，曾经做过“维新”舞台的主角，曾经做过“倒帝”舞台的副角，这些都是彰彰在人耳目，我也可以不必再说了。我现在只就他在学术上的成绩略略说几句话吧了。

梁先生在创办《清议报》《新民丛报》《国风报》的时候，虽曾作过不少文章，对于当时的思想界，投过清导剂，并且于当时人心学术发生过影响的。但是那时的文章，都是朝写晚登，有时竟剿袭东洋一些一知半解的学说。我们学术界希望于梁先生的断断乎不是这些，而梁先生自己的理想成绩也断断乎不是这个。所以在梁先生晚年以后，便把从前所有《饮冰室集》《新民丛报》之类，自行大加删定，便是现时中华书局所发行的《乙丑重编饮冰室文集》。所以我希望以后研究梁先生学术思想的人们，不要向这里搜材料。梁先生在袁、段当国的时候，不能忘情于政治生活，经过十多年很没意义的日子，那时的文章，除掉《异哉所谓国体问题者》一篇有功世道人心的文章以外，其余的都是些无聊的官书电报，研究梁先生的学术的人们，也不要向这里取材。这些作品，我们研究学术史的人对它是很失望的。欧战以后，梁先生亲自游欧考察，返国后，思想遂大改变，决心放弃政治生活，从事学问，即其所著书，也着实对于学术界有益的，举其最著的，如《墨经校释》《墨子学案》《陶渊明》《清代学术概论》《先秦政治思想史》《大乘起信论考证》，散见于各杂志的如《近三百年学术史》《中国历史上民族之研究》《老子哲学》等，都是经心结撰的，其余尚有已经着手编著而尚未完成的，听说有《中国文化史》《辛稼轩年谱》等，并且说梁先生之死，是因为《辛稼轩（年）谱》之急欲成书呢。总之，这几种书，实在是梁先生最后的贡献于学术界的成绩，而为后来研究梁先生的学术的人们所不可不读之书。

唉，在这个做学问的兴趣正浓而识力较往时高超，持论较往时谨慎的时候的梁任公先生，怎么可以死的呢？而梁先生竟然以身殉学术了，这真是我国学术界的大不幸啊！犹忆前岁王静安之丧，清华大学《国学论丛》为出专号，梁先生的序里说："……先生没齿仅五十有一耳，精力尚弥满，兴味飙发，曾不减少年时；使更假以十年或二十年，其所以靖献于学者云胡可量！"大约这回因梁先生之溘然长逝因而起这样相同的感想的人们，一定不是少数呢！虽然，梁先生在四十岁以后，政治生命忽然复续，所以他的造就不能达到他理想的标准，这是值得可惜的，但较之其师康有为中年以后，学术的生命便死掉，因而走入魔道，身败名裂实有足多。我因此希望以后的学者，一方努力学问，同时并能有一技一艺之长，能谋可以供给生活的职业，而有了相当职业的人们，也能努力从事学问，以求打破这种畸形发展的学术界的特殊现象。我于是很恭敬地对于梁先生表示十二分的悲悼，可惜他政治生命之复续，而学术生命之中绝！

一月三十一日于上海

1929 年 2 月 17—18 日《新闻报》

近代中国学术史上之梁任公先生

张荫麟

本年一月十九日新会梁任公先生病殁于北平，本报既已为文悼之矣（一月二十一日本报社评），兹再从其学术方面，作一综括之评论。

任公先生一生之智力活动，盖可分为四时期，每时期各有特殊之贡献与影响。第一期自其撇弃词章考据，就学万木草堂，以至戊戌政变以前止，是为“通经致用”之时期；第二期自戊戌政变以后至辛亥革命成功时止，是为介绍西方思想，并以新观点批评中国学术之时期，而仍以“致用”为鹄的；第三期自辛亥革命成功后至先生欧游以前止，是为纯粹政论家之时期；第四期自先生欧游归后以至病殁，是为专力治史之时期，此时期渐有为学问而学问之倾向，然终不能忘情国艰民瘼，殆即以此损其天年，哀哉！

先生第一期之智力活动，全受康南海之影响，此时期之梁先生，实为康南海附庸。吾确信即起梁先生于九原，当不以此为降抑之词也。而此后三时期之活动，实于此时期奠其基。故欲论近代学术史上之梁先生，不能不一论康南海。康南海者，我国“经学”史上数座巨峰之一也。“经学”在中国历史中之地位，与哲学之在欧洲历史中之地位相当。其在西方史中，每当社会有剧变之世，哲学必先之或缘之而变；其在中国史中，每当社会有剧变之世，经学必先之或缘之而变。经学之成立在西汉初，自此以后，凡经五变：西汉末古文学兴，是为一变，此时期之代表人物为刘歆；魏晋之世，学者援老庄说经，是为二变，此时期之代表人物可推王弼；宋儒以“性理”说经，是为三变，此时期之代表人物为朱熹；清代汉学家专从训诂校勘方面治经，是为四变，此时期之代表人物为王念孙；道咸以降，西汉“今文学”复兴，“非常异义可怪之论”炽，是为五变，此时期之代表人物为南海康有为。（以上所陈之经学史观，乃作者臆见，兹仅发其凡。除论康南海为本文中应有之义外，余俟另为文详之。）

康南海者，非开辟之人物，而集大成之人物也。当鸦片战争前后，我国智识界先后衍成三种趋势：（一）乾嘉间朴学之正统派，有二特点：其一则重文字之解释而轻义理之阐发；其二则解经以许、郑、贾、马为宗，皆守刘歆古文之学者也。然境域之垦辟既尽，则思迁移；正统派之宰制既久，则起反动。嘉道间，庄存与始将久遭湮埋之今文学中何休《公羊传注》掘出，著《春秋正辞》，专求公羊之“微言大义”及“非常异义可怪之论”。其后刘逢禄复著《春秋公羊经传何氏释例》扬其波，刘又著《左氏春秋考证》，谓《左氏春秋》本不解经，经刘歆改头换面而成现今之形式。是为近代今古文之争之第一次交绥。其后魏源著《诗古微》攻毛传及大小序，著《书古微》攻马、郑之说；邵懿辰著《礼经通论》，言《古文逸礼》为刘歆所伪造，而今文学与古文学之争，壁垒愈坚固。今文学之兴，是为第一种趋势。（二）自鸦片战争而后，少数有识之士，怵国运之凌夷，虑大难之将至，知非于词章考据之外，别求经世致用之学不可。龚自珍及魏源之著作，即表现此种趋向。后经洪、杨之乱，四海沸腾，一时削平大难之功，端赖实行之人，益见徒事呫哔之无用。而曾、左辈盱衡当世，每叹才难，提絜诱掖，不遗余力。讲求实用，是为第二种趋势。（三）鸦片战争之结果，虽未能醒中国人之迷梦，亦已使其知汽船钢炮之不可忽视。当洪、杨时代，英、法以舟师数千，直捣京畿。其后敉平江南，以倾国之师，收效之速，不若英将戈登一旅之众。此等事实，已足使不甚顽固者坚信泰西之优胜，而有模仿之必要。故乱定后曾国藩辈即兴建福建造船厂、江南制造局及江南译书局，并派人出洋留学，初仅注意其器械及战术，渐乃及其政法。薛福成及郭嵩焘，此种运动之代表人物也。效法泰西，是为第三种趋势。康南海者，于此三种趋势，各集其大成，而复熔之于一炉，抟之为一体，以鲜明之旗帜，恳切之呼吁，宣传其说，而卒以易天下者也。梁启超者，在此旗帜下，一员最有力之大将也。

戊戌政变，在政治上为彻底失败之运动，而在“社会思想”上实为一扫霾拨雾之飚风。其影响之显而见者，在此时前后，国民日用语中，不知增加几许新名词新口号。若变法也，改制也，民权也，平等也，自由也，议会也，立宪也，废科举也，兴学校也，重女权也，戒缠足也，不可殚列，举国观听为之一新。综论其结果，在政治则促起“维新”之自觉，在青年思想上，则促起“新学”之自觉。凡此乃旧时代与新时代转变间之一大关键，而康、梁实与有转移之力也。试一观当时中国风气否塞至何程度，便知康、梁辈之功绩。光绪十四年，康氏初上变法之书，举世目为病狂，大臣格不代奏。其后引用，朝野哗哄，攻击环集。戊戌秋，有平江苏舆者，集当时抨击康党最力之著名文件，都七卷，名《翼教丛编》，而为之序曰：

> 甲午以来，外患日迫。……言禁稍弛，英奇奋兴。而倾险淫诐之徒，杂附其间，邪说横溢，人心浮动，其祸实肇于南海康有为。……自黄公度为湖南盐法道，言于大吏，聘康之弟子梁启超主讲时务学堂，张其师说，一时衣冠之伦，罔顾名义，视为教宗。其言以康有为之《新学伪经考》《孔子改制考》为主，而平等民权，孔子纪年诸谬说辅之。伪六籍，灭圣经也；托改制，乱成宪也；倡平等，堕纲常也；伸民权，无君上也；孔子纪年，不知有本朝也。……许尚书、文侍御既以参劾获罪，……张香涛尚书《劝学篇》、王幹臣吏部《实学报》，辞而辟之，未加显斥。吾湘如王葵园祭酒师、叶焕彬吏部数先生，洞烛其奸，摘发备至。……而（其后）康、梁以逆谋事觉，乱党逮治。区夏好士，钦仰皇威，弥然自乐其生。

若是乎，则当时之康、梁，不几夫今日之“赤化者”哉！

自维新派与革命党为政敌，革命成而维新派被目为罪魁，而不知二者表相反而里实相成也。“国民革命”（此词始见于《同盟会宣言》，今党军名国民革命军，殆即本此）运动，实行先于言论。党人最著名之机关报，曰《苏报》，曰《民报》。然《苏报》始于癸卯，旋被封禁，上距《时务报》（梁任公在上海初办之报）之创办已七年矣；《民报》始于乙巳，上距《清议报》（梁任公在日本初办之报）创办已六年矣，视《新民丛报》之发刊亦后四年矣。《苏报》《民报》以前，党人盖未尝明目张胆以言论学说昭示国人，国人之于革命党，不过视为洪、杨之继起者而已。自乙未至乙巳十年间，肩我国思想解放之任者，实唯康、梁。虽其解放之程度不如党人，然革命学说之所以能不旋踵而风靡全国者，实因维新派先解去第一重束缚，故解第二重束缚自易易也。且梁任公自逃亡日本后，在《清议报》及《新民丛报》中，掊诋满洲执政者不留丝毫余地。清室之失去国人信用，梁任公之笔墨实与有力焉。清室既失去国人信用而朝廷上又无改革希望，故革命势力日增也，此又梁任公无意中间接帮助革命之一端也。吾故曰维新党与革命党表相反而里实相成也。自乙巳同盟会成立于东京，而维新党遂成过去之陈迹。波澜起伏，前后相推；四时之运，成功者退。个人之得失，何预于其历史上价值哉？嗟乎！此固未易为今之以标语为金科、口号为玉律者言也。

自任公亡命日本后，诵习日文，因间接得窥西洋名哲之学说，而识力日扩。此时之梁先生，已非康南海所能范围。自述曰：（《清代学术概论》第二十四节）

> 启超自三十以后，已绝口不谈“伪经”，亦不甚谈改制。而其师大倡设孔教会、定国教、祀天配孔诸议，国中附和不乏。启超不谓然，屡起而驳之。……（以为）

中国思想之痼疾确在“好依傍”及“名实混淆”。若援佛入儒也，若好造伪书也，皆原本于此等精神。以清儒论，颜元几于墨矣，而必自谓出孔子；戴震暗合西洋思想，而必自谓出孔子；康有为之大同，空前创获，而必自谓出孔子；乃至孔子之改制何必托古，诸子何为皆托古，则亦依傍混淆也已。此病根不拔则思想终无独立自由之望，启超于此三致意焉。然持论既屡与其师不合，康、梁学派遂分。

自戊戌至辛亥间先生之所贡献于国人者，除应时之政论及激发国民爱国心之宣传外，尚有三焉：一则介绍西方学问。国人之得闻亚理士多德、倍根、笛卡儿、斯宾挪莎、康德、卢梭、霍布士、边沁诸家之学说，实自先生之著作始也。虽间接稗贩，每多隔膜与秕谬，然微先生之力，当时孰知除帖括词章考据以外，除坚船利炮铁路银行之外，除法律宪典之外，形而上者，尚有宗庙之美、百官之富耶？其于形上之学激发好奇之心，引起探讨之兴趣，实为此后新文化运动之伏线矣。二则以新观点批评中国学术。换言之，即我国学术之第一次重新估价，其论周秦诸子，其论管子、墨翟，其论商鞅，其论王安石、论孔教、论佛教，皆一扫传统观念，而为今日吾人大多数对于此诸家之观念之所基。此时先生批评中国学术之结晶，尤在《论中国学术思想变迁之大势》一长文。此实第一部有统系之中国学术史，一气呵成，前无凭借，非有绝伟之识力，其曷能与于斯？胡适自言其立志治中国思想史，实受先生此文之影响，则民国六、七年后“新汉学”之兴起先生盖导其源矣。三则以新观点考察中国历史，而提出史学革命方案。始倡于官报及帝谱而外，别创以民族及文化为对象，借国民之照鉴之历史。其于《新民丛报》中，《新史学》《中国史叙论》，已发其凡；于《中国历史上革命之研究》《历史上中国民族之观察》《世界史上广东之位置》，及《赵武灵王传》《张博望班定远合传》《王荆公传》《郑和传》《中国殖民八大伟人传》等篇中，复示其例。后有作近代中国史学史者，不能不以先生之名冠其篇矣。

从学术史上观之，自辛亥至戊午七年间，实为先生一生最不幸之时期。盖自辛亥革命成功后，先生在政治上实与康南海同为落伍之人物。历史上之趋势如此，非人力所能转移。为先生计，使自此时以后绝迹仕途埋头著述，则其所贡献于中国学术者当如何！乃不出此，挟其历史上宝贵之地位屡进屡退于军阀官僚、奸雄宵小之间，卒无补于国，而学亦荒，岂不惜哉！此时期先生在政治上之主张，可以一言蔽之：先从民智民德方面着力，而以温和渐进之方法改善其政治上及经济上之地位。惟其侧重民智民德，故于政治及经济上无具体而坚执之计画；惟其采温和渐进之手段，故易于优容军阀。民国以后先生在政治上得失之林，可得而论也。

及欧战甫终，西方智识阶级经此空前之大破坏后，正心惊目眩，旁皇不知所措；物极必反，乃移其视线于彼等素所鄙夷而实未尝了解之东方，以为其中或有无限宝藏焉。先生适以此时游欧，受其说之熏陶，遂确信中国古纸堆中，有可医西方而自医之药。既归，力以昌明中国文化为己任。而自揆所长，尤专力于史。盖欲以余生成一部宏博之《中国文化史》，规模且远大于韦尔思之《世界史纲》，而于此中寄其希望与理想焉。天不假年，抱志以殁，实中国史学史上之一大损失已。然其已见之主要成绩可得言焉：(一)《中国历史研究法》一书，虽未达西洋史学方法，然实为中国此学之奠基石，其举例之精巧亲切而富于启发性，西方史法书中实罕其匹。(二)关于学术史者，《先秦政治史》及《墨子学案》《老子哲学》等书，推崇比附阐发及宣传之意味多，吾人未能以忠实正确许之。惟其关于中国佛学史及近三百年中国学术史之探讨，不独开辟新领土，抑且饶于新收获，此实为其不朽之盛业。(三)先生《中国文化史》之正文，仅成《社会组织》一篇，整裁犹未完善，然其体例及采裁(材)，(全)空依傍，亦一有价值之创作也。(四)关于文学史者，除零篇外以《陶渊明》一书(内有年谱及批评)为最精绝。报载其作《辛稼轩年谱》，力疾属草，实成绝笔。他日此书印行，当为我国学术史上与人印象最深之纪念物也已。

近两年来先生在衰病中，医者禁其著作，已久与中国史学界绝缘。而我国史学界亦日冷落，至于今而益甚，不学无术之人因缘时会，凭借结纳，亦且披猴冠而登坛坫焉。不知我国史界之剥，何日始复也。

1929年2月11日《大公报》

跋《梁任公别录》

张荫麟

友人张晓峰君摭梁任公先生未刊书札中数十事为《梁任公别录》，成以授予读。此时为此文，不禁起予空谷足音之感也。方戊戌前后，任公之在文界，何啻旭日中天？一篇之出，百数十万人争诵。曾不四十年，后生已罕或能举其名，其一知半解者，甚且为蚍蜉之撼。“或荣誉若天仙光宠，消逝时迅越流星。”歌德之诗，可为任公赋矣。《别录》引王文濡君“褒恤无典”之语，其辞若有憾焉。顷闻任公之殁，实曾有大力者（指蔡元培）建言政府，加之褒扬，格于吾粤某巨公（指胡汉民）而止。今某公往矣。军兴以来，冤亲俱泯，党外人物有闻于时者，政府例为饰终，而未尝见掩于一眚。况在任公，有大造于文教而无毫末之负于国家。思德追崇，为立永念，以存直道于斯世，今正其时。兴言及此，跛望者当不少人在。任公与初期党人之关涉，陈少白氏之《兴中会纪要》，及冯自由氏之《革命逸史》，载之綦详，后有作任公传者，不可不考。任公与国民党濒于同流，而终于分道，师友之谪谴，固与有力，然任公之性格，亦于此见焉。世或惜之，然就任公之立足境言，无可惜也。凡持一信念以易天下者，于其所信，势不能变，变则如吴梅村所云，“一钱不值”

矣。不事二主之义，非惟于君主之主有然，于主义之主亦有然。昔之创业帝王，于胜朝守节之士，固僇之辱之，及其修胜朝之正史，则必入之《忠义传》；于舍旧谋新之俊杰，固笼之荣之，及其修史，则必入之《贰臣传》。为任公者，宁入主义上之《忠义传》欤？宁入主义上之《贰臣传》欤？不待智者而知所决矣。辛丑以后，任公虽羁海外，渐与若干朝士消息相通，桴鼓相应，今读其《双涛阁日记》（在《饮冰室合集》中首次刊布于其身后）而知之。辛亥变起后，袁世凯挽之入阁，虽不就，于清室犹眷眷然。时有一电复袁，为之策划，此电文近年始于清宫军机处电报档中发见，载于故宫博物院所印之《史料旬刊》某期中，大意劝清室效法北魏以汉易胡故事，首去满姓用汉姓，以与民更始。电末并附录《资治通鉴》纪北魏事一则。策则颇迂。倘所谓无策之策欤？覆袁之役，任公之所抱负，于其与蔡松坡军中往还书札可见。此诸书札之原迹，任公曾影印其一部分行世（题《蔡松坡军中遗墨》，以纪念松坡者），顾所印不多，流布不广，世人或罕见之。予记其中任公致蔡一札，大略悔往日欲用人而终为人用之失计，勉蔡经营四川（时黎元洪已任命蔡为四川督军）“庄严此土”，以为其党之根基。又滇人庾恩晹所编《护国军战史》，亦载任公致松坡军中一札之片断，大略慨言当日军途之窳坏，而谓欲了国事，非别造一有教育、有精神、有主义之师旅不为功。至练兵之道，则取法乎近而合国情者，莫如求师于季清之曾、胡云云。日后国民党发展所循之路径，任公其先见及之矣。使松坡不早死，天下事殊未可知。任公入民国来政治营搆之无成，非尽关人事，亦有天焉。以言学术，世人于任公，毁誉参半。任公于学，所造最深者唯史。而学人之疵之者亦在是。以谓其考据之作，非稗贩东人，则错误纷出，几于无一篇无可议者。实则任公所贡献于史者，全不在考据。任公才大工疏，事繁骛博，最不宜于考据。晚事考据者，徇风气之累也。虽然，考据史学也。非史学之难，而史才实难。任公在“新汉学”兴起以前所撰记事之巨篇，若《春秋战国载记》(在《饮冰室合集》中首次刊布于其身后，世人注意之者甚少)，若《欧洲战役史论》，元气磅礴，锐思驰骤，奔砖走石，飞眉舞色，使人一展卷不复能自休者，置之世界历史著作之林，以质而不以量言，若吉朋、麦可莱、格林、威尔斯辈，皆瞠乎后矣。曾试自操史笔之人，读此等书而不心折者，真无目耳。昔任公之殁也，予亦曾为文悼之(载当时天津《大公报》文学副刊)，顾年稚无知，于其民国后之政治生涯，妄加贬抑。今读晓峰兄《别录》，一夕拉杂书此，聊以自忏云。

1941 年 11 月《思想与时代》4 期

梁任公先生行状

伍　庄①

先生名启超，字卓如，任公其别号也。世居新会之熊子乡，地距崖山七里，先生远祖当明末时由南雄徙居于是焉。父莲涧公，母赵氏。同治癸酉正月二十六日先生生，逮事王父镜泉公。

先生性聪颖，四岁就王父膝下授以四子书、《诗经》。六岁，就莲涧公读，五经卒业，受中国略史。八岁，学为文，九岁能缀千言。十二岁，应试学院，补博士弟子员。嗜读《史记》《汉书》，《史记》文能成诵者八九；又尽读姚氏《古文辞类纂》，嗜古文词。十三岁后，治段、王训诂之学，渐有弃帖括之志。十五岁，肄业于省会之学海堂，堂为嘉庆间前总督阮元所立，以训诂词章课粤士者也。十七岁，己丑，举于乡，主试为李尚书端棻。十八岁，计偕入京师，莲涧公挈之行，李尚书以女弟许字焉。是年下第归，与学海堂高才生陈通甫始从南海先生问学。先生尝自

① 伍庄（1881—1959），谱名文琛，字宪子，号梦蝶，广东顺德人，康有为万木草堂弟子，故又别字宪庵，因“康门徒侣多以庵字相称，即是源出康门之标记”。以此，伍与梁启超有同门之谊。

述其初谒南海先生时之情状，谓“启超以少年科第，且于时流所推重之训诂、词章学颇有所知，辄沾沾自喜。先生乃以大海潮音，作狮子吼，取其所挟持之数百年无用旧学，更端诘驳，悉举而摧陷廓清之。自辰入见，至戌始退，冷水浇背，当头一棒，一旦尽失其故垒，惘惘然不知所从事。且惊且喜，且怨且艾，且疑且惧，与通甫联床竟夕不能寐。明日再谒，请为学方针。先生乃教以陆王心学，而并及史学、西学之梗概。自是决然舍去旧学，自退出学海堂，而请业于南海先生。启超生平知有学，自兹始”（此段见《饮冰室文集》任公《三十自述》）。自是先生从学于南海先生门下者凡三年。

甲午年二十二，入京师。时当中日之役，大东沟丧师，南海先生痛国势之弱，首倡变法。乙未和议将成，南海先生联公车上书阻之，大会于松筠庵，到者千二百余人，京师震骇，旧臣侧目。而先生从南海先生后，独慷慨发愤焉。是年七月，开强学会于京师；未几为言官所劾，封禁。丙申三月，先生出京，与黄公度倡办《时务报》于上海，先生与麦孺博专任撰述。先生之报馆生涯自兹始。丁酉应湖南巡抚陈宝箴与督学江标之聘，入湘，主讲时务学堂，与谭嗣同、唐才常等创南学会，以为地方自治之基础，力倡民权，尽收湘中豪杰，蔡松坡将军即是时之时务学堂学生也。先生讲学，必称师说，发大同之义，民主之治。湘中旧绅群起哗攻，王先谦、叶德辉等致函巡抚陈宝箴，谓“康、梁主张民权，无父无君”，可见当时先生言论之激越。后来湘省民气之盛，实由先生播种之功也。

戊戌先生年二十六，从南海先生入京师，开保国会。四月奉诏办大学堂，兼译书局事务。八月政变，先生出亡日本，创办《清议报》馆，及东京高等大同学校。己亥冬，游檀香山，创维新会。庚子夏，将入美。值义和团变起，内地同志谋起义师，靖国难，函电促先生归国。七月至沪，而汉口之难作，烈士唐才常等殉焉。先生遂赴南洋，谒南海先生，道印度，游澳洲，时澳洲维新会最盛。先生自西而东，环历澳洲将一年。辛丑归日本。壬寅在日本创刊《新民丛报》，先生言论，风靡一时，举国思想，为之丕变。《新民丛报》之销流，至十万份焉。癸卯先生渡美洲，应维新会之请，遍游各埠。（详见《新大陆游记》中）甲辰后居日本，仍办《新民丛报》。既而移家于神户之须磨，从事著述。戊申后改办《国风报》，创政闻社于东京。

民国初元，壬子，袁项城派使东渡请先生归国。先生归天津，办《庸言报》。癸丑，进步党组织成，推戴先生为领袖。同年熊希龄组阁，先生任司法部总长，既改任币制局总裁。甲寅，欧战爆发，日本乘势提出廿一条件，迫胁项城承认。先生著论大攻击之，全国舆论，为之激昂，日人气折。乙卯筹安会发生，先生与蔡松坡将军密谋曰："项城必称帝，吾屡劝不听，誓必倒之。子能助我乎？"蔡将军慨然以云南出兵自任。先是先生草《异哉所谓国体问题（者）》论一篇，痛陈国体变更之不可，透辟异常，针砭项城，词锋犀利。项城侦知之，使人示意先生，愿以二十万元代价，购买先生此文，先生掉头不顾。此文既刊布，全国人心大动，风云变色。蔡将军遂即出京赴沪，先生亦间关入桂。已而滇、桂之兵起，洪宪帝制卒失败。共和再造，赖先生发动力也。先生入桂之时，莲涧公适病卒于港，音问阻绝。既而先生抵肇庆，闻变，即奔丧回港，回沪守制。丁巳段阁参加欧战之计划，完全为先生所主持，无如扼于黄陂与国民党之议员，致闹出督军团之变，张勋乘机复辟。七月一日，先生读谕叹曰："此非南海先生意也。南海先生主张立中华帝国，行虚君共和制。今谕仍称大清，岂南海先生意乎？"既而探知一切为刘廷琛、胡嗣瑗等把持，南海先生之计皆不用，于是先生与段祺瑞赴马厂兴师。张勋既败，先生本不欲复出，但以主张对德宣战之故，欲贯彻其主张，因复就段阁之财政总长焉。卒之主张实现，中国赖以取得国际上之种种便利，出席于欧洲和平会议，先生之功，不可没也。然先生当时之志愿犹不止此，先生力劝段祺瑞亲带兵赴欧洲战场。可惜段氏为宵小所包围，不听先生之言，先生之大志愿仍不得达。段意在先以武力平南也，先生于是不复预政府事。

戊午冬出游欧洲一年，庚申春归国。自是主讲清华、南开、东南诸校，专事著述，罕复谈政。壬戌，在东南大学时，辄以余暇，访欧阳竟无居士研究唯识，上下议论，风雨不更，盖先生于佛学亦极有心得焉。癸亥万国文学会选先生为会员，此会为加尔斯活底氏创于一九二一年，所以罗致世界文学士者也。自庚申至癸亥三四年间，著书数百万言，先生之精力，亦疲于是矣。

先生体气素强，生平少病。甲子冬忽患尿血，时作时止。初不以为意，乙丑后尿血渐多，然无痛苦。既而请西医治之，劝以静养。丙寅入北京协和医院养病数月，欧美医生凡五六人诊治之，断为肾坏，请施刀圭。先生素信西医，遂从其请。但割后，肾并未有坏也。自是先生之精神渐不如前，尿血之症亦并未愈。然先生不耐久居医院，又复徇清华诸生之请，再讲学焉。去年丁卯，长住清华。冬后尿血又剧，则再入协和医院。有血科专门医生新自欧洲抵京，诊之数月，卒不能断为何症，但劝静养而已。今年夏间稍愈，出院。秋后复剧。九月第三次入协和，调治两月，卒无效。有瑞典医生谓其病甚奇，世界上患此病者曾有三人，二人死而一人生云。夏历十二月初九日，竟卒于协和医院，年五十有六。惜哉！

先生魄力不如南海先生之伟大，然三十余年来，办报、著书、讲学，风靡一时。胡适之谓三十岁以上稍能读书之人，无不受其影响，则先生文字之功，有特长焉。先生为文，善用开阖之姿势，抑扬之音调，说至透辟处，往往入木三分，阅者无不感动，故能具有一种特殊势力，诚如先生所谓“烟士披里纯”INSPIRATION也。近年以科学方法整理国故，著述日多，学者仰之如泰山北斗。其著述条理之分明，爬梳之得法，抉择之精确，疏释之发皇，能使学者读其书，省精力而获益多。当兹世界文化大通之会，不通国学，不可以读外国之书；通国学而费一二十年光阴焉，则老矣。国学浩如烟海，无门径真无以入，故不能不有赖于整理之人。假令天假先生以年，则今后国家虽乱，其以学术惠我国民者，岂浅鲜哉？呜呼！不料人事所能为力者，天亦靳之。先生年仅五十六，竟以逝世闻也。天之罚中国，何其酷耶！既坏乱其政治，使人民不得一日之安；复夺其学术界之重心，使学者旁皇失所。呜呼！已矣。

乱靡有定，学亦丧亡，我瞻四方，高丘无女。文武之道，痛将尽于今夜；历阳之都，忧瞬息而为湖。哀哀国人，何辜于天？言念及此，能无恸乎？

戊辰十二月伍庄述。

《梁新会》，中国宪政党驻美国总支部印送，1929年3月版

祭　文

伍　庄

维夏历己巳二月乙亥，伍庄谨以清醴香花之奠，致祭于亡友任公先生之灵而告之曰：呜呼任公！与君握别，不到三百六十天。忆丁卯秋间，津门之会，松亭之筵。君精神无恙，力任先师遗著之修编；尤惓惓不忘国事与党事，勖我效前驱，君勉（即徐勤，字君勉）作后劲，而君为之中权。岂知我南归两月，君旧病遽发，绵延而迍邅。君一生力学，思虑精密，条理井然。动笔辄数万字，滔滔不竭，如汇流之百川。三十年来，全国思想皆受君暗示，为剧烈之变迁。君善用科学方法整理国学，收浩瀚无涯，如示诸掌，能令读者心受言诠。此学界前途之大业，非君不能任；今君竟绝笔，安得不令人忧痛而悁悁？呜呼！君之病，非不治之病也。膀胱与血室并域而居，肺虚不能节制其下则渗血，治宜人参清肺之汤，理是隔二隔三之说。君误信西医，卤莽灭裂，轻于割肾，无罪妄罚，遂令阳府失将而水不行，生气通天而路中绝。此实生死所关，胡为茫昧而疏忽？当君入院施割之顷，我在昆明，消息传来，事已数月，阻之无及，心常惙惙，只望天祐君渐复其康强，再尽人事以补其所缺。前年冬与君数月畅谈，君之神气犹蓬勃；岂知握手至今，竟成永诀！呜呼！戊辰十二月初九之晨，我方蛰居新大陆太平洋之海滨，听金门之涛声，纳世界于微尘。偶一动念，冥思沉沉，悲从中来，不可以任。翌日而得京电，报君病没（殁）于协和医院，惊痛如失中心。国实遭殃，天胡不仁？忆君自戊戌之役，从先师行革政而蒙难，呼号救国，用三十春。丙辰一呼而倒洪宪，魄力之大，谁能比伦？对德宣战，世界惊动；惜合肥无用，不从君计以耀兵于邻。君自是不问政治，出游欧洲，归坐讲堂，期贡献于后学，中夜无寐，冥思述作，忘其苦辛。惜两年来国家益乱，讲学之地且将沉沦。君子愈让，小人愈妄，君用是奋然再起，思定大难而斩荆榛。呜呼！孰料著书讲学之宏愿未得遂，合豪杰争民治、复共和行宪政之壮志亦不伸。苍苍者天，冥冥者神，曷为纵贪狼狍鹗奔突而满地，张牙舞爪狰狞而噬人？复无时无日而不搅狂风于天末，飞沙石而走闻狲？君一瞑不视，出世无闷。阆风立马，试一回首，应眷念夫生民。君年方五十六，有寿者相，今竟不寿，予不能不咎医者之辨症不真。医者谓君肺多末乃利菌，宜治之以碘，而君体弱不禁；又谓世界患此病者三，至今犹未识其病因。予不用爱克司光镜，予知致君之命在于割肾。末乃利菌由肾失功用，特别滋生，肺体是侵。予痛念君，益发愤求中国之医学，断不令彼稗贩西说者毁我国珍。呜呼！死者不可复生，名者长留千古。君已为世界历史上之人物，亦奚必断断于世寿是与？但念平生所读者师门大同之书，终难忘此数十年曾居之逆旅。今当道豺狼，满城狐鼠，国将陆沉，民无死所。爱之不能援，教之与谁语。吾人苟不能继君之志，救民之患，吾知君不能无苦。临风酹酒，涕零如雨。谨掬诚以慰君，惟吾力之是努。引政治于轨道，复民德于东鲁。看中国命运之如何，安知吾党之不能进取？呜呼！哭君兮天地为愁，白日匿兮寒风飕飕。望国门兮万里，哀无女兮高丘。君神不灭兮国魂能留，大法终信兮民病乃瘳。尚飨！

《梁新会》，中国宪政党驻美国总支部印送，1929年3月版

梁任公推翻洪宪轶闻

伍　庄

关于梁任公推翻洪宪帝制之史料，已见于公私著述，与当日报章所曾纪载者，此编皆略之，不赘，此编所纪，皆为遗闻轶事，而有极坚强之证据者，传之以备信史。

（一）唐继尧寄梁任公书

云南护国军兴，任公为主动，当蔡松坡入滇之后，任公留沪之时，即民五丙辰一月十五日，唐继尧、任可澄曾联名寄任公一函，兹节录原文如下：

“袁氏叛国，自致败亡，先生迭进忠言，曾不觉悟，海内豪杰，发愤相闻，松坡、循若到滇，具述尊旨，弥用坚决，为是计不旋踵，以从今役，同人浅薄，深惧不克负荷，前电敬迓行旌，冀得良觌，海山阻隔，未奉还云，引领春申，时深怀想。顷部署略定，松坡不日出川，惟大计所关，不能不仰仗先生者有数事。一、方今举动一致，惟有滇黔，陈氏在川，尚思枝柱，龙、陆态度，亦未分明，长江下游，关系重大，稍有摇动，全局攸关，惧或观望徘徊，夫己氏得以从容布置，挠我群谋，先生一言重于九鼎，乞速策励之，相与应声，无穷翘企。二、今兹举事，人心同然，内无所虑，所难者外交，滇事起后，德领奉其使署密谕，令以善意相待，已照复滇政府，极表亲善之意，法领颇赞成，英领稍持异议，则以某使于袁氏有特种关系之故，此设非有负全国重望且为外人信仰之人，出任国际交涉，不能善事，似宜急求此项人材，使明我军民内情，可免现在困难，并为将来承认地步。三、滇黔人才缺乏，川局定后，善后尤难，沪上人才麇集，并在先生药笼，务乞商约赴滇，出襄义举。四、袁氏必败，已无可疑，同人深懔建设之难，默察现在人心，均有趋重联省之势，将恐演成事实，如美如德，宜何取法，外如中央地方权限之划分如何，机关之组织如何，凡此建国问题，均非先生精思密运，先决大凡，无以表群言，定民志。以上数事，思虑所及辄贡一言，所冀南针时锡，庶克奉以周旋，瞻仰斗山，伏乞为国珍重。”

（按）读上一书，可见唐氏当日之虚心，真有“天下事与天下人材公之”之意，其不沾沾自足，据义举为私有，用私人以把持，能令后人抚今思昔，想见风范。

（二）梁任公寄蔡松坡书

梁公居沪时间，除他种筹划布置和运动外，对于松坡的军事进行，也指导不遗余力，总计前后寄松坡凡八书，其中惟第五书在《盾鼻集》中曾经发表，其余皆为外间所未知，兹将其一月二十一日寄松坡之第四书略为节录如下：

“东南诸镇，真是朽骨，惟观望成败而已，乃至桂帅亦同此态，良可浩叹。（大）树已成曹爽，无复可望，江浙间从下暴动，尚非不可能，而胜算乃无一二，徒苦吾民，吾力持不可。夫战，勇气也，旋起立败，其挫实多，影响将及他方，且使得以夸于外人，谓彼尚有平乱之力，此大不利也。今不患时机之不至，所争者时日耳，吾侪在津定计时，何尝希望他方之立应，此一月来眩于空华，徒自扰扰。须知今日之事，不能与辛亥齐观，辛亥专倚虚声，今次惟斗实力，倚虚声故墉高基弱，不能自坚，致为元凶所夺盗，今兹但能力固藩篱，得寸则寸，得尺则尺，相持数月，诸方之变纷作，而吾主力军既立于不可败，夫然后天下事有所凭借，以得所结束，他镇之不遽应，又庸知非福耶。深愿诸公勿缘此而稍有懊丧，天下事惟求之在我而已。凡人只能听好消息，不能听恶消息，便是志行薄弱，便不能任大事，须知我辈当此万难之局，而毅然以身许国，岂为高兴来耶。将来所遇困难失意之事，应不知凡几，若以小利小挫而生欣戚，则即此憧憧之心境，已足以败事，吾书中不好报告佳消息，而恶消息则必报，亦为此也。”

（按）此为民国五年一月二十一日任公寄松坡书，吾人今日读之，有两点值得注意者。一谓“从下暴动，胜算乃无一二，徒苦吾民”，可证革命事功之困难，仁人君子之用心，并非为成就自己功名，以捣乱为手段，以牺牲人民为不足爱惜。二谓“倚恃虚声则墉高基弱”，又谓“吾不好报佳消息，而恶消息则必报”，可悟成大事者不必做虚伪之宣传，因为宣传不实，与故意铺张，结果事实不足应之，不只挫弱士气，亦失大信于天下，此偷摸之术，君子不为也。

（三）梁任公入桂途中之家书

梁任公间关入桂，其情形已详于其自著之《从军日记》，及吴贯因之《丙辰从军日记》，此编不赘述。但有许多事情，为《从军日记》所未及，而详载于其家书中，未经发表者，今拉杂记之，以见其当日生活情形之一斑。

“寄去《从军日记》一篇，共九页，读此当详知其近状，此记无副本，宣（宜）保存之，将来以示诸弟，此汝曹最有力之精神教育也。吾尚须留此六日，一人枯坐，穷山所接，惟有佣作，然吾滋适，计每日当述作数千言也。”（此是民国五年三月十八自越南帽溪寄其女公子令娴书）

“吾居此山陬四日矣，今夕乃忽烦闷不自聊，夜间无茶饮，烟亦吸尽，饭不能入口，饥极，一灯如豆，有书不能读也。前此三日中，作文数篇，文兴发则忘诸苦，今文既成，而心乃无所寄，依依不复能为怀，欲写字，则又无纸，箧中虽有笺数十幅，然珍如拱璧不敢浪费也。离沪迄今仅半月，所历乃至诡异，亦不能名其苦乐，但吾抱责任心以赴之，究竟乐胜于苦。”（三月二十日自帽溪山庄寄令娴书）

“此行，被褥既委不带，今所御者，此间佣保之物也，秽乃不可向迩。地卑湿，虱缘延榻间以百计，最（嘬）吾至无完肤。渴极，不能得涓滴水。一灯如豆，油且尽矣。主人非不殷勤，然彼伧也，安能使吾适者。汝亦记台湾之游乎？今之不适，且十倍彼时，因念频年逸乐太过，致此形骸习于便安，不堪外境之剧变，此吾学养不足之明证也。人生惟常常受苦，乃不觉苦，不致为苦所困。更念吾友效命于疆场者，其苦不知加我几十倍，我在此已太安适矣，吾今当力求睡得，睡后，吾明日必以力自振，誓利用此数日间著一书。”（三月二十日夜再寄令娴书）

“吾至今仍滞此，计明后日可以成行。曾发热病两天，极狼狈，因脑不能受日炙，以为且将客死此间，幸旋复霍然愈矣。病起后，即捉笔，著成《国民浅训》一书，约二万言，此书真我生绝好纪念也。吾一切自能自卫，勿远念。”（三月廿五日寄令娴）

“前病极危险，此间土人必以黑布裹头，避为烈日所炙，吾初至之日，主人本已相吾（告），而我不检，乃竟罹之，其痛苦真非言语所能形容，孑身在荒山中，不特无家人，且无一国人，室中亦并无一人，假令其夕死者，明日乃能发见也。其夕灯火尽熄，茶水俱绝，幸而不死，明晨有人来视，急以一种草药治之，不竟日，霍然若失。据云，犹是轻症，然若更延一日不治，则药无效矣。二黄已往云南，吾一人独入桂，尚须挟骑走山中四日，乃能易舟也。自此以往，皆坦途，可勿念。”（三月廿六日寄令娴）

（按）在此数书中，有一句最令我感触无限者，即《国民浅训》一书之著成，梁任公自谓为一生之绝好纪念，我愿读者勿略之。今《国民浅训》一书，凡二万言，已刊在《饮冰室专集》，读者可自求之，无庸我引述。但全书中有一段我最不能忘记者，即“何谓立宪”一章内，有论及选举一事。谓立宪政治之精神在选举，我们选举一个议员，无异将我们身家性命通通寄注之，故欧美民主国家，每届选举之年，凡欲当选之人，必到处演说，发表其政治上之意见，人民聚而听之［选］，自能评判其得失，而自行拣择其所欲选举之人。我国民将来必当注意此事，我国民当举行选举之时，最要是选忠诚硬（鲠）直之人，勿选轻薄浮夸之士，欲选何人，必须凭自己天良，切勿受人运动，其有以金钱运动，或以势力强迫者，我国民必不能受之，必不能容许之。须知得钱而卖票，畏势力而滥选，则等于妓女卖身，我国民万不能自己将国民资格出卖，此最可耻之事也。不观今次袁世凯之偷作皇帝乎？其所弄手法，则固曰，经国民之投票，不愿意民主也，经国民之投票，选举他做皇帝也。试问我国民真不愿民主乎？真欢喜袁世凯做皇帝而选举之乎？然而竟有此无耻之徒，假借国民投票而选举之，于是袁世凯竟谓国民选举他做皇帝矣。彼辈何以敢如此荒唐，此乃欺负国民放弃投票权，不管国家事。国民亦自以为不管国家事，无大罪过，不知已造下一场大孽矣。设使国民平日稍肯管国家事，不肯放弃国民之权，袁世凯何敢假冒国民选举之名，而自便其私图以作恶。今次义师之起，兴兵动众，为战争而伤残数十万人之生命，则此数十万人者，直接为袁世凯所杀，间接实为国民之不管国事者所杀，此关系非浅也。以上所述，大约是任公当日借袁世凯以警告国民，希望国民明白立宪政治之精神在此。我今偶念及之，不觉汗流浃背，因为任公所写，在民国五年，我今已在民国三十六年矣，胡为经此三十年以上之岁月，回忆三十年前任公所写《国民浅训》犹适用。然则我等在此三十年中，不是悠悠忽忽过去耶？不只是无所长进，或且隳落加甚耶？国民如此，国家可知，三十年前之“人之初”今日犹须我们温习，感慨如何，惭愧如何。

（四）入桂后之家书

任公入桂之间关情形，已有吴贯因《丙辰从军日记》述之，不再述，其有《从军日记》所未及知者，在任公家书中见之，兹略述如下。

任公以三月二十七日抵镇南关，四月四日抵南宁。四月三日寄其女公子令娴书云：吾在越南十天，历无量艰苦。伪政府知吾在彼，侦骑四布，必欲得而甘心，由海防经河内、谅山以达镇南关，汽车须两日程，每站皆有敌谍。群料吾决难飞渡，而廿七日午后三时，镇南关大悬国旗，列队到车站，在军乐爆竹声中，迎我入关矣，敌人或当叹为神助。然吾实忍饥两日，露宿一宵，至今念之，犹痛怖也。在关一宵，翌晨破晓，即首途赴龙州，山程一百五十里，中间亦曾易舟，驰到时，日未晡也，沿途所经市镇村落，皆悬旗燃爆欢迎，父老相携，迎送十里外。及抵龙州，则全城爆竹声，喧天沸地，父老儿童皆感极而泣，良不知其何以如是，盖绝非由军吏之教劝也。是夕接全省各军官欢迎电数十通，一一作答，有电商要事者，竟夕不暇寐，疲倦已极，因日间挺一百五十里之路程也。抵南宁之日，亘江干数里，人如堵墙，皆来相迎者，陆督本在梧州行营，特返南宁迎我。据言龙觐光已缴械投诚，俘归南宁矣，钦廉亦已下，海道顿通，此后进取益易，但饷械仍缺，规湘尚有待也。

四月十二日广州海珠发生惨案。任公于四月二十七日寄令娴书云：初八日偕陆督东下，十三抵梧州，忽闻惨变，汤、谭、王遇难，肝肠为之寸断，此事主谋为谁，尚未知之，吾本拟即下广州，今暂中止，为广东问题，绞尽无穷心血，犹未得解决，一省处置之难且如此，国事可知矣。

（按）读任公此书，所谓“一省处置之难且如此，国事可知”，则推翻洪宪之前途在此时已可想象而得。任公是一个大勇者，知其义之所在，毅然决然以赴之，绝无畏难，然其内心常懔懔然于乱世朋友共功名之不易，故每事皆能持大体，退让而不争，推翻洪宪所以卒成大功。但共和恢复之后，局面又如何，至今相隔三十二年，局面所以愈于洪宪者又何在，吾人读近代历史，不能不加以警惕，吾感念至此，因再写下一段结论。

（五）结论

梁任公推翻洪宪之史实，凡已见于公私纪载者，我不重复述之，我今日并非标榜梁任公也，故只述上列各段轶闻，然我仍要作一结论者，前事不忘，后事之师，读历史之受益在此，请阅者诸君注意。

任公入桂之后，与陆幹卿率桂军由梧州东下，四月廿四日抵肇庆，岑西林亦自上海至，周孝怀、李印泉、章行严等偕来，全国人士视线皆集于此，两广都司令部因于五月一日成立，军务院则于六日成立。然而都司令部成立之后，第一难关就是讨龙，因为龙、陆之间，貌合神离，重以海珠事变，当时众议皆以为非先讨龙，不能北伐，以其盘踞广州，为后患也。任公则独排众议，以为先讨龙须先费数月兵力，地方经战争而残破，则后方不能理财练兵，更延迟北伐之期，予袁氏多时间准备，而且义师之起，专为讨袁，若先讨龙，是示人以争地盘，非义师也。任公之议，西林赞成之，任公且于五月五日冒大险亲入广州，说服龙氏，能释海珠事变之怨，大公无私，以为国事，此乃任公之勇，亦任公之仁。当日任公在都督署与龙氏谈话时，龙之将领胡令宣等伏兵门外，几欲再演海珠之变。任公谈笑定之，谓“我若畏死者，我不来此”，卒之折服龙氏。于是鸿门宴项庄之剑，终无如沛公何也。然以任公任事之勇如此，能识大体见机决策又如彼，乃亦遭人之忌，时任公之以都参谋兼抚军兼政务委员长，系滇黔桂粤四省重要人物劝驾，李印泉、章行严等尤力主之，而沪上民党竟大恣攻击。吴贯因《丙辰从军日记》，谓“方筹安会之发生，无不慊于袁氏者，无论何派之人，皆望任公出而反对袁氏，诚以欲转移舆论，使人民知袁氏之不可托以国，非任公之文章莫能也。及义师既兴，南方之势力稍足与袁抗，于是向之抬任公于九天者，忽又欲挤任公于九渊”。此种情形，我当日亦见之甚明瞭，所以我于五月十五日抵肇庆之后，即劝任公归沪。我之所以劝任公归沪者，不只是为避免猜忌者之挤，亦以其有亲之丧，当时大众瞒之，使孝子之心并不能墨绖从戎，我视为于旧义终不安也。任公果于五月十八日离肇归沪，电辞本兼各职，而袁氏亦于六月六日病卒，推翻洪宪之功，幸而告成。此时黎氏以副总统就职，国务院尚未成立，而任公又力持撤销军务院之议，其顾全大局，表示对黎退让，以避免再起南北之争，其公忠体国之心，识者韪之。但野心者怨焉，以为撤销太早，集矢以攻任公。然卒之军务院亦于七月十五宣告撤消，南北之战，于是统一，亦任公之力也。吾于此最深佩任公者，真是为而不有，成功不居。当其在天津与松坡谋举义时，曾相约日，今兹之役若败，则吾侪死之，决不亡命，幸而胜，则吾侪退隐，决不立朝。盖以近年来国人竞争权力之风太盛，吾侪任事，宜以身作则矫正之，中国今后之大患，在学问不昌，道德沦丧，非从社会教育痛下工夫，国势将不可救也。此言至今尤为重要，而惜乎任公今已作古人矣。夫当国家危殆之日，非合群策群力，不能成大功，而况巨蠹神奸，窃兵盗国，举义者若复自相猜忌，争权夺利，而不肯让贤，兼且妒贤，人人自以为大鱼我捉得，肥鹿我逐得，此种狭隘胸襟，卑劣气度，谓能肩负国家重任，拨乱返治，转危为安，吾不信也。呜呼，任公渺矣，国家大变，方兴未艾，济济英才，不知自负如何，吾今再将任公当日辞退各职后对记者所谈一段话复述之，以结此篇。

任公对记者谈："鄙人之政治生涯，已二十年，骤然完全脱离，原属不可能之事，但立宪国之政治事业，原不限于政府当局，在野之政治家万不可少，对于政府之施政，或有相当之应援补助，或为相当之监督匡救，此在野政治家之责任也。鄙人常持人才经济之说，谓凡人欲自效于国家或社会，宜用其所长，鄙人自问，若在言论界补助政府，匡救政府，似尚有一日之长，较之出任政局，或尤有益。今国中大多数人民政治知识缺乏，政治能力薄弱，非亟从社会教育痛下工夫，宪政基础终无由确立。鄙人数年来受政界空气之刺激愈深，感此着之必要愈切，亡友汤觉顿屡劝撤废百事，专从事于此，此次汤君同行，间关入广西，在南宁分袂时，痛谈彻夜，汤君力言军事稍平，决当献身社会教育。别后数日，汤君遂殉国于海珠，亡友遗言，安可久负，顷方有所经画，若能缉熙光明，斯孔子所谓是亦为政也。”

1948 年 1 月 9 日、16 日《人道》1、2 期

悼梁卓如先生（1873—1929）

缪凤林

士君子怀绝人之姿，生忧患之世，以言论觉天下，自负其材，得摄尺寸之柄，其云蒸龙变，欲有所会其度；事与愿违，退而论书策以自见。若近世之新会梁氏，庶几其人，而一月十九日以病卒北平协和医院闻矣。

梁氏生于清同治十二年癸酉，卒年五十有六。其生平与著作关系最密。梁氏从子廷灿编次梁氏文集，以戊戌（一八九八）以前作为第一集，戊戌至辛亥（一九一一）居东瀛作为第二集，壬子至戊午（一九一八）游欧前作为第三集，庚申（一九二〇）游欧归后作为第四集。梁氏一生活动，亦可分为此四期：始则服膺康有为之说而鼓吹变法；至戊戌去国而专力于宣传；壬子返国而从事于政治；及欧游倦归，则寄托于讲学。论其贡献，第一、二期之宣传较浅薄，而影响最大；第三期之从政最失败，而帝制一役厥功最伟；第四期之讲学较宏博，而收效最微。梁氏戊戌前《中外公报》《时务报》《湘报》《湘学报》之论著，南学会、时务学堂之讲述，“不过演师友之口说”。其居东办《清议报》《新民丛报》《政论》《国风报》，亦大抵“拾西哲余唾，寄他人之脑之舌于我笔端”，或“应于时势，发其胸中所欲言，被之报章，供一岁数月之遒铎”（梁氏壬寅《自序》文）。然以当时民智之闭塞，士风之委靡，号称智识阶级者，下焉者日治帖括，上焉者骛于训诂词章；而梁氏日以“维新”“变法”“新民”“少年”“自强”“救国”之说，大声疾呼，复以其间灌输世界智识，阐发先哲绪论。凡所著述，大抵气盛而文富，意诚而词达，加以“条理明晰，笔锋常带情感，对于读者别有一种魔力”。故一文之出，全国争诵，老师宿儒，犹深翘仰。（孙诒让与梁氏书，有“读大著《变法通议》，于中国贫弱窳败之故，洞究原本，俾圜颅方趾之伦，照然发其蒙蔀。微管之望，中外翘仰”云云，可证。）清末士气之奋发，思想之解放，梁氏之宣传，实与有大力焉。虽其主张开明专制，拥护清帝，言立宪而不言民主，言政治革命而不言种族革命，与国民党为政敌，其言论之攻击国民党者，更无所不用其极；然《时务》《清议》《新民》诸报之出世，皆在《苏报》《民报》之先，梁氏固不愧为新思想界之陈涉。即后此民族民权之说，风靡全国，亦以梁氏温和之理论，与夫暴露满廷之失败及革命之绝望，为间接之助力。至与梁氏政见相反之人，其初实多赖梁氏文章而启发志气，更不待论。壬子梁氏《初归国演说辞》，谓“现在之国势政局，为十余年来激烈温和两派人士之心力所协同搆成”，非讏言也。

戊戌变法，梁氏受命办大学堂译书局，与谭嗣同辈以京卿参预新政者异。去国而后，益与满廷绝缘。然梁氏饱受儒家教育，以从政为分内事。若王阳明、曾涤生之合学问与事功为一，既引为理想人物；即王安石之变法救弊，亦备极景仰。故壬寅《三十自述》，尝引韩孔广“舌下无英雄笔底无奇士”之句以寄慨。辛亥《与上海某某等报主笔书》，又以未来之国务大臣自许。民元归国，遂为总统府顾问，为熊内阁司法总长。三年为币制局总裁、参政院参政。五年为肇庆军务院抚军兼政务委员长。六年为段内阁财政总长兼盐务署督办。自负其材，入仕之始，诚欲用其所不足，徒迷信贤人政治，思利用固有势力以谋改革，实际上无彻底主张。又“太无成见，往往徇物而夺其所守”(梁氏自评语)，知儒家学优则仕之义，而乏儒者正而不谲、直而不阿之操。一代天才，政治上遂无若何成就。夫以中国之积重难返，政界之苟且鲜耻，梁氏以文人而浮沉其间，不得展其抱负固宜。其为熊内阁国务员时，尝拟《政府大政方针宣言书》，为币制局总裁时，草币制金融等政策条例十数万言，则较之为官而不言政者，犹胜一筹。帝制议兴，九宇晦盲。梁氏居虎口中，直道危言，全国已死之人心，及振荡而昭苏。复与蔡松坡等部署讨贼，谋定后动。当其间关入两粤时，困苦艰险，其不死者，其间盖不能以寸。民国国体，卒赖以不失旧物。此尤梁氏民国政治史上之功绩，宜俎豆百世者也。段内阁时代，梁氏为徐树铮等所排而下野。欧游既归，讲学平津各校。壬戌秋复一度至东南，继乃专在清华。然梁氏学问之兴味，实不敌其政治兴味。讲学之余，常思组织一党以握政权，时或借讲学以散播种子。时不我与，及消磨岁月于笔舌生涯。世人多谓梁氏近年来自悟其短，忘情于政治活动者，非能知梁氏者也。

梁氏幼承家学，己丑肄业于广州之学海堂。庚寅从康有为游，辛卯癸巳间，学于万木草堂者凡三年。一生学问之得力，盖在此时。及游日本，广读东籍，“脑质为之改易，思想言论，与前者若出两人”（己亥《夏威夷游记》）。其文字亦如春笋之怒发，日出而不穷。归国以后，牵率于政治活动，渐荒其学。庚申春归自欧洲，重理旧业，讲稿论著，累数百万言。尝自谓“学问欲极炽，其所嗜之种类亦繁杂。每治一业，则沉溺焉，集中精力，尽抛其他。历若干时日，移于他业，则又抛其前所治者。以集中精力故，故常有所得；以移时而抛故，故入焉而不深”。又有诗题其女令娴《艺蘅馆日记》云：“吾学病爱博，是用浅且芜。尤病在无恒，有获旋失诸。”（皆见《清代学术概论》）其自知甚明。然虽自知其短，而改之不勇；又以正义之见，不敌其名利之念。晚年讲学，尤好揣摩风气，儒墨汉宋，佛老科亥（玄），时时改易。前之以识见文字转移一代风气者，卒乃行文之末，亦随人为转移。故身后遗著，十九未完之作。吾人悼惜梁氏，益叹先哲学必立本之义为不可易也。虽然，梁氏著作，其中有一义焉，则其研究以史学为中心是也。梁氏在万木草堂时，以正史、《通考》为日课，史学已植其基。居东后尝“欲草一《中国通史》，以助爱国思想之发达”（《三十自述》）。虽未成书，然其对于中国史学之贡献，如《中国史叙论》《新史学》，则树立国史之新观念；《国文语原解》则从文字上解释古史；《中国专制政治进化史论》《论专制政体有百害于君主而无一利》等，则为政治史之论著；《论中国学术思想变迁之大势》《中国法理学发达史论》，则为中国学术史之创作；《中国国债史》《各省滥铸铜元小史》等，则为财政史之专著；《中国历史上革命之研究》《历史上中国民族之观察》《中国史上人口之统计》《世界史上广东之位置》等，则为历史上特殊问题之研究；《王荆公传》《李鸿章》等，则为长篇史传之创著；亚里士多德、倍根、笛卡儿、霍布士、斯片挪莎、孟德斯鸠、卢梭、康德、边沁、伯伦知理、颉德、达尔文等之学案或学说，则为泰西学术史之滥觞；斯巴达、雅典、越南、朝鲜诸国之小志或亡国史，则为外史之撰述；《意大利建国三杰传》及噶苏士、罗兰夫人、克林威尔等传，则为西方传纪之译著；而壬寅论中国、亚洲、欧洲地理大势及《地理与文明之关系》诸篇，解释人地相应之故尤详。虽其文多取材东籍，论列亦多谬误，然方面既众，观点亦异，实开史学界无数法门。又其精力所注，时有特见。如《国文语原解》《广东之位置》诸篇，今犹足供治史者研阅。至《王荆公传》《意大利建国三杰传》，作者人格与书中人融而为一，读之最足激发人之志气。《荆公传》尤有功于史学。辛亥戊午间，梁氏与史学渐渐绝缘。然欧战爆发，以旬余之力草《大战史论》，推测虽未全中，战前国际之情势与战祸之由成，原原本本，殚见洽闻。今之论欧战者，未能或之先也。庚申以后，梁氏任各校史学讲座，益专力于史；诏人治学，亦以史为首图。尝谓史学为国学中心，故开列学生书目，特详乙部。较之时人之浮慕国学虚名，而史籍阁束不观者，相去悬远。其所研索，初以佛教史为中心，而有《佛典翻译》《佛教留学生徒》等文之作，继编《国学小史》，而成《墨子学案》《先秦政治思想史》等书；嗣欲草创《通史》，撰次《历史研究法》，后又草《近三百年学术史》，而有《明清之交思想界及其代表人物》及《清儒总成绩》等文之作；卒乃讲述《中国文化史》，成《社会组织》一篇。中间又尝欲治文学史，“刺取各时代代表之作者，察其时代背景与夫身世所经历，了解其特性及其思想之渊源及感受”，而作《屈原研究》及《陶渊明》。其余零星史学著述犹多,《孔子学案》《朱舜水年谱》《美文历史》及《辛稼轩年谱》等，亦皆未能成书。近年以来，梁氏屡欲裁敛其学问欲，专精于《三百年学术史》及《文化史》。吾人方谓以氏之魄力，及其数十年来所积之资格，其造福于史学界将无量。乃衰病侵寻，心力交瘁，年未六十，淹忽辞世。其遗著之导引后进，瀹人灵府，虽或将过于梁氏之所期；然以一代新史学巨子，不得志于时，委其心于书策，而犹不获尽其才，良足悲矣。今日者，不学逞臆之夫，肆其簧鼓，哗众取宠，亦且因缘时会，领袖群伦焉。吾人倦怀梁氏，尤欷歔慨叹而不能自已者已。

1929 年 3 月《史学杂志》1 卷 1 期

悼梁任公先生

常燕生

梁任公先生的逝世，是现代中国学术界的一大损失，胡适之先生已先我们言过，也是天下的公言，无论他的政敌、学敌怎样侮蔑梁先生的事业、价值，乃至人格，但梁先生的伟大，和他对于中国政治界、思想界、学术界的影响是无论何人所（都）不能磨灭的。我们尽管对于梁先生的行为和思想有不能完全同意之处，但在影响伟大这一点上，我敢坚决地说，无论何人，在以往没有及得上梁先生的。

梁先生一生的事业，可以分作三个时代，第一个时代从公车上书，办《时务报》起，到避地东瀛，办《新民丛报》止，是思想运动的时代；第二个时代从革命、立宪两派的冲突，到助袁、护国、复辟、参战诸役止，是政治运动的时代；第三个时代从五四以后起，到临死为止，是学术研究的时代。他的影响最大的，自然还是在思想运动的时代，他本身性格本来不是一个政治家，并且也不是学者，因此在这二时代中他的表现自然不免减色，但是不过说他在二方面胜不过他的敌手罢了，在相当程度上讲，成绩仍然不是很坏的。

政治上的是非曲直本来是很难论的，一般人只以成败论人，欲求一准诸是非的公论，本来难得，梁先生一生的政治运动，结果自然是失败，这是毋庸为讳的，然而失败并不就是“非”与“曲”，这话却可为知者道，难为俗人言。即以参战问题而论，倘若当日中国若不依梁先生一派的意见，决然对德宣战，试问以后巴黎和会和华盛顿会议，中国还有参加的权利没有？山东问题，还有对日交涉的可能与否？这种本是显然的事实，然而是非曲直还似乎到现在仍然难明似的，其他自然也就更不必为梁先生辩护了。

真正政治领袖的性格，在好的一方面讲，是要有阔大的气魄、坚毅的意志和敏捷的实际手腕，在坏的一方面讲，却要有铁一般的心肠，毒蛇一般的手段，不恤破坏蹂躏了敌人的利益，才能攫得自己的利益，梁先生在这几方面他都是非常缺乏的，他不能巧言买得群众的信仰，他不能阴谋摧毁敌人的阵垒，他不能觍颜坚持自己的主见，这就是他的政治工作永不能成功的原因。在他同派之中，康南海有气魄而疏于手腕，汤济武有手腕而缺乏气魄，然而却较胜于梁先生。现在人都说研究系阴谋家，不错，在已往的政治史上，研究系确有几次阴谋的事实，然而这不是梁先生的主动，却也是很显然的。我们所看得到的，自康氏分离，汤氏被刺以后，研究系的阴谋逐渐减少，而梁先生也就与政治运动逐渐分离，所以在这一方面，梁先生是不任功也不任罪的，换言之，梁先生道地的不是一个“政治家”！

梁先生却也不是一个道地的“学者”，这话恐怕更容易引起人的怀疑。人们对于“学者”和“思想家”的分野是往往弄不清楚的，其实两者的界限显然不同。学者是埋头做研究工作的人，思想家却是要指导群众的。达尔文是学者，不是思想家；赫胥黎、斯宾塞是思想家，却未必是学者。纯粹的学者看不起思想家的浅薄，然而一般社会却需要思想家更甚于学者。在整理国学方面，梁先生的功力、成绩未必胜于王国维、陈垣诸人，然而在社会所得的效益和影响方面讲，梁先生的成绩却远非诸学者所可及。在一切未上轨道的国家里，社会需要思想家更甚于学者。一千个王国维的出现，抵不住一个梁启超的死亡的损失。

就思想运动史说，梁先生的功绩自然是大家所公认的，然而也还有种种的异论，最普通的论断，是说梁先生“思想落后”，不能赶得上青年。说这种话的人，实在没有细心去理会一理会真正的事实，梁先生在思想史上的出现，是三十多年前的事实，三十年来，他的同辈、后进，乃至最后进者，一个个赶在他前头而又落到后面者，何胜指数。大多数一经小成就沾沾自喜，不肯前进起来。康南海、章太炎之辈，早已落后，且不待言；即以近十余年来的新进思想领袖论，胡适之《努力》停版以后，早已不发议论；鲁迅戴上纸糊的高冠，拿《而已集》一类著作，欺骗青年；章士钊早已反动；吴稚晖已被骂作腐化分子；这一般人，每个人都会有一个时期赶到梁先生的前面，然而结果是如何？不用说能够三十年不倦不息像梁先生一样去追赶青年，而能够有三十年以上继续不断的努力的恐怕也就很少了，无他，精力不足之故耳。梁先生诚然常常是追在时代的后面，不能跳到前面去，然而这不是精力的问题，是性格的问题，他的性格始终是一个折中派，在二十年前他就只愿当第二名，到现在还依然是当第二名。别人呢，在短少的时间中也会赶到第一位去，然而不久便已落后到无穷远。

在长距离的赛跑中，不断不息是最要紧的，一时的超越倒是小事。几年以前，骂梁先生落后的，今日已都更落后了，梁先生却临死仍然保持他第二名的位置，梁先生的伟大，就在这一点上。

还有人责备梁先生的前后主张太不一贯的，梁先生自己也承认这个缺点。他自己批评说：

> 启超与康有为最相反之一点，有为太有成见，启超太无成见，其应事也有然，其治学也亦有然。……启超不然，自觉其学未成，且忧其不成，数十年日在旁皇求索中。……启超以太无成见之故，往往徇物而夺其所守，其创造力不逮有为，殆可断言矣。
>
> ——《清代学术概论》

又说：

> 其保守性与进取性常交战于胸中，随感情而发，所执往往前后相矛盾。尝自言曰："不惜以今日之我难昔日之我。"世多以此为诟病，而其言论之效力亦往往相消，盖生性之弱点然矣。
>
> ——《清代学术概论》

这种情形，当然是梁先生的弱点，他一生事业之所以多失败，正由于此。但我们若从另一方面想，梁先生也决不是纯粹徇物而夺其所守的人，他始终有他的立足点，有他的所守，他所守的是“折中”二字，他的中是随着时代进的，是“时中”不是“固中”。别人也许在几十百年前就倡一种主张，到老还是那一种主张，不管时代的如何。梁先生则不然，他是时代的人物，他的主张是随着时代走的。别人骂梁先生是自相矛盾，殊不知时代原是变动不居的东西，真理没有绝对的，主张随时变迁，没有什么可耻。必定要死守一种主张，始终不变才算合理，则人们便不该骂康有为的复辟运动为反动了。正因为在民国时代还来运动复辟是反动，所以主张君主的人在共和政府下做官，帮助袁世凯的人转而讨袁，都是事理之当然，毫不足怪。

总之梁先生虽有种种弱点，但在前两节所举出他的弱点，却决不是他的短处，所以尽管有跑到很前面的人，会一旦落在背后，正因为别人是立住不跑，或者稍跑而即歇，梁先生则是不断不息地跑着，到死为止。

我和梁先生并无深交，前后不过两三面，对于梁先生的真正面目，自然不容易认得真切。现在听说他的友人有为他编辑全集之举，自然将来也定有人替他做出一个详细的传记来，使我们得以认识这个伟大的先觉的本来真正面目来。我们所能贡献的，就是希望做这项传记的人，能够老老实实描画出他的真正的面目，不要虚减伪饰。我们知道凡是伟大的人物免不了有多少疵点的，忠实的崇拜者，应该不客气地替他传达出疵点，和替他传达出优点的努力一样。

十八年三月十六日，作于石家庄旅次

《常燕生先生遗集》，文海出版社1967年12月版

梁任公先生传

刘盼遂

先生讳启超，字卓如，号任公，新会人。父宝瑛，布衣教授终。先生生四五岁，日就母膝下受四子书、《诗经》；夜则王父携之寝，辄为道古豪杰哲人嘉言懿行，尤津津于亡宋晚明国难之事。六岁就父毕《五经》。九岁能缀文千言立就。光绪甲申十二岁补县学生，而父严督之，于言动不少假贷，常斥之曰，汝自视乃如常儿乎，先生终身诵之。明年，之广州入学海堂，治戴、段、王之学。己丑领乡荐，主考李尚书端棻，诧为奇才，以其女弟妻焉。庚寅南海康先生有为以布衣上书被放归，先生同陈千秋往谒之，一见大服，遂执弟子礼，从学于万木草堂者三年。

甲午客京师，交夏曾佑、谭嗣同。曾佑主今文学，嗣同喜经济，先生以大同义与之往复，思心益辟理。时中日战事起，先生愤惋，稍有所吐露。迨明年和议成，则与南海先后连公车上书，陈时政，请变法。七月，南海开强学会于京师，委以书记。已而会废，应黄公度约，赴上海，主撰《时务报》，著《变法通议》刊布，论者谓其持论豁达，雄辩惊人，殆贾太傅《治安策》之比。丁酉，至湖南，膺时务学堂讲席，以民权论教诸生，多所成就，蔡锷、范源廉其著也。明年四月，侍郎徐致靖荐先生才可大用，召见，命办大学堂译书局事务。时德宗崇信南海，锐意维新，先生与谭嗣同、杨深秀、康广仁、林旭、杨锐、刘光第等，以京卿参佐之，期月之间，纲纪焕然。御史某摘先生劄记中微辞奏西后，遂兴大狱，六君子死，南海托英人免，先生乘大岛兵舰入日本，世人称此事为戊戌政变。自是凡居东十四年，迄于清尽，皆以平易畅达之文笔，颂言革命、排满、共和，揭于《清议》《新民》《国风》《新小说》诸报及《新大陆游记》，天下人士靡然向风焉。

迨壬子民国建立，以司法次长征不应。后一年，熊希龄组织内阁，先生出任司法总长，旋改币制局总裁，然时事草创，皆未获施敷即去。又二年乙卯，袁氏帝制垂成，先生著《异哉所谓国体问题者》一文，痛驳斥之，谓主帝制者为无风鼓浪，兴妖作怪，徒淆民视听，而诒国家以无穷之戚。袁氏闻之怵焉，使人进二十万金为寿，乞隐其文，且曰："君亡命况味已饱尝，何更自苦？"先生笑拒之曰："余诚老于亡命之经验家，顾宁乐此！不愿苟活于此浊恶空气中也。"来人忸怩而退。先生因与蔡锷密定反袁之策。锷逃至云南，出师护国驿。先生则于丙辰春来往两粤，赞其魁率独立。袁氏遂疽发背死。民国再造，此世所谓护国之役者也。明年，张勋入都复辟，先生首通电反对，力怂段祺瑞举兵马厂。不数日，张勋逃亡，祺瑞再入阁，起先生出长财政。是时中国加入协约国对德、奥宣战，卒能改进国际地位，主之者实先生一人。

戊午，欧战告终，先生往游，所至则以中国沉冤诉诸世界舆论，著《欧游心影录》记其事。庚申春归国，专以著述讲论为业，所钻披亦以佛理史料、儒家道术、诸子哲学为多，不复作政论举远游矣。乙丑清华学校研究院聘任导师。院中不乏笃学之士，先生顾而乐之。晨夕相与掔摩讨论，虽便血症日剧，而批校笔劄剖析疑义不少休，殆有终焉之志。越三年旧病侵寻，日卧药裹炉烟中，著《辛稼轩年谱》未卒业，终于北京某医院，得年五十有六。遗命葬翠微山东麓。子五，女子子三，皆读书自立。

息县弟子刘盼遂曰：丙寅新正，与同门吴其昌诣北苑，为先生贺岁。入见先生独据案高吟，墙内洒如也。予因叹年事德业如先生，于学问似可小愒，而乃闭户精诵，自强不息。吾侪少年乃日颓放靡漫，若无可消遣者，何哉？每侍坐时，教以著述事功，动期效于数十年外，其意若定有一二百岁寿者，从不见有侘傺怅惘之色，喏嚄匆衮之音。盖先生从事孔、老、孟、荀、阳明、白沙之学终其身，涵养深，挟持大，愿力弘，以苍生为己任，以斯文为己任，孳孳焉惟为日之不足，又何暇忧老至愁日永哉？先生少年有别号曰，少年中国之少年，呜呼！此即先生之自谥欤？吾侪少年，应如何闻风而兴起孟晋者哉！

1929年6月《图书馆学季刊》3卷1、2期

《中国历史研究法补编》跋

姚名达

右《中国历史研究法补编》一部，新会梁任公先生讲述，其门人周传儒、姚名达笔记为文，都十一万余言，所以补旧作《中国历史研究法》之不逮，阐其新解，以启发后学，专精史学者也。忆民国十四年九月二十三日，名达初受业于先生，问先生近自患学问欲太多，而欲集中精力于一点，此一点为何？先生曰：史也，史也！是年秋冬，即讲《中国文化史·社会组织篇》，口敷笔著，昼夜弗辍，入春而病，遂未完成！十五年十月六日，讲座复开，每周二小时，绵延以至于十六年五月底。扶病登坛，无力撰稿，乃令周君速记，编为讲义，载于《清华周刊》：即斯编也。周君旋以事忙不能卒业，编至《合传及其做法》而止，名达遂继其后。自三月十八日至五月底，编成《年谱及其做法》《专传的做法》二章。自八月十三日至二十八日，编成《孔子传的做法》以后诸篇。全讲始告成文，经先生校阅，卒为定本。是秋以后，先生弱不能耐劳，后学不复得闻高论，而斯讲遂成绝响！《中国文化史》既未成书于前，《史法补编》又未卒述于后，是诚国人之不幸，亦先生所赍恨以终者已！名达无似，有心治史而无力以副之，深愧有负师教！斯编之行世，幸又得与于校对之列，谨志数言，以示所自，惟读者正焉。

中华民国十九年五月八日　姚名达

《中国历史研究法补编》，商务印书馆1930年4月版

复江翊云兼谢丁文江书

王　照

翊云仁兄如晤：

二十八日贵友丁在均（君）先生持尊函枉顾，愚因病未能拥慧，歉歉！手示属以梁任公戊戌事迹，奉告丁君，以备为梁氏作年谱资料。愚实不能详知，不如另访知者。

戊戌任公得罪，纯属连带关系，不在政局之内。就愚所知，任公先在沪，每于《时务报》中代南海鼓吹。戊戌前南海已蜚声海内，实任公文章之力也。景帝阅报，知梁为康之高足，乃于戊戌春召见康时，嘱令传旨劝梁来京。其年四月梁氏到京，五月得召见。清朝故事，举人召见，即得赐入翰林，最下亦不失为内阁中书。是时梁氏之名赫赫在人耳目，皆拟议必蒙异数。及召见后，仅赐六品顶戴，是仍以报馆主笔为本位，未得通籍也。传闻因梁氏不习京语，召对时口音差池，彼此不能达意，景皇不快而罢。（是时梁氏口音呼“孝”字如“好”，呼“高”字如“古”，诸多类此。此余所亲闻者。）

于是孙寿州惜之，托人延揽，委充大学堂编纂员。梁氏不得已而就之，每日赴差次，勤于职务。南海代为怏怏，托他友致书于汪穰卿，劝令将时务报馆总经理之职，让与卓如，谓卓如新蒙宠眷，可令该报声价跃起。汪氏不服，答以“卓如原为吾所聘任，借吾报以得荣显，何遽欲反客为主”。汪之书宣诸他报，而南北诸报，纷纷评议，皆右汪而左康，大伤南海体面。梁氏乃作一长篇辨明书，历叙在时务报馆有运动鄂湘筹款之功，亦登他报。汪氏又于他报遥驳之，势成骑虎。南海急不择路，乃运动奉特旨“以康有为督办《时务报》，钦此”。督办云者，将由康派梁往沪为总办也。小题大作，用狮搏兔，人人惊异。汪氏闻之，因早有预备，不慌不忙，即日将《时务报》改名曰《昌言报》，门额及报之封面皆换“昌言”字，腾出“时务”二字以待钦差取用。实则《昌言报》仍系《时务报》之原式，未有一期停印，而销路如故。盖汪之运动力本不减于康、梁，而又得同业之多助故也。（以舆论机关，而出自钦命，津沪各报无不隐讽者。）南海又运动奉廷寄[①]令两江总督刘坤一拨款助《时务报》，刘氏仅允筹款三千元，实不敷另创报馆之用。延至七月杪，此案未得结果，南海始有意放弃其派梁氏南下之计划，托余密保梁氏为懋勤殿顾问。（是时南海上折须依司官体制，由总理各国事务大臣加封代递，不如余以京堂资格宫门径递之简洁也。）当日南海戚然告余曰，卓如至今没有地步，我心甚是难过。及余之折入，已在杨崇伊邀合京中大员密折吁请那拉氏训政之后，虽那拉未即应允，而景帝已惴惴不自保，将前此开懋勤殿选顾问之谋已暗消矣。

又数日而变作。南海于八月初四日先得杨锐传密旨避去，梁氏初七日出京。余初九日出京，十一日黎明至塘沽登日本大岛兵

---

① 廷寄者，由军机大臣转告奉皇帝面谕也。——原注

舰，见梁氏在舰中，问知已在舰中度两夜。又候十六日，该舰始奉到日本政府回电[①]，已派他舰换防，准大岛归国。九月一日接防之舰至大沽口外，大岛鸣炮起椗（碇），两舰相遇，停一小时遂启行。此任公戊戌北来滞留百余日，实不得意之实在情形也。

百余日中任公从未上一章献一策，盖因不在廷臣之列，亦不在司官之列，苟欲有言，应依士民由都察院代递之例，不便故也。凡此问诸五十余岁曾留心于是年朝报及新闻纸之人，皆能嘹如者也。至于南海诸大奏章，是否有任公赞画，外人固不得而知。然是时南海住南海试馆，任公住新会试馆，相距二里，余与南海为同年兄弟，累年旧交，所寓又在半里之内，且与康幼博（南海胞弟，名广仁，与余意见十有九合。余尝劝南海，宜多听幼博话）又最契，故两家过从频数。回忆是年于南海座中遇任公者仅二次，尚不如徐子静父子、杨、谭诸人相遇之多，故其赞画想亦不过如游、夏耳。但因刚毅、裕禄、徐桐辈最恶报纸，故借其师生名义，与南海连带加罪。

迨逃至日本，任公带有李端棻（梁之妻兄）所赠赤金二百两，立即于横滨创办《清议报》，大放厥词，实多巧为附会（如制造谭复生血书一事，余所居仅与隔一纸槅扇，夜中梁与唐才常、毕永年三人谋之，余属耳闻之甚悉，然佯为睡熟，不管他），毁誉任情，令人不觉。因揭宫闱秘事，大半捏造，那拉痛恨，悬

① 由北京日本公使致电东京外务省，因事关外、海两部，故必经阁议通过，始来电令。及至日本，入马关，航内海，泊于严岛，待礼二日，由外务省派秘书高桥氏来迎，赠衣物，始偕赴东京。——原注

十万之赏以购之，声价十倍，于是骆宾王之笔，胜于徐敬业之戈矣。(《戊戌政变记》，捏造景帝口出恨那拉之言，因此景帝几造不测之祸。吴德潚曾寄书责梁氏。吴德潚亦《时务报》主笔，梁之旧侣也。此书登《昌言报》。)

余所知任公戊戌事迹仅如此也，此万不足副丁先生盛意。仍乞代向丁先生以病婉谢，请另访能知任公者，尽量敷陈，以成快文。此复。即颂时祺。

《小航文存》卷三，“水东集初编”本，1930年仲夏开雕

在上海（1904—1910）

——《四十自述》第四章（节选）

胡　适

我在澄衷（胡适1905年入澄衷学堂）一年半，看了一些课外的书籍。严复译的《群己权界论》，像是在这时代读的。严先生的文字太古雅，所以少年人受他的影响没有梁启超的影响大。梁先生的文章，明白晓畅之中，带着浓挚的热情，使读的人不能不跟着他走，不能不跟着他想。有时候，我们跟他走到一点上，还想望前走，他却打住了，或是换了方向走了。在这种时候，我们不免感觉一点失望。但这种失望也正是他的大恩惠。因为他尽了他的能力，把我们带到了一个境界，原指望我们感觉不满足，原指望我们更朝前走。跟着他走，我们固然得感谢他；他引起了我们的好奇心，指着一个未知的世界叫我们自己去探寻，我们更得感谢他。

我个人受了梁先生无穷的恩惠。现在追想起来，有两点最分明。第一是他的《新民说》，第二是他的《中国学术思想变迁之大势》。梁先生自号"中国之新民"，又号"新民子"，他的杂志也叫做《新民丛报》，可见他的全副心思贯注在这一点。"新民"

的意义是要改造中国的民族，要把这老大的病夫民族改造成一个新鲜活泼的民族。他说：

> 未有四肢已断，五脏已瘵，筋脉已伤，血轮已涸，而身犹能存者；则亦未有其民愚陋怯弱涣散混浊而国犹能立者。……苟有新民，何患无新制度，无新政府，无新国家！（《新民说·叙论》）

他的根本主张是：

> 吾思之，吾重思之，今日中国群治之现象殆无一不当从根柢处摧陷廓清，除旧而布新者也。(《新民议》)

说的更沉痛一点：

> 然则救危亡求进步之道将奈何？曰，必取数千年横暴混浊之政体，破碎而齑粉之，使数千万如虎如狼如蝗如蝻如蜮如蛆之官吏失其社鼠城狐之凭借，然后能涤荡肠胃以上于进步之途也！必取数千年腐败柔媚之学说，廓清而辞辟之，使数百万如蠹鱼如鹦鹉如水母如畜犬之学子毋得摇笔弄舌舞文嚼字，为民贼之后援，然后能一新耳目以行进步之实也！而其所以达此目的之方法有二：一曰无血之破坏，二曰有血之破坏。……中国如能为无血之破坏乎？吾馨香而祝之。中国如不得不为有血之破

坏乎？吾衰经而哀之。(《新民说·论进步》)

我们在那个时代读这样的文字，没有一个人不受他的震荡感动的。他在那时代（我那时读的是他在壬寅癸卯做的文字）主张最激烈，态度最鲜明，感人的力量也最深刻。他很明白的提出一个革命的口号：

破坏亦破坏，不破坏亦破坏！(《新民说·论进步》)

后来他虽然不坚持这个态度了，而许多少年人却冲上前去，不肯缩回来了。

《新民说》的最大贡献在于指出中国民族缺乏西洋民族的许多美德。梁先生很不客气地说：

五色人相比较，白人最优。以白人相比较，条顿人最优。以条顿人相比较，盎格鲁撒逊人最优。(《叙论》)

他指出我们所最缺乏而最须采补的是公德，是国家思想，是进取冒险，是权利思想，是自由，是自治，是进步，是自尊，是合群，是生利的能力，是毅力，是义务思想，是尚武，是私德，是政治能力。他在这十几篇文字里，抱着满腔的血诚，怀着无限的信心，用他那枝“笔锋常带情感”的健笔，指挥那无数的历史例证，组织成那些能使人鼓舞，使人掉泪，使人感激奋发的文章。其中如《论毅力》等篇，我在二十五年后重读，还感觉到他的魔力。何况在我十几岁最容易受感动的时期呢？

《新民说》诸篇给我开辟了一个新世界，使我彻底相信中国之外还有很高等的民族，很高等的文化；《中国学术思想变迁之大势》也给我开辟了一个新世界，使我知道《四书》《五经》之外中国还有学术思想。梁先生分中国学术思想史为七个时代：

一、胚胎时代　春秋以前

二、全盛时代　春秋末及战国

三、儒学统一时代　两汉

四、老学时代　魏晋

五、佛学时代　南北朝、唐

六、儒佛混合时代　宋元明

七、衰落时代　近二百五十年

我们现在看这个分段，也许不能满意。（梁先生自己后来也不满意，他在《清代学术概论》里已不认近二百五十年为衰落时代了。）但在二十五年前，这是第一次用历史眼光来整理中国旧学术思想，第一次给我们一个“学术史”的见解。所以我最爱读这篇文章。不幸梁先生做了几章之后，忽然停止了，使我大失望。甲辰以后，我在《新民丛报》上见他续作此篇，我高兴极了。但我读了这篇长文，终感觉不少大失望。第一，他论“全盛时代”，说了几万字的绪论，却把“本论”（论诸家学说之根据及其长短得失）全搁下了，只注了一个“阙”字。他后来只补作了《子墨子学说》一篇，其余各家始终没有补。第二，“佛学时代”

一章的本论一节也全没有做。第三，他把第六个时代（宋元明）整个搁起不提。这一部学术思想史中间阙了三个最要紧的部分，使我眼巴巴的望了几年。我在那失望的时期，自己忽发野心，心想："我将来若能替梁任公先生补作这几章阙了的中国学术思想史，岂不是很光荣的事业？"我越想越高兴，虽然不敢告诉人，却真打定主意做这件事了。

这一点野心便是我后来做《中国哲学史》的种子。我从那时候起，便留心读周秦诸子的书。我二哥劝我读朱子的《近思录》，这是我读理学书的第一部。梁先生的《德育鉴》和《节本明儒学案》，也是这个时期出来的。这些书引我去读宋明理学书，但我读的并不多，只读了王守仁的《传习录》和《正谊堂丛书》内的程朱语录。

1931年《新月》3卷7号

《跋稼轩集外词》后记

储皖峰

民国十六年，在清华常与先生读辛词，时先生方搜辑材料，欲为辛编制年谱。十七年孟秋，先生成文二篇：（一）《跋四卷本稼轩词》，（二）《跋稼轩集外词》，比即出以相示，并谓能据此补编辛词，亦属快事。峰受而诺之。是年冬，先生卧疾于北平协和医院，峰每往省视，先生辄以此为问。以人事迁延，至十八年冬，勉成《辛词校注》一书，惜先生已不及见矣。

先生所著《稼轩年谱》，尚未及半，遽归道山，遂成绝笔。其《跋四卷本稼轩词》一文，已见清华《国学论丛》二卷一号（商务出版），兹篇系未刊稿，录奉榆生兄载入词刊，以饷海内之治辛词者。

储皖峰

二十二年五月浙大

1933 年 8 月《词学季刊》1 卷 2 号

《梁氏饮冰室藏书目录》序

余绍宋

六年前，予避乱居天津，与任公梁先生过从最密。时任公方撰诸家书目提要，陈数十百种簿录之书于案头，朝夕探讨，予则从事于《书画书录解题》。彼此趣舍虽异，指归则同。予以行箧无书，辄就借阅。所喜其家典籍充陈，细钜赅备，遂得恣搜饱览，以餍所需。大约间日必相见，相见不及他事，即各举两日间探讨所得，相与商榷而辨难之，时检所藏书以为佐证。如是者年余，因得尽窥饮冰室之所藏。任公素服膺亭林先生。予偶举其《钞书自序》所引祖训"书但求其有字"之言，任公慨然谓世之颛爱宋元板本者，直是骨董家数。许为余书作序，以张其说。故其所藏但期切于实用，不必求其精椠。上自典册高文，下逮百家诸子，旁及东瀛海外之书，无不殚事收集。其意非徒广己于不可畔岸之域，谓先哲庋藏之意，无所不赅，固如是也。呜呼！讵知别未半年，吾书未成，而遽以下世闻也！夫书籍者，载道之具，学术之津逮也。奕世递嬗，日就广博。先民作之，以贻吾人，所贵裨于实用耳。吾人藏之，守而弗失，复以贻诸来世，意亦犹是。是其关切人生如布帛菽粟之不可或缺，非仅供牙签锦轴之题赏而已。至若唐之毋煚，簿录群书，称为《古今书录》，是则所收溥及并世。而宋代目录存于今者，《崇文总目》而下，子止、延之、直斋诸家，莫不囊括所藏，兼收并蓄。其为用也，又足畀来世，据以验存佚、辨真伪、校异同焉。自明季以来，士习空疏，每喜窜改古籍；又迭经丧乱，旧帙放失。于是深识之士，乃始搜访遗书，讲求善本，内府所储，珍若琳琅。流风所被，精椠日出，百宋千元，竞事著录，影钞雠校，顿还旧观。其有裨于后学之考订与夫补亡收佚之功，诚有足多者。顾其末流，则专斤斤于镌刻之精粗，传本之多寡，而不审其书之是否有切于实用，徒征印识，刻意装潢，小语丛残，视同鸿宝，偶有著录，非是弗称。黠贾乘之而作伪者，缘以兴焉。骨董之讥，宜所难免。独任公能见其大，以绍复古人藏书之旨。今观所遗之书，普博周悉，则其欲序吾书之意，亦略可睹矣。其殁也，公子辈仰体遗意，悉举所藏，寄存北平图书馆，以供来者无穷之求。而馆长袁君守和之欲永其传也，乃属馆员编纂斯目。以予知其事较详，命为之序，辄就平昔所感而论述之如是。亦以天下汹汹，内哄不息，其文物图书之堕失，有若李易安之序《金石录》而致慨于聚散之无常者何限！则是举也，亦犹李公择置书庐山僧舍，而苏子瞻称为仁者之心，以古征今，又何多让！所恨余自近岁以来，伏处南中，忧患之余，亦稍稍有所撰著，而朋侪落莫身世之感弥殷。欲求如往日之接席长谭，从容商讨，以是正其取舍者，盖邈焉未之有遇。则此序之作，岂胜黄垆腹痛之情，非徒怅任公之不及序吾书也已。

二十二年冬至后四日，龙游余绍宋序于寒柯堂。

《梁氏饮冰室藏书目录》，国立北平图书馆1933年10月版

《饮冰室合集》序

林志钧

任公先生之学凡数变。早岁从事举业。既问学南海，则治经史及宋、明儒之书，任公自谓生平于训诂、词章外知有学问自兹始，顾于“伪经”“改制”之说实非所甚喜，稍久辄弃去。北游京师，始广读译本地理、历史、政治诸书，交夏穗卿、谭复生、吴季清、铁樵父子，则一时喜谈龚、魏之学，亦涉猎佛教经论。值甲午战败，割台湾、澎湖列岛，赔款二万万两，奇辱剧痛所激，乃蹶起为政治运动。戊戌政变，去死一间。既亡命外国，三年之间，奔走南洋、澳洲、夏威夷及港、沪诸地，为实行之革命家。迨由美返日本，思想乃一变。时汤明水好言理财，任公与明水同居须磨，过从最密，以故思想亦趋于同一之途径。归国以后，反帝制、讨复辟及主参加欧战，皆政绩之可纪者，而实于币制、财政致力特勤。欧战后游历各国，归乃一转而为讲学生活，遂以是终其身。

以论任公先生之时代，当同、光间，社会组织与百年以前无大异，而学术界则为乾、嘉、道、咸以后最衰落之一期。考证之学已盛极而微，举世所心营目追者惟帖括之业，四子书、五经、《通鉴》《文选》之类，熟读之，已足为通人。《目耕斋》三集八股文，由束发就傅以至登巍科、掇高第，内入词林、外宰百里，皆以是为阶梯。盖师以是教，弟子以是习，不知帖括以外尚有所谓“学”也。以言当时之物质环境，则凡铁路、轮船、工厂之属，俱在草创，视诸今日且远不逮。报纸仅有一外商经营之《申报》，所载如官场新闻、闱墨课艺等，亦与今之所谓“报纸”异。读书燃油，灯光荧荧如豆，灯下作卷折楷字。日东出，月西落，昼夜四时之分，不能尽道其故。如是者为当时之士大夫。

际此鄙僿怐陋举世昏睡之日，任公独奋然以力学经世为己任。其涉览之广，衎于新故蜕变之交，殆欲吸收当时之新知识而集于一身，文字、思想之解放，无一不开其先路。其始也，言举世所不敢言，为举世所未尝为；而卒之，登高之呼，聋发聩振，虽老成夙学，亦相与惊愕，而渐即于倾服。所谓“思想界之陈涉”，视同时任何人，其力量殆皆过之。而任公则自谓其在思想界破坏力不少，而建设则未闻。凡自加评判之语，见于集中者，以吾所知，同侪及先辈自知之明、自责之严，鲜有过之者。此则任公之至不可及者已。

髫年即喜读《史记》《汉书》，居江户草《中国通史》（此书未成，残稿尚在），又欲草世界史及政治史、文化史等。所为文如《中国史叙论》《新史学》及传记、学案乃至传奇、小说，皆涵史性。其《历史研究法》则其治史之方法论，而《政治思想史》《美文及其历史》《近三百年学术史》《佛教史》诸篇，皆为《文化史》之初稿，如戴东原之《原象》《原善》《学礼篇》（《东原文集》中《记冕服》《记爵弁》等十三篇，即《学礼篇》未成之稿）、《水地记》诸篇，皆《七经小记》之初稿也。戴氏之于

《七经小记》，朝夕常言之，欲为此以治经也；任公先生之于《文化史》，亦朝夕常言之，欲为此以治史。任公先生之于史，犹之秦味经之于《礼》，旁综九流，无所不赅。惜乎时丁丧乱，而天又夺其寿，虽为文数百万言，而蕴蓄未宣者当或倍之。迩者中国社会史问题论战方始，任公不及参与讨论焉，即此已不可谓非学术界之一损失耳。

任公之为人，款挚而坦易，胸中豁然，无所盖覆。与人言，倾困竭廪，恳恳焉，惟虑其不尽。世每称其文字之闳豁通彻，感人特深，实其性情使然也。其哀时忧国之念，则至老不稍衰。当民国四年，日本提出廿一条要求；十四年，沪案交涉。诸役文电之留于今者，读之尚凛凛然有生气。今者国难当前，其艰钜十百倍于曩日，而士气苶然，即以文字论，亦无复义愤内发、勇迈直前之概。于以知任公之不可及。斯人也，国之元气，实钟厥躬，今遂不可复见矣。任公既卒，知友在北平者属余为编辑遗稿，并订定已印诸集。知弗堪任，而卒不克辞，是殆后死之责矣。任公病中自谓："吾年得至六十，当删定生平所为文，使稍稍当意，即以自寿。"盖不知其遂不起也。今年任公而在，盖六十岁，而乃使余诠次斯集，每欲有所商榷是正，独不能起任公于九原而问之。乌乎！其可伤也已。

民国二十一年八月，后死友林志钧。

《饮冰室合集》，中华书局1936年1月版

花随人圣盦摭忆（节选）

黄　濬

忆民国三年，任公先生寓北京前细瓦厂，予一日造谈，谓吾国文字学术中名词至伙，苦无一词典以汇之，予意假定当以字典笔画分部为纲，而以各科学、各事类为目，循是以求，当可得若干万千名词。浅言之，即以《玉篇》《广韵》《说文》乃至《康熙字典》之方法为总经，以《事类统编》《渊鉴类函》之方法，吾国之旧职业，更加以现代各科学，条分缕析为细纬。有形绘图，无形诠义，如此网罗，必粗有可观。盖世事日新，读书方法，前后判若霄壤。新旧名词，非专治某学者稍越其阈，殆皆不能索解。故以后研求古籍者，自非恃辞典不为功。又吾国治专门职业者，往往于固有之名，猝不能索得，或依俗称，或别撰新名，或译音代之。若有辞典，分别专科，历疏专名，则今古东西之名词，或皆有会通之可能。前例：如“求牛”，若非有辞典，后来者绝不知其出于《周礼》。又如“浮子”，若非曾读《鸡肋编》，绝不知其为钓丝一半间系荻之专名。后例如：学建筑者，未必皆知《营造法式》中所载之各种古名，与近百年来各地之俗名，抑与东西各国之通名，孰相符合。若非辞典，殆难一以贯之。国家若肯出力办此，征求若干学者，分别汇求沕一专书，每岁增益修改，其于承学之士，所裨非浅。任公闻言深悦，明日与予两长笺，条言此事，惜予志而未逮。任公之两书，不记庋杂何处，前数年在君索任公书，竟无法得之。稍后《辞源》《辞典》等日出，芜废如予，固唯有服作者之淹通，而衡以心目中所拟者，则似挂一而漏万也。又记戊午任公居团城时，一日严寒，坐沁香亭中，望液池波欲成冰，大风作浪有声，任公方辞职，叹曰，求去亦何所谓，世事兴衰，大势略定，何人为之，皆不甚相远。予因譬解，极言史迹皆由人为，非武侯蜀必不能四十年，王猛死苻坚覆且加速。往史不必论，且如前清，假使世宗不立，或竟为允禩辈所得者，允禟、允禩皆亲信欧洲人，当时传教之穆经远等，实为羽翼，允禟等皆通西文，能作书札。而世宗则亲信蒙古喇嘛，故雍正既胜，遂利用喇嘛之导辅，以次成乾隆拓边设藩之弘规。然因顽固迷信之累积，卒成故步自封，而极于庚子义和团诸役，遗毒至今不已。反之，假令允禟等得志，诸西洋传教士等向用，天主教固得早盛，而以智识新锐，或易与西洋文化接近，在初期未必有奄有蒙藏之武功，其终也，或早肇海通之事势，甚或可使全国早成现代化。历史之嬗变虽有极难料者，事视人为，则必可信。欧人觇吾国者谓腐败之基，在乾隆中叶，而那拉氏一手促其祚之终。古之所谓政与人存，一言丧邦，皆凿然不爽，安得言何人为之皆不甚相远乎？任公亦极以为是。后十年，戊辰，先生殁，仲策告予，先生不自意其病遂不起也，榻间告儿辈：吾垂老多病，而未了著述夥颐，计唯有使予笔述之。予次年会葬先生诗，所谓“病中数见念，要约共削牍。自惭下方灯，何益秋阳暴。定文吾岂敢，流沫许细读”，即感叹兹言。凉夕追思，落笔犹凄然如复见秋堂坐对时也。

侯官黄氏 1943 年印本

记梁任公先生二三事

熊佛西

一月十七日为梁任公先生逝世十四周年纪念日，周之风先生叫我写一篇纪念先生的文字。先生的道德文章，政治哲学，以及对于中国学术思想的影响，海内名家早有论定，无庸我再在这里赘述。现在我要纪述的只是关于先生的二三琐事，由这些琐事更可以窥见先生的治学与为人。

一

民国四年，袁世凯要窃位称帝的时候，先生愤恨之余，写了一篇《异哉所谓国体问题》的洋洋大文，理直气壮的痛斥当时一般帝制妖孽的谬论。事为袁氏所闻，便密派他的走狗某送了二十万块钱去贿赂先生，请他不要发表那篇文章。先生不但不接受袁氏的贿赂，且提前发表那篇文章之外，更积极的劝促他的得意门人蔡松坡将军潜赴云南起义。

二

新月社在北平成立的时候，一般文人学者常到松树胡同去聚谈，或研讨学问，或赋诗写文，或评论时事，颇极一时之盛，先生亦常去参加。某日，同仁请先生讲述《桃花扇》传奇，先生热情如火，便以其流利的“广东官话”，滔滔不绝的将《桃花扇》作者的历史、时代背景以及该书在戏曲文学上的价值，一一加以详尽透辟的解释与分析。最后并朗诵其中最动人的几首填词，诵读时不胜感慨之至，顿时声泪俱下，全座为之动容。

后，某日访先生于私寓，见其书斋案头放有精本《桃花扇》一册，凡警句妙词均经先生亲加朱红圈点，且作有许多警惕的顶批与注解。

又一次，在一个宴会上，某名士忽谓古今诗人从不以“猪”字入咏，先生乃诵乾隆“夕阳芳草见游猪”之句。

先生闲时喜集唐宋诗词为联句。据我所知，经先生集书者已有三百余副，副副妙绝。

三

先生虽是学者、政论家、思想家，但具艺术家的头脑与风度。先生的生活形式，依我看，颇有浪漫诗人的情趣。先生健谈，善饮，热情，不拘形迹；醉后可以写文，且一挥就是洋洋洒洒，非万言不足以尽意抒情；写完文章，假使有人怂恿他作“麻雀牌”之戏，他也决不拒绝。

先生讲学的神态有如音乐家演奏，或戏剧家表演：讲到幽怨凄凉处，如泣如诉，他痛哭流涕；讲到激昂慷慨处，他手舞足蹈，怒发冲冠！总之，他能把他整个的灵魂注入他要讲述的题材或人物，使听者忘倦，身入其境。吾友闻一多先生最能模仿先生讲学的神态。

四

先生生平最喜与一般青年接触，尤喜和天资聪颖或用功最勤的青年亲近。亡友徐志摩，先生的得意弟子，与先生过从甚密。当志摩与陆小曼女士要结婚的时候，商请先生出面证婚，先生欣然允之，但亲友中却有异议。盖志摩小曼都是离过婚的人，那时的封建礼教势力还很大，一般社会对于离过婚的人是看不起的。离过婚的人再结婚简直是一种奇大的耻辱。且志摩的父母当时也不赞成志摩和小曼的结合。然先生却不管这些，到时依然出面为他们证婚，对于新郎新妇还有一段非常动人的训辞，可惜全文我记不清了，大意是："一个人只应该结一次婚。万一婚后生活感到不美满因而引起痛苦时，可离婚。但离婚不是常态，而是一种不得已的不幸。现在一般人对于离过婚的人往往予以鄙视，这是不对的；相反的，我们应该同情他们这种不幸的遭遇。结婚应该以爱情为主，没有爱情的结合是不道德的，时时有破裂的危机。这种危机，死板的法律和传统的道德有时也很难挽救。不过，爱情是不能玩弄的，玩弄就失去了爱情神圣的意义。志摩和小曼都是在婚姻上一度失败了的人，今后更应警惕，应该如何的珍惜着这一次的结合，决不能再有丝毫的失败；假使他们再失败了，社会决不会同情了！"云云。

五

先生晚年入北平协和医院治病，据医师们检查的结果，认为先生的“肾”有一个溃烂了，非割去不能恢复健康。当时先生颇踌躇是否割去，亲友们却一致反对施用手术。先生再三考虑的结果，还是从医之言，终于割去一肾。

但割下之肾，细经剖验，毫无溃烂现象。于是群情忿慨，舆论抨击，社会对于协和医院与主治医师大表不满。先生恐此影响新的医学前途，便在病榻为文详述施用手术的经过，力为协和医院与主治医师辩护。先生并认为他们的诊断和施用手术都是经过科学方法推论与化验的结果；假使有错，其错不在医院与医师，而在新的医学尚待进一步的努力研究。

最后，先生并允许死后将他的脑部献给医师们剖解。

1943 年 2 日《文学创作》1 卷 5 期

《梁任公先生年谱长编初稿》前言（节选）

丁文渊

戊戌变政的那一年，在君二哥刚好才到了十一岁的年龄，那时他还在黄桥家乡我们家里的私塾读书，然而已经受了这个变政运动的很大影响。他在私塾里，早是一个很出色的学生，在戊戌变政失败以后，他就和他的几位同学互相约定：从此发奋努力，以图救国；不再学八股制艺，要从事实学；不再临帖习字，以免虚耗光阴。那时他们的所谓“实学”，就是要研究古人的言行，实事求是，不尚虚伪，于是乃从攻读正史着手。当时的同学，除了练秋大哥以外，还有顾甸青表叔和一位本家叔祖绣春。其中真能力行不衰的，只有二哥和甸青。大哥仅能勉力追随，而绣春叔祖却是望尘莫及矣。他以后常常说起，他的字体拙劣，就是依从他们的后果。甸青确也是博学强记，可惜他是一位独子，他的老太太——我们丁家的姑奶奶——守节扶孤，不肯让他这独子渡大江远游，只准在南通从事教育。甸青心中怏怏，又加体弱多病，未及壮年，已经辞世。

二哥十四岁时，想到上海就学于南洋公学，当时必需地方官保送，因经本县知县龙研仙面试，题为“通西南夷”，二哥下笔迅速，议论豪畅，大为龙知县所赏识，因劝二哥不去上海，而去日本。第二年乃成行。在日本仅住了一年，初时还须补习日语、英文，结识了许多士官学校的留学生，如常熟翁之麟、之谷昆仲，溧阳史久光等等。他们都极有朝气，以救国自任。二哥也曾从事写作，鼓吹革命。那时他已经爱读任公的《新民丛报》，每期读后，必定寄回给大哥。大哥也曾感到异常兴奋，努力于地方的新兴事业，自称为“少年中国之少年”。然而二哥在日本，始终没有认识任公先生。

十六岁，二哥就约了常州的李君和庄君，同往英国去留学。他当时的志愿，因为许多朋友都在日本士官学陆军，所以想同李、庄二君到英国去学海军，以为将来新中国建设国防的准备。路过新加坡的时候，曾看见了康南海先生，康先生还送了他们二十英镑的川资。可是他们到英国，才晓得非政府保送，不能学海军。同时二哥的思想，已经起了变化。他认为要使新中国成为一个现代的国家，不是革命就能成功的。一个现代国家的建立，全赖于一般人能有现代知识，而现代知识，当然就是科学，所以他辗转的就学了地质学和动物学。

在武昌起义以前的四五个月，二哥才从英国毕业，回到了黄桥家乡。武昌革命的时候，他正在苏州结婚。从苏州回家不久，南京的新军统领徐固卿，因为接受了他女婿翁之谷的劝告，起兵响应。翁之谷就做徐的参谋长，不久病殁，由他的同学史久光继任，正和南京城内的张勋相持不下。翁、史都是二哥的好友，他们都曾电函相邀，请他去南京就任徐固卿的秘书长，二哥始终没有接受。因为他认为救国莫如建设，而建设事业，又非切切实实做去不可，决非革命动乱的时候，所能为力的。他从英返国，由安南登陆，经过云南、贵州、四川，从长江顺流而下，再由南京转回家乡。在云、贵、川三省，他曾步行调查地质，并采集标本。同时曾和四川的一个矿业公司约定明年前往就职，任地质工程师。但因为革命所阻，就在上海南洋中学任教。

民国二年二哥应北京工商部矿政司司长张轶欧的邀请，就任工商部佥事，兼地质科科长，因此创立地质调查所。惨淡经营，将近十年，才能建设了中国第一个在国际上有地位的一个学术机构。当时在北京的知识界，他已经负有相当的声誉，然而始终还没有认识任公先生。

一直到民国七年，任公以私人资格，去欧洲游历，想借此对欧洲做一个详细的考察。因此除了蒋百里、张君劢、刘子楷三位老朋友以外，还请了徐新六作为他的财政经济顾问。到时任公仍以为不足，很想再得一科学专家同行，才能对于现代的欧洲，有彻底的认识。于是徐新六就推荐了二哥，二哥也才认识了任公先生。他并没有随任公同行，是和新六随后由美洲去欧洲。到达法国以后，才和任公朝夕相处。据新六告诉过我，任公在法、英两国的演讲，多是二哥替他翻译，任公对他极为倾倒。二哥素性憨直，对人极具至性，有问必答，无所隐讳。与任公坐谈之际，尝谓任公个性仁厚，太重感情，很难做一个好的政治家。因为在政治上，必须时时具有一个冷静的头脑，才能不致误事。又谓任公的分析能力极强，如果用科学方法研究历史，必定能有不朽的著作。因此劝任公放弃政治活动，而从事学术研究，任公亦深以为然，此实任公的大过人处。像他那样，早岁就参加变政大计，而又誉满中外的一位大人物，当时还正在他鼎盛的时候，居然能够听一个青年后辈的劝言，翻然改图，从事学问，终身奉守不逾，只有任公具有那种“譬如昨日死”的精神，才能确实做到。新六又言，二哥当时还曾设法协助任公如何学习英文，并且介绍了好几部研究史学的英文书籍，任公根据此类新读的材料，写成《中国历史研究法》一书。以后许多历史学术的著作，也就陆续出版，成为民国史学上的一位大师。任公以后掌教于清华研究院，据胡适之先生说，也是二哥在中华教育基金董事会所主张的。

民国廿二年，二哥到美国出席世界地质学会，再由美去欧转俄。到柏林的时候，曾和我盘桓数天。谈起任公为人，他很兴奋的告诉我，说：“我现在正在替任公写一部年谱，我搜集了许多重要材料。梁府上也将他的所有私信，听我应用。我还请了一位姓赵的青年，帮我抄写和整理材料，大约再有一年，就可以完稿。我发现了任公根本不是保皇党人，有南海给他的一封责备的电报为证。可是保皇党的朋友，听见了大为反对。他们以为：‘康、梁的关系，天下皆知，你又何必来翻这个成案？’”二哥还说，他深恐有人要毁灭这种证件，所以他把这些文件，存放在天津一个银行的保险库里。第二年我为德国佛朗府大学的中国学院办一个中国民俗博物馆，回国搜购材料，在南京的时候，就和二哥同住，也曾问起任公的年谱。他说：“大概不久就可以完成，现在赵君已经将所有的材料整理就绪，我已经随时修改了几次，现在还想再从头到尾细细的斟酌一番，就可以脱稿付印了。”这是民国廿四年五月的话。我六月就离开了南京，取道北平、沈阳、西北利亚，又回德国去了，不斯这一次竟是我们兄弟的生离死别！

……

《梁任公先生年谱长编初稿》，台北世界书局1959年4月版

谈梁任公

周善培

丁酉（一八九七年）十月初，研甫督学[①]约定在武昌会合，我就由北京到上海，再买招商局的官舱票到武昌。头天夜里上船，第二天吃中饭，官舱客八个人一桌。吃到一半，有一个客人才由官舱出来，穿的是紫红缎的皮袍、天青缎的出洋灰鼠风的皮马褂，这是当时纨绔穿的衣服。坐定之后，有人问他姓名，才知道他是大名鼎鼎的梁任公。我当时以他的衣服同他的大名对照起来，就不免有点怀疑。他不理会我，而我是个无名小卒，自然也不敢同他攀谈。他的同行韩千秋（疑应为“韩文举”，陈千秋其时已病故）、欧椝申（甲），一路无事，倒和我谈了两天。他们都是康南海的门人，南海是讲公羊学的，我们就谈了很多的公羊学。过了九江，任公居然来找我谈天，我又不愿和他多谈。到了长沙之后，他在时务学堂当监督，热闹得很；我是向来怕赶热闹的，也从未去访过他。到了宝庆，我的《力书》出来之后，大概是研甫督学对他介绍了我，他就给我一封信，表示愿意订交之意。等我六月底回到长沙，他已经到北京去了。以后政变，他就

① 徐仁铸，字研甫，时任湖南督学。——原注

亡命到日本去了。

己亥（一八九九年），我到日本调查，过上海遇见时务学堂的两个学生同船到日本。在路上谈起他们要到日本找梁先生，我就托他们转达任公，我要去访他。到了东京，任公就由横滨来信约定日子，他来东京访我。见面欷歔感慨良久以后，我就提出他们对政变应负责任的意见，任公当时诚恳地深自引咎。我就提出订交的条件，彼此多规过、少奖善，他不但当时接受，以后往来三十二年，我平生的朋友最能受直言的，只有任公，这是我永远忘不了的。我在东京住了一百二十天，与他见面在十次以上。己亥（一八九九年）以后，辛丑（一九〇一年）、甲辰（一九〇四年）、乙巳（一九〇五年），我又到日本去了三次，每次都同他往还不少。惟有甲辰九月，我和他在箱根环翠楼谈了三天三夜，这次谈话最重要的是我劝他少谈保皇的空话，多研究第二次如有变法的机会，我们如何以前事为戒，订出如何有次第的办法；劝他少讲公羊学，多研究《周礼》，因为中国原有一套整个的政治制度和方法，都在《周礼》上。他也很赞成，他虽是笃信师说的，对于《公羊》他以后就少讲了；但对于保皇的招牌仍然放不下来。这时候，我在两广总督岑西林（名春煊）幕府里。他约定要到香港来，问我能否到香港和他见一面，我答应了他。

第二年（乙巳）二月，他到了香港。信来了，我到香港去同他谈了一夜。他想见一见张坚伯（名鸣岐，也是岑西林的重要幕府），我说："去试探一下再回你的信。"我回到省城，就同坚伯谈了，他欣然愿去，我说："别忙，我们先去向西林公开，看他有什么意见，他不赞成，你就别去，以免事后发觉，反而不好。"

想不到同西林一谈，他很高兴地说，“可惜我不能去会他”，立刻请坚伯就去，拜托坚伯替他向任公致意，问任公出国几年，有什么挽救国家的办法，尽量告诉他。于是，我同坚伯就再到香港，和任公由早上九点谈到晚上五点钟，任公谈了许多，坚伯把重要的都记录下来，回省转达西林。西林虽没有采用他的办法，却对任公始终是表示崇拜的。

丙午（一九〇六年）以后，我到四川去了。从丙午到辛亥，六年之中，彼此没有往还，只有通信了。壬子（一九一二年）二月，我由四川到上海；五月，汤觉顿[①]奉任公之命，到上海征求我的意见，说：“袁世凯请任公到北京，任公决定要去了。”并问我的意见如何。我想此事太大，由觉顿转达是无用的。这时候，赵尧生师[②]也在上海，我立刻去请教他，说：“任公是万不能去的，但非我当面去说不清楚。我想明天就到日本去。”赵先生说：“任公曾经寄给我很多诗，请我替他改订，我也替他改订了不少，他都能虚心接受。我也想去见见此人。”于是，我就买了票。第二天，就同赵先生同船到了横滨，立刻到任公家里，从午前九时谈到十二时。我提出：“对德宗是不该去；对袁世凯是不能去。”任公也辩论了几句，最后说：“我不是不听你的话，却不能不听南海先生的话。你有什么意思，应当先去同南海先生说清楚。”赵先生说：“南海先生也主张你去吗？”任公说：“我不必多说，你们见了南海先生自然明白。”这时，南海先生住在武

① 汤叡，字觉顿。——原注

② 赵熙，字尧生。——原注

子，距东京只有三十分钟火车。午后二时，我就同赵先生到了武子。不但我对南海表示一种敬意，赵先生起初也是极尊敬他的，想不到谈到七点钟，我同他反复辩论不知多少（我另有“讨袁之回忆”，记载这一天的谈话甚详），他竟坚决主张任公要去。在他家里吃了晚饭，我还同他辩论，而最后一班到横滨的火车要开了，赵先生也劝我说：“朋友交情尽到为止，再说下去就要妨害交情，不是我们的来意了，我们走吧。”回横滨旅馆住了一夜，次晨，任公到旅馆来，我对他说：“这一次，你的命运交给南海先生了。我们既是朋友，以后总有志同道合的机会。我要陪赵先生到东京箱根和西京游览几天，就由神户上船，少受几天风浪，不再到横滨看你了。”这样，我们就分手了。游了几天，就回到上海。赵先生九月就回四川去了，临行，还对我说：“任公是可爱的朋友，现在已到了身败名裂的时候，你还得想法救他。”任公到了北京，就做起司法总长来，我从此同他既不见面，也不通信了。

但是，我知道他心里还是赞成我的，不过因为笃信南海先生，才走错这一步。既成事实是无法补救的；任公理智极高，只有创造一种理论才能转移他。而理论太多，重点也多，要作专题论文，既难找出这许多相当的题目，由我创造的理论，我虽认为合时，他不免认为是由我创造的，未必能说服他。想来想去，康、梁是尊孔的，只有在孔子书中找一种最广泛的题目，提出若干合时的理论，一面是代古人讲话，一面是向他对症下药。于是，我就把《论语》四百廿一章丢开先儒的一切旧说，每章都借孔子的题目来发表我不是痛骂袁世凯就是讽刺梁任公的意见。费了半年的工夫写完了，由我兄弟竺君和门人曹叔实抄写一过。第二年春天，请竺君到京，面交给任公，请他看一遍，替我作一篇序。任公当着竺君看了第一章我借李斯、刘歆来一面解释学而不时习的毛病，一面讽刺任公的那一段文章。看完了，他对竺君说："我已经遍身是汗，不能往下再看了。请你回去替我谢谢老兄，只说我知过了。请他容许我改过补过！"竺君回来，我把稿子交给中华书局出版。中华书局已经打了一张样，印了出版代售的合同，隔了几天，书局经理陆费伯鸿亲自拿起原稿来对我说："书局已预备排版了，不过，检查之后，认为语病太多，出版了恐怕我同你双方都不利，请你原谅。"于是就不能出版。这部稿子至今还保存在我家里，任公虽没有替我作序，事袁的思想却从此转变了。

癸丑（一九一三年）八月，袁世凯既夺取广东，就来征求我的意见，问我愿意担任广东将军兼巡按使否，我谢绝了。他又使别人来劝我，我又谢绝了。第三次，他托任公派汤觉顿来劝我说："即使你不到广东，也不要太辜负项城一番好意，希望你到京来见一见项城。"觉顿又再三劝我，我坚决地谢绝。觉顿急了，就说："你连见一面都觉得有毛病吗？"我就一笑说道："任公不妨事袁，我却认为我决不可见袁。"觉顿回京后，任公去见项城，代我谢绝。项城说："我早说周孝怀是帮岑老三的，你不相信，今天相信了吗？"

从此以后，我对任公虽不通信，却随时看袁的举动有什么可疑的地方，就随时托人去提醒任公，请他预防，该抽身就早抽身，不要太陷深了拔不出。甲寅（一九一四年），约在春夏间，任公看清楚袁世凯夺取广东之后，以为国民党已经驱除净尽，天下统一了，专制独裁的力量加强了，因此，不但不听他的话，而且不大敷衍他了，他就辞了职，退下来，随时把袁的发展情况告诉我。我也把我在《论语时义》中预测袁世凯想黄袍加身、现在逐步快实现了的见解告诉任公。等到乙卯（一九一五年），筹安会问题一发现，任公的《异哉所谓国体问题者》立刻发表出来，袁大惊，实际这件事任公早已见到，这篇文章是任公早已预备好的。从这篇文章发表以后，我两人就进一步合作起来，计划如何讨袁了。

袁的势力布满在腹心之地，要讨他，我们认定只有从边省下手。川、滇、粤、桂都是边省，而川的陈宧、粤的龙济光都是袁的忠臣；只有滇、桂两省我们虽不能直接，而任公对滇、我对桂都有间接可以运动的途径。于是，任公就担任图滇，我就担任图桂。蔡松坡（名锷）是任公的学生，又是滇省起义的领导人；松坡听任公的话，云南将领又听松坡的话，于是决定请松坡赴滇。而这时松坡在北京，袁派有四名侦探名为保护他，实际监视他的行动。于是，我就定计，先请向不冶游的松坡去逛窑子，由吃酒打牌进一步日夜都在窑子里。逛了一个月，袁果然根据监视人的报告，认为松坡堕落了，无大志了，就减少了两名侦探。第二步，就由松坡装病，先进北京日本人开的病院，又沟通病院写张证明书，要松坡到天津的日本医院去治病，说明天津医院才有这种医疗的设备。于是，松坡带了两名侦探到天津，又花了许多钱叫这两名侦探把他们的北京家属搬到天津，然后带着这两名侦探搭日本船秘密地到了上海。我们谈了一夜，第二天，我又送他上日本船。他由上海先到东京，再转香港经安南到云南去了。

松坡去后，任公也准备南来了。十二月初，任公电报来，由日本乘轮船某日某时到沪。到时我同黄溯初（名群）到船上去接他。我同溯初陪他到我们替他预定的白渡桥礼查饭店二楼住下。这里要补说几句话：我自从谢绝袁世凯，不到广东以后，不久发现了袁的北方侦探时常在我极司非尔路四十二号门前探望。讨袁事起，袁的侦探往来更多了。我就买了两支手枪，在英工部局领了两支手枪执照。这时，随时有几个我以前办广东将弁学堂的学生带起手枪跟着保护我，接任公这一天，也带他们去的。到了礼查饭店，我就叫他们在饭店门口查看有没有什么变动。任公到饭店是六点半钟，七点半下楼用餐，吃完了，任公要上楼。我说："莫忙！方才我有人在门外探望的来报告我，说有点特别情形，等我先上楼看一看，下来后再陪你上楼。"说完了，我就带一个人上楼，走在楼口，果然看见一个北方大汉穿着呢外套，背着楼口，面盯着任公的房间。我立刻下楼，一面请溯初在楼下等穿外套的北方大汉下了楼，然后把任公的洗脸用具先取来带到我家里，一面拉着任公立刻走出饭店。我们带一个学生由礼查饭店门口，每走三四条马路，就换一次洋车。换了七次，才到极司非尔路我家里住下，一共住了八天，除了日本领事秘密来过一次之外，谢绝一切宾客。到了六天以后，我门口的北方大汉又不断来探望了，我家里也不能再住了。于是，替任公租了一所房子在静安寺路、赫德路口，任公搬去住了几天。阳历除夕傍晚六点半钟，我又带两个学生到他家里去闲谈。刚走到赫德路、静安寺路口电车道傍边，又发现一个北方大汉穿着呢外套，面盯着任公住的房子，我就叫一个学生先去知会任公今夜要特别注意，一面回家。此次任公到上海，本不想叫英捕房知道，现在危急了，不能不通知它。于是，我就到英捕房去，请他们派遣两名巡捕来日夜轮流看门。次年丙辰（一九一六年）一月，广西陆幹卿（名荣廷）来电请我们到广西去，但是我有事到日本，就请任公先去。我把任公送上到香港的日本轮船后，他由海防到了广西，我就到日本去了。

我从日本回上海之后，二月初到了广西，先在梧州住下，电约幹卿、任公来梧州商量起义的办法（这时幹卿在南宁）。隔几天，汤觉顿由南宁来了，说："龙济光有电请幹卿派名代表到广东商量要事，幹卿派我去，但是我不想去，又辞不掉，所以先来同你商量。去了有危险没有？"我同他讨论了一整夜工夫，预测不出龙济光如要同陆幹卿决裂，何必先要他派个代表，然后害了这代表再决裂呢；如果不想决裂，更无害代表之理。我们实在想不出危险的理由，他才决定去。想不到他一到广东就被袁世凯收买的龙济光部下颜某借海珠会议把他害了。又隔几天，任公同幹卿到了梧州，任公才告诉我道："觉顿之死，真是不幸！但是我到南宁住了一个多月，幹卿的主意仍未坚决。龙济光把觉顿害了，他才一怒打电去同龙决裂，一面才肯同我到梧州。觉顿之死，虽是个人的不幸，却是大局之幸。"

幹卿本答应要岑西林来广西主持讨袁，因为主意不定，一直观望，等到觉顿死了，他才电催西林快来。西林到了梧州，幹卿在极盛大欢迎的当夜，就想离开梧州。我勉强把他留下，到第三天，没有等到讨袁司令部成立，他就毅然决然地走开了。

幹卿不愿意在广西成立讨袁司令部，我们只得迁到肇庆去依靠反袁的肇庆镇守使李耀汉，在肇庆成立讨袁都司令部。刚成立第二天，西林内部就发现了排斥任公派的意见。我一面警告西林不可内讧，一面劝任公委曲迁就，我要回到上海另想联合其他方面的办法。我就回到上海了。回上海之后，我到杭州走了一趟，把浙江吕公望联系好了，浙江独立了。五月，袁死了，任公就由广西回到上海了。

任公丁父忧，正在讨袁都司令部成立后两天，当时我们不便使他知道。他到了上海，才发丧成服。

癸丑（一九一三年）冬，南海因为对任公请托太多，最后一次任公没有照办，他怒了，来找我，要我去信责备任公，我婉言谢绝。从此，他就同任公断绝往来了。讨袁事起，南海也屡次来问我有什么办法，我因为他不能保密，有时且有点吹，我没有敢告诉他一个字。任公在上海住了很久，也未敢通知他。这次任公由广西来了，我先劝任公去见他一面。好容易把任公说通了，然后我又去见南海。南海起初还怒气未息，经我一再劝解之后，然后才答应由我领任公去见他。任公叩了几个头，南海也不还礼。虽没有十分责备他，但始终是怒气未息。谈了不到一点钟，两师弟就相对无言而散。从此，康、梁就神离而貌也不能合了。

过了几天，南海又来访我，问我道："我真佩服你，言必称赵先生。你为什么那样服从赵先生呢？"我知道他的意思是恨任公不服从他，我就答复他说："赵先生只同我讲学问，学问的道理是方的，我无法违背他，只有服从他；你同任公戊戌以前也是讲学问的，戊戌以后，就专讲政治，政治的道理是圆的，你有你的办法，他有他的办法，自然他对你就有从有违。还有一个重点：我作官是作的我的官，不是替赵先生作官。我作了六年官，赵先生从来未向我要过一个钱、荐过一个人。你对任公是否如此，请你反省一下。”南海听了自然不满意。第二天我把这段话告诉任公，同时劝他说：“袁死了，民国的政治是革命党的事，我们应当关起门来少谈政治。谈政治的朋友只能共热闹，是不能共寂寞的。”任公当时虽无话说，却一时冷静不下来；加之，经过讨袁，他在社会上又取得了一种地位，奔走其门者甚多，他要冷静也不由他冷静了。

丁巳（一九一七年）五月，张勋复辟，任公又来找我同去参加段祺瑞的马厂誓师。我对他说：“南海要复辟，请我参加，是错认我为遗老，而不知辛亥我替四川人争路是想维持大清延长几年寿命，清政府不以为德，反把我革了职，我是同大清情断义绝了的。你是知道我同大清是情断义绝了的，而忘记了你对德宗的恩深义重。我不参加段讨复辟，不但我无参加的必要，段是辛亥最后的两湖总督，该不该讨复辟，他还需考虑；你该不该参加他的讨复辟，你更得考虑。”任公说：“不讨张勋复辟，我们讨袁就无意义了。”我说：“我们讨袁是替大清讨袁，不是替民国讨袁。革命党推翻清朝是对的，袁世凯始而利用革命党推翻清朝，已经该讨，又进一步推翻共和政体，自己作起皇帝来。推翻共和国后由革命党去讨他，这个意义是永远存在的，同张勋复辟丝毫不相干。”任公说：“那么，你就看着张勋复辟不问他吗？”我说：“事情有该自己做的，有该听人去做的。讨袁，革命党该做，我们也应当做；讨张复辟只该听革命党去做，不必我们去做。”反复说了很久，我看他把这道理始终分析不清楚，又同他研究段祺瑞能不能共事的问题。我说："讲交情，我同老段比较你还有点小交情，旁的事他不认识我，他却认识我不想作官，不想依靠他来分点赃。而他这人自己是没有脑筋的，左右又是一般垄断权利、不愿意别人分赃的人。他再三要我到四川去，你也从旁帮他劝驾，我尚且避之不及；你怎么拿一个毫无交情又不免分取他一份权利的人去同他共事呢？"任公说："老段反对洪宪，我们不该佩服他吗？"我说："我也因为佩服他这一点，所以结束肇庆都司令部以后，我还同他作朋友。"任公说："为什么作得朋友又不能共事呢？"我说："当然是两回事。作朋友谁也不侵占别人权利；一共事，权利问题就来了。你连这种极浅显的政治利害都分析不明白，还谈什么政治呢？你既认定他能共事，我不敢妨害你的自由。我只看你最后长叹一声下台就是了。"从此，他就帮段作起誓师的檄文来。张勋打垮后，他就作起财政部长来。不久，他下了台。我也就从此不再和他谈天下事了。

任公有极热烈的政治思想、极纵横的政治理论，却没有一点政治办法，尤其没有政治家的魄力。他在司法总长任内，没有作过一件受舆论称颂的事；在财政总长任内，却有一件小事可以证明他既无办法又无魄力。事情是：我兄弟竺君作镇江海关兼扬由常关监督，当时镇江关收入每月只有一千元，而扬由关每年却号称有十万！竺君到任以后，一查扬由关的收入全是由中饱取得的，他就一面严行拒绝，不在扬由关取一文钱，一面严禁中饱。而靠中饱吃饭的有好几百人，又同上下游的税局勾结起来，实在禁不胜禁，防不胜防。他就向财政部提出他只任镇江海关监督，请财政部另派扬由常关监督。这时，任公已到了财政部，特别派人来问竺君何以辞十万而就千，竺君气极了，写信责备任公道："你当部长怎么可以对部属说这种话？你是公开劝部属中饱吗？"同时又拟了一篇改革全国常关的办法，并拟订了几十条严禁中饱的给员司奖金、化私为公、使公家既不受损、员司又能糊口的办法，寄给任公，请他借五日京兆给国家革除一件百年的毛病。我又从旁激励他好几次，他却左顾右盼，使得这一件极不难办的事情竟自原封不动。

我常对任公说："孔孟、苏张都谈政治，为什么孔孟是政治家而苏张是政客呢？就是孔孟谈政治没有自己，只订出许多原则性的理论，让一般诸侯去听。谁照他的理论去作，是他的幸福，与我无关；谁不听他的话，是他该倒霉，也与我无关。苏张就相反了，事事都为的自己。谁听他的话，那个人有利，他自然有利；听他的话作坏了，而他的官骗到手了，他也有利。孔孟讲了一生政治，虽没有得过意，一生是愉快的，结果是安全的。苏张虽然得过几天意，却一生在恐怖中，到底得不到好结果。"任公财政部下台之后，我常常举出以上这段谈话问他："你讲了一生政治，你有几天是愉快的？"他只有长叹一声来答复我。

我又常同他说："真讲作事的政治家，勿论职权的大小，到一个地方，作一趟官，总得留下两件事，使去后还有人想我，留下好印象。如李冰在四川凿离堆，事隔二千年还有人纪念他，这是第一等。如子产在郑国前半期被人咒骂，后半期被人称颂，也是好的。即使像王荆公作坏，到今天还有人佩服他作事的精神，也够得上政治家。如果做一趟官，留不下一件事使人回忆，这只能叫作官，不能叫作事，更说不上政治家。”他愤然地答复我：“你难道不晓得今天不能办事吗？”我笑着答道：“你难道早不知道今天不能办事吗？”他最后也只有拿长叹一声来答复我了。

袁死后，我劝他莫问政治，他冷静不下来；财政部下台后，不待我劝他，他就自然地冷静下来，讲起学来了。

我对他的讲学也向他提出了许多不同的意见，但始终合不到一块儿。我们间的分歧是：任公想作通人，总想无所不通。我希望他要专，要精。他以为我太狭隘，我以他为太泛滥。结果任公在学术界只能算个杂家，这是我认为可惜的一点。还有一点：人在中年以前，可以用求知的思想去讲学，中年以后，讲学一面是求自己有受用，一面是求人有受用。任公对我的理论很赞成，而他不幸五十七岁就早逝了。他讲了一生的学，究竟得到多少受用，我虽同他论交三十五年，还替他得不出一个正确的答复。他死后，我作了一篇极沉痛的祭文，只能表示我对他哀痛之意，仍然算不得替他答复这个问题——他讲政治、讲学问几十年，究竟得到些什么受用？我对他只能感谢他能容纳我的直言。任公死后，我再想找一个能容我的直言的朋友，再也没有了。

写完了，我还回忆起丁卯（一九二七年）以后，我到天津偶然同任公讨论文学的两段话。一段是：我对任公说：“中国长久睡梦的人心被你一支笔惊醒了，这不待我来恭维你。但是，作文章有两个境界：第一个是能动人，读你的文章，没有不感动的。第一步你已经作到了。第二个是能留人。司马迁死了快二千年，至今《史记》里有许多文章还是使人不厌百回读的。你这几十年中，作了若干篇文章，你试想想，不说百回读不容易，就是使人读两回三回的能有几篇文章？”任公说：“文章要怎样才能留人呢？”我说：“必要言外有无穷之意；读者必要反复读了又读，才能得到它的无穷之意。读到九十九回，无穷的还没有穷，还丢不下，所以不厌百回读。如果一篇文章把所有的意思一口气说完了，我自己的意思先穷了，谁还肯白费力再去搜求，再去读第二回呢？开门不见山不能动人，一开门就把所有的山全看完了，里面没有若干丘壑，人自然一看之后就掉头而去，谁还入山去搜求丘壑呢？”任公很以为然，而他的文气太盛，又作惯了报纸文章，目的就在动人，所以始终向动人方面发展，这是他一件令人可敬又令人可惜的事。

另一段是：任公常以不知一事为耻，因此，如胡适之流偶然有一篇研究一种极无价值的东西的文章，任公也要把这种不值研究的东西研究一番，有时还发表一篇文章来竞赛一下。我常常劝他道：“论你的年辈、你的资格，应当站在提倡和创造的地位，要人跟你跑才对，你却总是跟人跑。不自足是美德，但像这种求足的方式，天下学术无穷，你已年近六十，哪一天才能达到你足的愿望呢？”任公当时也一再点头，而始终控制不住一个“名”字，因此就造成一个无所不通的杂家。这也是我个人认为是一件可惜的事。我的见解对不对，要待后人来批评了。

《文史资料选辑》第3辑，中华书局1960年4月版

梁启超任北洋财政总长时二三事

潘　敬

张勋复辟之役，梁任公在天津通电反对；及段祺瑞马厂誓师讨伐，任公随段入京，赞襄帷幄。张勋既平，黎元洪复任总统，段复任内阁总理，所有阁员，是未复辟前由内阁提交国会通过的：如外交部长唐绍仪（因张勋、倪嗣冲等军阀反对，不敢到任）、财政部长陈锦涛、交通部长许世英，等等。及段复行执政，派人讽陈辞职，欲以财政部长一席畀任公。陈恃国会为后盾，不听。（财部次长殷汝骊为国会议员。）于是段以陈有受贿舞弊之嫌疑为借口，将陈逮捕，同时任命任公为财政总长。任公莅任，即将陈之秘书，尽行裁去。计实缺秘书（定额四名），仅留黄濬（此人在抗日战争期间，以汉奸罪处死），秘书上行走（无定额），仅留潘敬。旋将潘调往烟酒事务处。处长胡汝麟，河南人。次长殷汝骊潜逃。

任公莅部，即命设一财政讨论会，部中高级员司，均为会员；并于部外聘请对于财政研究有素者数人参加。一似今日大权在握，可施展其抱负然！不料到任多时，一筹莫展。直不如一泛泛理财家，用熟识之情形按部就班。任公则挟书生之见，动辄乖舛；新法既窒碍难行，旧例又诸多未习，登台以来，毫无成绩可言。乃知空论与实行，截然为二。

财部烟酒事务处于民国三年周自齐任部长时设立；将各省财政厅原来管理之烟酒税划出，拨归烟酒公卖局征收，每省设一局，局有局长，统由本部烟酒事务处主管，各局长均由财部委派。任公曾言："向之求事者，纷纷指明请派为外省烟酒公卖局局长，当是各省局悉为肥缺，我务要加以整顿。"言虽如此，殆无暇顾及。

我的同学姚梓芳（潮州人）系任公门生，指明要上海烟酒公卖通讯处，果如愿以偿。（上海一隅，不等于一省，故不名局。但该地烟酒税收极旺，故特设一通讯处办理。）

参事虞熙正，因陈锦涛受贿案，被牵连入狱，李士熙因大清银行分红案离职逃往天津租界。任公呈荐凌文渊（江苏人）、范秉钧（湖南人）补参事缺。他所引用到部的人，惟此两人久于其任，其他则任公辞职后，咸陆续去职，胡汝麟亦不能例外。

印花税处处长李景铭（福建人），著名巧宦，闻得任公有消息为财长时，即向之上条陈，言如何整理国赋，投任公所好，因得保留处长地位。（此人在抗战时为汉奸，抗战胜利后被捕。所有历年贪污所得资财在京市购买房产十所悉充公。）

与林琴南合译西国小说之魏易，为任公所赏识，荐为盐务署秘书。盐税为善后大借款四万五千万的抵押品，是署内设有一稽核所，由外人丁恩主持。财长与外人会见，须用翻译，魏长于英文，因得用，旋亦随任公去职。

任公逐日到部，惟办公时间不多，旋他去。顾问某某（忘其名），权极重，过于次长，例行公事，均须由彼画行。

门徒罗悖融（号瘿公，顺德人）亦间到部办事，惟不受名义，保留他的名士本色。

任公当财长，任内未能兴一利，革一弊。其最感棘手者，厥为库空如洗。张勋乱后，军费及善后费，急于星火，无法应付。袁世凯未死前，各省尚服从中央命令，国税源源解到。今则各省已成割据一方的状态，尾大不掉，中央命令，不出京城。即袁世凯划定之中央五项专款（一、印花税。二、烟酒税。三、厘金。四、官产收入。五、忘了），亦扫数截留。司农仰屋兴叹，巧妇难为无米之炊。任公虽满腹理财经纶，殆无施展之余地。前任财长与京师金融界素有联络，商借零星小款，尚可以聊应急需，勉强度日。任公本是一介书生，与金融家格格不相入。财部权力所及，只有一中国银行；虽到任后将陈锦涛所用之中国银行总裁徐恩元、副总裁俞风韶撤职，另易亲信。孰知该行金库，亦空空如也。所发行之钞票，久不兑现，市面上仅以六折使用，诚自救之不暇，乌有余款，以资渑注。其他交通银行及各野鸡银行（谚称），如中南银行、金城银行、大陆银行、盐业银行，等等，固不能以命令式加诸其经理；只可以接洽式与之磋商，但向乏感情，不免碰壁，妙手空空，而日坐此针毡，非任公所堪，不及半年废然求退，宜也。

《广东文史资料》第9辑，广东省政协文史资料研究委员会，1963年8月版

民国初年的几任财政总长·梁启超

贾士毅

民国六年七月间，张勋和康有为等拥护清朝逊帝复辟，改称宣统九年，派张镇芳为度支部尚书，前后只有五天，就给段祺瑞削平了，真可以说是昙花一现。七月十七日段内阁成立，梁启超（任公）接长了财政部。

新会梁启超先生，是中国近代史中一个声名洋溢的人物。在光绪二十四年的戊戌政变时，便名震中外。其后，避居海外，以常带有感情的笔，发表言论，风靡一时。他的一生是多方面的，是多彩多姿的。他是教育家，也是思想家，是文学家，也是史学家。在政治方面，他是立宪运动者，也是革命运动者。这些都是众所周知的事，但他在财政方面的一段经历，却不一定都耳熟能详了。

民国二年，孙宝琦代阁时，任公曾任币制局总裁。五年六月，袁世凯在众叛亲离下羞愤而死。副总统黎元洪继为总统，实权则在国务总理段祺瑞之手。不久，黎、段即为参战问题失和。六年五月二十三日，黎免段职，段系督军即宣告脱离中央。这时号称辫帅盘踞徐州的安徽督军张勋，顽固骄横，正在睥睨中原。及督军团叛变，黎束手无策，乃用王士珍的计划，约张入京，共商国是。张勋即率五千辫子兵星夜北上。张阴谋复辟已久，与黎完全同床异梦，遂有与康有为等拥护逊清宣统皇帝复辟之举。“定宣统九年五月十三日（即民国六年七月一日）临朝听政”。复辟后的官制，把财政总长又改称为度支部尚书由张镇芳出任。

当复辟的消息传到天津，在津的梁启超、汤化龙立刻发表反对宣言，并往说段祺瑞。段氏受推为共和军总司令，于马厂誓师，十二日克复北京，张勋逃入荷兰使馆。复辟的丑剧，好像昙花一现。段氏再度组阁。

七月十七日，令梁启超（任公）继李经羲为财政总长，其他的阁员如内务总长汤化龙、司法总长林长民、外交总长汪大燮、农商总长张国淦等，和他都是老朋友。他派金还担任财政次长，李思浩担任财政次长兼盐务署长，黄群（溯初）担任顾问。黄顾问坐在总长室办公，参预机要，很有些才能。那时候复辟政变刚刚平定，又遇着对德宣战的事，加上国内纷争不息，军事支出还是要增加，事情很是棘手。财政部只得和日本银行团签订了为期一年日金一千万元利息七厘的善后借款垫款契约，以盐税余款为担保，作为行政费用。其中稽核用途依照善后借款第十四条办理，因此各处的支款，才算有了些着落。

本来梁总长这次出来主持财政部，抱着极大的希望，他的办法是利用缓付的庚子赔款和币制借款来彻底改革币制和整理金融的。所以他的整理纲要是第一步统一硬币，第二步统一纸币，从银本位引入虚金本位，和民国二十四年的法币政策大体一样。在那个时候有这种的见解，真教人佩服，现在把它的要点抄在下面：

一、拟将缓付赔款银洋七千万元逐月购买金镑，向外国市场买收我国各种债券，仍交总税务司保管支取本息。今协约各国议将我国应付赔款缓付五年，此项缓付金额，若不别图利用方法，则五年以后，并无利益可言。利用方法奈何，自欧战发生，各国常以所发外国债券，贬值出售，借佐军需。日本乘此机会，购回该国债券不少，不特减轻债务负担，而以少额款项购回多额债券，裨益国库为利实巨，此为我国所应仿效者。

二、发行五千万元内国公债，即以上项买收在外国发行各债券为担保，五年以后开始偿本。上项退还赔款用以收买债券，所得利益尚少，自应别辟利源，化外债为内债。政府发行五千万元内国公债，分期发行，即以所收上项各债券为担保。查三四年内国公债信用尚著者，半由总税务司为会计协理，今以买收在外国发行之各债券为担保，固甚确实，再将前项债券仍交总税务司保管，信用更著。揆之人民心理，应募自必踊跃，欲求足额，在势不难。

三、币制借款之必要及理由，改良币制之不可缓，理由甚明，不待陈述。今日为改良币制最宜之时期，半因停止支付德奥赔款、借款及其他国家赔款展期，皆足以增进整理货币之实力；半因此时与协商国关系更密，借款较易告成。至金价低落，于币制借款无大损失之理由。甲、目前行政各费尚待外资补充，此项外资每以还债及购物之故，展转仍归外人，无异一方借金还银，以充国用，他方又以银买金，流出国外，其为损失，显然二重，今若借款告成，即以该款之最大部分存外国，以供偿还对外之债务，则得金用金，既省汇费，又可保留国内之现银，二重损失庶可减轻。乙、若必待金贵而后借款，则欧战未了以前，决无希望，势必币制日落，公私交穷，其影响之恶，较诸金价贱时借款之损失，尚觉此善于彼。

梁总长的以上三点币制和金融政策，可惜事实上并没有达到他的愿望，只在消极方面维持现状。曾琦给梁总长的信里曾说："今之当局，或动于正义，慨然引公以共国事，然与左右习处既久，不知其奸，聆公道义之言，终不若听彼之言为亲切，一时暂合而共谋，必难久处而无间，深惧九关虎豹，终不能使公挟国家以入坦途耳。"

十一月初，梁总长分别向总统府行政院报告财政支绌的情形，大意说："上月本部提议中央十个月概算，勉强支配，收支还能够适合，近来支出一天增加一天，中央开支已经不够，各省又提出军队增加的理由，不是要截留款项，就是要求中央拨款接济，东几十万西几十万的，合起来就是几百万元，由中央特别发给湖南、四川等省的款项还不在内。中央军政各费是靠着盐款和各省专款解缴、烟酒公卖、印花税官产等收入来支持，这些项目即使能够全数报解，还不免要左支右绌。现在各省增加军费还可以说得过去，湖北、安徽、浙江、陕西等省还说不承认原来核定的解缴数额，湖北、山东更把中央直接收入的烟酒公卖和印花税官产全数截留，湖南省却把金库管理权收归省有，国家财力有限，各省截留的数目愈多，中央收入的款项愈少，不赶快商订补救办法，势必难于支撑。”各省军队和军费的数字，既是逐渐扩大，中央解款和专款的成规自然就给破坏，割据的局面已经形成，也就难怪梁总长摇头叹惜，彷徨无策了。

梁总长在推行改革币制和整顿金融的时候，曾经有过币制委员会和战时财政金融审议会的组织，此外在十月间又组织了赴日财务行政视察团，去日本大藏省和其他有关机关，对财务行政作三个月的详细考察，计划以考察所得回来后参考研究改革财政措施的。当时美日两国却又声明恪遵门户开放主义，反对任何一个政府取得影响中国独立的特别权利，想不到日本竟施展双重外交，一方面参加上项声明，一方面又和我们订立中国军械借款，并且军械同盟的传说，使我们的舆论界因此就对段内阁大不满意，一般老朋友很关心梁总长，都劝他早些辞职。

十一月中旬，梁总长以军费无法筹措，就向总统和总理辞职，大意说：“军事的兴起，极力主张谨慎处理，早已料到财政的前途必定比较过去还要困难，政府原就主张和平解决的，其所以不得不出于一战，其中实在有说不出的苦衷，本人处身在这个政局里，那有不深知的道理？所以早就声明，那种特别支出，必须由政府共同负责，不是财政部所能够担得起的。这绝对不是推卸责任的话，其实战时财政关系着国家的命脉和各方都有着牵连，非通力合作就没有办法处理切当。现在西南各省既不肯认错，自然不会马上和平解决，国家财政情形，实在已经到了没法应付的地步，依照个人私意，将来要筹划救济的方法，惟有请出军界老前辈或者和军界有密切关系而能够指挥的人来掌理财政，因为他们能够看穿军事费用的内容，令出法随，可以收到指臂相应的效率，……”他临去的时候，还建议延用继任人选的方针，从此就可以看出他是多么热爱他的国家呀。

那时我编了一部《民国财政史》快要出版了，梁总长在百忙之中还给我写序文，内有“得此书而读之，国民应备财政常识，一开卷而尽罗于目，社会实利赖焉”。谆谆奖饰，使我又感激又惭愧。

民国七年以后梁先生绝意不再做官，致力于教育事业。那时我因为有点私事到天津去，顺路拜候他，和他漫无目的的谈起旧事来，偶然问他近来有没有政论发表，他回答我说：“从民国二年秋间参加熊内阁主持司法部，直到民国六年夏天在段内阁担任财政总长，对于政事都没有一件收到积极的效果，可说是自己没有做好，所以也就不愿再发表什么政论，免得给人家说闲话。”说得非常谦虚，弦外之音，却包含了无限的感慨，真够耐人寻味。

梁先生平生的事迹，已经详见于丁文江所纂印的《梁任公先生年谱长编初稿》，本文不过是他从事财政方面的一些纪述。

1964 年 11 月《传记文学》5 卷 5 期

我眼中的梁启超（1873—1929）

左舜生

梁启超字卓如，一字任公；“中国之新民”“饮冰室主人”“沧江”，均其别署也。广东新会人。生清同治十二年癸酉（一八七三）（与黄克强先生同岁），卒民国十八年己巳（一九二九），得年五十六。

第一次世界大战结束，各国议和约于巴黎，任公曾以国民资格赴欧，作会外策动，著有《欧游心影录》。民国十年（应为一九二〇年，民国九年）春返国，予曾与友人王光祈君，一度晋谒先生于上海中国公学，先生知王君与予曾先后主持“少年中国学会”会务，因询学会状况甚详，实际则学会之发起，亦以先生之感召力为最多也。时先生已近五十，体格甚健，是日在中国公学讲演，历两小时无倦容，不幸以微疾为庸医手术所误，致促损其天年，实中国学术界一无可补偿之损失也。

任公年十九，即从康有为学于万木草堂，在戊戌以前，任公之思想，大抵不出康氏《伪经考》《孔子改制考》及《大同书》等之范畴也。戊戌以后，任公亡命日本，眼界为之一扩，思想乃大动摇：康极不以革命为然，任公则一度与中山接近，徐君勉（勤）函康，所谓“几入行者圈套”者是也。康大倡设孔教会，定国教，祀天祀孔诸议，任公则于《新民丛报》发表《保教非所以尊孔论》以驳之。康于海外设保皇会，奔走宣传甚力，任公居东，则以读书办报为主，除早年所著《戊戌政变记》一书于光绪帝颇致其眷恋之忱以外，其后于保皇说殆亦不甚理会之。入民国以后，康氏为顽强之复辟党人，梁则声言：“立宪党人，只问政体，不问国体。”民五倒袁，康与袁一书，劝袁自退，此似与任公之护国无异，然其迹近同，心理实不同也。民六张勋复辟，康实怂恿之，且赴北京躬与其役，任公则赞助段芝泉（祺瑞）誓师马厂，起而讨张，使民国危而勿坠。凡此，均康、梁师徒治学与应事始合终离之点也。

任公批评其师之言曰：“有为之为人也，万事纯任主观，自信力甚强，而持之极毅，其对于客观之事实，或竟蔑视，或必欲强之以从我，其在事业上有然，其在学问上亦有然；其所以自成家数崛起一时者以此，其所以不能立健实之基础者亦以此。”又曰：“有为太有成见，启超太无成见。”（语均见《清代学术概论》）此不独可见任公自知之明，亦知师莫若弟之一证也。康于民六复辟失败后，深致憾于任公，曾有诗云“鸱枭食母獍食父，刑天舞戚虎守关，逢蒙弯弓专射羿，坐看落日泪潸潸”。于诗题中竟至目任公为“贼”，亦可见有为成见之深之一斑。然任公感情中人，讲学论事固多与有为立异，私人情感，则未尝一日自绝于师。民国十六年（丁卯），有为七十生日，任公寿以联云：“述先圣之玄意，整百家之不齐，入此岁来，已七十矣。奉觞豆于国叟，致欢忻于春酒，亲受业者，盖三千焉。”距称觞未及一月，有为即病殁于青岛，任公复挽以一联云：“祝宗祈死，老眼久枯，翻幸生也有涯，卒免睹斯民鱼烂陆沉之惨。西狩获麟，微言遽绝，政恐天之将丧，不独动吾党山颓木坏之悲。”均至情流露之作，所谓“吾爱吾师，吾尤爱真理”者，以任公当之，殆可无愧。

任公卒后数年，国民政府曾有褒扬令之颁布，但令文专就其讲学诱掖后进立言，于民五、六两度维护民国之功，乃只字不及，不知令稿出于谁氏之手笔，果置事功不谈，而专言学术，则严又陵、王静安辈之可褒扬者，又岂在任公下乎？是知党见中人之深，虽至今犹无药可医也。

自甲午对日战争失败，迄庚子拳变，此六七年间，为中国新旧冲突最激烈之一时期，争于中央，争于地方，戊戌以前，在地方争之最力者，殆以湖南为首屈一指。先是光绪二十三年丁酉，任公应聘讲学于长沙时务学堂，任总教习。时陈右铭（宝箴）为湖南巡抚，其子伯严（三立）佐之，黄公度（遵宪）任盐法长宝道，署臬司，江建霞（标），徐砚夫（仁铸）先后任学政，咸主维新。地方人士之有力者，如熊秉三（希龄）、谭复生（嗣同）、唐佛尘（才常）等亦主张革新不遗余力。湖南人之性格，敦厚简朴，新者固能真新，旧者亦能真旧，当时所谓新学如“康学”者，既风靡于全湘，于是笃旧之士如王益吾（先谦），叶焕彬（德辉）等，乃起而予以抨击。新者以时务学堂为大本营，以南学会为别动队，以《湘学报》《湘报》等为宣传机关，而地方政府复予以相当维护，故其势甚张；顾王、叶等之于旧学，亦造诣甚深，叶尤剽悍，初非梁及韩文举辈所能摇撼（韩亦康有为弟子，与梁偕入湘，任时务学堂分教习），且拥有岳麓、城南、求忠三书院学子以为其群众，而社会旧势力复助之张目，因之势亦不弱。此一斗争，迄次年戊戌政变始告结束，旧者似取得一时之胜利，其所排斥新者之若干代表作品，具见于苏舆所辑《翼教丛编》一书。吾人今日读之，犹可想见当时新旧思想作殊死斗之一斑，其时首当其冲之任公，实不过一二十四五岁之青年也。

光绪三十一年乙巳，同盟会机关杂志《民报》出版于日本东京，任公所主编之《新民丛报》，实为《民报》笔战之主要对象，《民报》发行历时二年有余，先后主笔政者有章太炎（炳麟）、汪精卫（兆铭）、胡展堂（汉民）诸氏，太炎学问渊博，精卫尤称斗士，亦任公生平在文坛上所遭遇之劲敌。湖南一幕为旧与新之争，东京一幕，则革命派与立宪派之决斗也。

胡适之《中国哲学史大纲》上卷出版后，梁任公曾在北大以公开讲演方式批评之，除自抒其不同之意见外，大体多赞许之辞。在梁著《清代学术概论》中，亦有一处涉及胡者，则异常简略。先是梁著在印单行本以前，曾以其初稿在当时中华书局所印行之《改造》杂志发表。时予在中华任编辑，兼理杂志事项。一日，任公忽自天津以快函抵予，予颇以为怪，盖予于任公仅有一面之雅，平日虽素敬其人，但从未以一书致候，在谊固不应由任公先施也。及拆阅，则亲笔竟两纸，首对上海一度晤面表示拳拳，次乃托予将其所写《清代学术概论》中之一段有关胡先生者如另文代为改正。现在单行本中，提及适之先生者，仅有如下之二十五字，即“而绩溪诸胡之后有胡适者，亦用清儒方法治学，有正统派遗风”是也。较其最初之原稿，已省略十余字，此等处可见任公对于同时代人有所称许，其态度固异常矜慎也。予在中华书局任编辑先后凡十年，所见当代学人自书稿件之最整洁者，得三人焉，其一梁任公，其一马君武，其一则予友王光祈。近年所见青年投稿，类多潦草不可辨认，及出版后发见纰缪，乃多委其责于手民，此虽小事，亦可以觇世变也。

《中国近代史话初集》，台北文星书店1966年1月版

读吴其昌撰梁启超传书后

陈寅恪

任公先生殁将二十年，其弟子吴子馨君其昌，始撰此传。其书未成，仅至戊戌政变，而子馨呕血死。伤哉！任公先生高文博学，近世所罕见。然论者每惜其与中国五十年腐恶之政治不能绝缘，以为先生之不幸。是说也，余窃疑之。尝读元明旧史，见刘藏春、姚逃虚皆以世外闲身而与人家国事。况先生少为儒家之学，本董生国身通一之旨，慕伊尹天民先觉之任，其不能与当时腐恶之政治绝缘，势不得不然。忆洪宪称帝之日，余适旅居旧都，其时颂美袁氏功德者，极丑怪之奇观。深感廉耻道尽，至为痛心。至如国体之为君主抑或民主，则尚为其次者。迨先生《异哉所谓国体问题者》一文出，摧陷廓清，如拨云雾而睹青天。然则先生不能与近世政治绝缘者，实有不获已之故。此则中国之不幸，非独先生之不幸也。又何病焉？

子馨此书，叙戊戌政变，多取材于先生自撰之《戊戌政变记》。此记先生作于情感愤激之时，所言不尽实录。子馨撰此传时，亦为一时之情感所动荡。故此传中关于戊戌政变之记述，犹有待于他日之考订增改者也。

夫戊戌政变已大书深刻于旧朝晚季之史乘，其一时之成败是非，天下后世，自有公论，兹不必言。惟先生至长沙主讲时务学堂之始末，则关系先世之旧闻，不得不补叙于此，并明当时之言变法者，盖有不同之二源，未可混一论之也。咸丰之世，先祖亦应进士举，居京师。亲见圆明园干霄之火，痛哭南归。其后治军治民，益知中国旧法之不可不变。后交湘阴郭筠仙侍郎嵩焘，极相倾服，许为孤忠闳识。先君亦从郭公论文论学，而郭公者，亦颂美西法，当时士大夫目为汉奸国贼，群欲得杀之而甘心者也。至南海康先生治今文公羊之学，附会孔子改制以言变法。其与历验世务欲借镜西国以变神州旧法者，本自不同。故先祖先君见义乌朱鼎甫先生一新《无邪堂答问》驳斥南海公羊春秋之说，深以为然。据是可知余家之主变法，其思想源流之所在矣。新会先生居长沙时，余随宦巡署，时方童稚，懵无知识。后游学归国，而先君晚岁多病，未敢以旧事为问。丁丑春，余偶游故宫博物院，见清德宗所阅旧书中，有《时务学堂章程》一册，上有烛烬及油污之迹，盖崇陵乙夜披览之余所遗留者也，归寓举以奉告先君，先君因言聘新会至长沙主讲时务学堂本末。先是嘉应黄公度丈遵宪，力荐南海先生于先祖，请聘其主讲时务学堂。先祖以此询之先君，先君对以曾见新会之文，其所论说，似胜于其师，不如舍康而聘梁。先祖许之。因聘新会至长沙。新会主讲时务学堂不久，多患发热病，其所评学生文卷，辞意未甚偏激，不过有开议会等说而已。惟随来助教韩君之评语，颇涉民族革命之意。诸生家属中有与长沙王益吾祭酒先谦相与往还者。葵园先生见之，因得挟以诋訾新政。韩君因是解职。未几新会亦去长沙。此新会主讲时务学堂之本末，而其所以至长沙者，实由先君之特荐。其后先君坐“招引奸邪”镌职，亦有由也。

自戊戌政变后十余年，而中国始开国会，其纷乱妄谬，为天下指笑，新会所尝目睹，亦助当政者发令而解散之矣。自新会殁，又十余年，中日战起。九县三精，飙回雾塞，而所谓民主政治之论，复甚嚣尘上。余少喜临川新法之新，而老同涑水迂叟之迂。盖验以人心之厚薄，民生之荣悴，则知五十年来，如车轮之逆转，似有合于所谓退化论之说者。是以论学论治，迥异时流，而迫于事势，噤不得发。因读此传，略书数语，付稚女美延藏之。美延当知乃翁此时悲往事，思来者，其忧伤苦痛，不仅如陆务观所云，以元祐党家话贞元朝士之感已也。乙酉孟夏青园病叟陈寅恪书。

《寒柳堂集》，上海古籍出版社 1980 年 6 月版

星庐笔记·梁启超

李肖聃

梁启超，字卓如，一字任甫，广东新会县之茶坑人。父曰莲涧，以诸生教授乡里。梁年十二，与梁士诒受业于陈秋坪孝廉。十四入学，以秀才入学海堂，时叶兰台为学长。年十七，始奉手于南海康有为。是年举广东乡试，四书文为子以四教文行忠信四章。典试为礼部尚书李端棻，重其才，以妹妻之。梁在康门粗受《公羊》经说，而文笔特健，下笔千言不能自休。甲午，公车上书，天下举人群集京师，众推梁起草，书上，中外震动。康命为《强学会序》，梁一夕草万言以进，康删存二百余字而用张之洞名，梁以此服康不可及。

春官报罢，设《时务报》于上海，而梁为主撰述。作《变法通议》数十万言，其文出入魏晋，工丽大类范蔚宗，亦效龚自珍为幼眇自喜之词，旁出陈同甫、叶水心、马贵与诸人之风，指陈世要，一归平实，间杂激宕之词，老师宿儒，新学小生，交口称之。岳麓院长王祭酒先谦，令诸生购阅此报，称为忧时君子发愤而作也。

丁酉十月，湖南议立时务学堂，聘梁为中学总教习。时巡抚陈侍郎宝箴与其子吏部主事三立厉行新政，宛平徐学使仁铸，嘉应黄按察遵宪力助之。士绅则熊希龄、皮先生、谭嗣同辈复立南学会，与相应和。

明年二月，梁请假入都会试，中外大臣交荐其才，侍讲学士徐致靖称其学贯天人，识周中外。湖广总督张之洞称其才高学赡，时务博通。是时康有为谋总大政，专变法，既数召见，受主知，则召其弟子谭嗣同与刘光第、杨锐、林旭，同以军机章京参与新政，而命梁以七品小京官办理上海译书局事务。梁以内与密勿，延未出京。及政变作，康以办理上海官报出都，梁匿居东交民巷日本使馆，因得脱险至横滨。于是著《清议报》《光绪圣德记》诸编，复与侨民议办大同学校，湖南学生蔡锷辈多往从之。是时梁文犹尚雅饬，《去国行》一篇，七古长歌，甚有健气，海内多传诵之。

庚子事变，联军入都，两宫西行。回銮以后，复行新政，天下学士争言时务。梁于是时作《新民丛报》，著《中国新民说》数十万言，词艳而气雄，语长而意重，论锋所至，杂以谈嘲，间用日本俗语入文。复为《新罗马》《劫灰梦》传奇及《新小说》诸文。是时政府虽禁止邮寄，而求者愈亟。江西学政吴士鉴至于试卷批示诸考生，以剿袭《新民丛报》得科第者，不可胜数也。李鸿章薨，梁为传论，其书尤行天下。又有《新大陆游记》《王荆公》《德育鉴》。如是者有年，清庭（廷）颁立宪之诏，而革命党之说亦滋甚。立《民报》于东京，主张革命均产。梁于是时易《新民》为《国风报》，与汪精卫反复辩论。及立政闻社，其杂志亦曰《政闻》（应作《政论》）。是时梁犹欲勉扶清室，以避革命之难。及武昌军起，北京议立内阁，而梁有法部副大臣之命。共和议起，梁主虚君共和制，又欲拥立衍圣公为大总统。是时清命已沦，梁亦无能为力矣。

民国二年，梁返自日本，始为进步、统一、共和诸党首领。复赞熊希龄内阁，出为司法总长。是时国民党江西、湖南独立皆败。袁世凯方自得意。梁号精财政，所议复废格不行。在部六月辞职，复以币制局总裁羁之。其时所著尽在《庸言报》，形禁势劫，不复如昔时之自肆。帝制议起，梁道香港入云南，偕蔡锷起兵讨袁。袁氏既殂，段祺瑞总政，又出为财政总长。欧战既起，著《战役论》，主张中国参战，以光大国命。祺瑞因从梁言，幸而有功。民国七年，张勋复辟，梁赞祺瑞于马厂誓师讨平之。是时梁年已五十有余，天下愈乱，不欲复出从政，而思讲学著书，以育人才，淑后世为务。南京东南大学聘为讲师。复游长沙，重至时务学堂，题曰："廿六年前讲学之地。"戊戌旧游，多无存者。寻复入都，出游欧洲，至英、法诸国。是时绩溪胡适教授北京大学，力主以语体代文言，号新文化，群士方望梁归，有以正之。而梁著《欧游心影录》，乃效胡体为俚语，于是士友失望。章士钊宣言于众曰："梁任公献媚小生，随风而靡。"盖伤其不自爱重，而欲馊闻动众也。

清华大学设研究院，梁与王国维、陈寅恪俱为导师。于是梁著《清代三百年学术史》，本其先所述《清代学术概论》而增修之。喜言墨翟，著有《墨学微》《墨子学案》若干卷。夙耽佛学，有《大唐西域记考证》及其他讲演集若干卷。其坊行日《饮冰室全集》者若干卷，日《丛著》者若干卷。始从康游，亦张《公羊》经师之说。东游以后，日读倭书，绝口不言《春秋》。万木草堂教法，颇张陆、王而抑程、朱。梁终身守师说不变。为《明儒学案节本》，按语多右姚江而非紫阳。为《清学术史》，亦斥程、朱学派，及其依附者。又深诋方苞，谓其居乡与里民争渔利，事出何人所记，犹袭谭嗣同之谬说。严复与友人书，谓梁为书报指斥满洲，乃至主张暴举，赞成暗杀，致人民之情感大恶，革命之祸益烈，清命不可苟延。然清自戊戌而后，重以庚子之变，其后童昏盈朝，政以贿成，正使梁日颂清恩，岂能医其鱼烂自亡哉？其始出于保皇，而终至讨宣统。康有为谓其从逆固为可笑，梁自命随时转移，羌无定见，则是自道其实。要之五十年来，中国书生以文学议论主张国策，移易人心，启发天地之新机，光大中华之国命，盖未有能及梁者，虽国民党人百口谤之，而与梁固无伤损。卒后，下令褒扬其学行，岂非天下之公论，历久而愈明哉！

梁在长沙，予为时务外课生，未往谒也。在东京锦辉馆，乃始见之。及长法部，以余为秘书，相依仅八十三日，为撰文十数篇。《上大总统论司法独立书》，次长江翊云授意属予拟之，略用唐陆宣公文体，梁于后为增一章。复有《论币制》一篇，上载李犹龙笔记，文在《饮冰室集》。其为《诗话》时，误以龚自珍诗为谭嗣同作，余寄书纠之。梁作诗解嘲云："宣尼低颜弥勒笑，一场公案太空疏。版权所有分明甚，事出南华非僻书。"又一首偶忘之。故梁之卒也，余为挽词云："转轴旋乾历卅年，溯崇陵变政，津海誓师，摇落对乾坤，垂死公犹余涕泪；典秘承官思往事，忆冰室论诗，云司议法，涓尘赞渊岳，纪私我是旧宾僚。"世以梁有文章大名，以予曾作其秘书为荣，此亦浅见。其时同官者四人，贺俞以江苏举人，本为高等审判厅书记官，其人固不长于文；范治焕特以政闻社旧人为典机密而不下笔；惟黄孝觉为康门人，差能诗耳。吾于梁公，但重其天才与其博识，至于文章，所自信者初不假梁为轻重，而人以是相夸，大可笑也！

《星庐笔记》，岳麓书社 1983 年 7 月版

万木草堂忆旧（节选）

卢湘父

书院应课

科举时代，国家有取士之名，并无养士之费。所谓生员贡举，以至进士，只是悬一虚衔，而天下人士，遂趋之若鹜。虽谓县有教谕，州有学正，府有教授，均佐以训导，谓用以教导诸生者，然究之教者未尝教，学者亦未尝学也，则亦具文而已。惟求其稍有养士之微意者，则为书院乎？书院之设，各府、县均有之。在广州则有粤秀、粤华、羊城、应元等书院，大抵多课八股试帖；又有学海堂、菊坡精舍等，则课经史词章；此外有广雅书院，考取者则入院住宿，不能在外应课。粤秀、粤华等书院每年各甄别一次，取录正课生若干名，附课生若干名，各给以膏火金，正课生十余两，附课生半之；每月课分等行奖。故学者若得入选，则既得膏火金，复得月奖，可以弥补学费。草堂同学，亦多赖此津贴者。梁任公固寒士，亦尝取给于此。但我辈所应者，多为粤秀、粤华、羊城，任公所应者多为应元、菊坡，盖应元惟举人乃合格，菊坡又多为经史词章，非我辈所长也。且我辈当应课时期，埋头伏案，夜以继日。任公则游行自在，行所无事，至更深人静，则展笔疾书，并不起草，写毕而卷已完。昔王勃腹稿，尚须拥衾高卧，任公则有过之矣。然任公聪明，出自天授。闻其年甫十二岁，应童子试，行文即有可观。县令语之曰：“汝文甚佳，予欲置之案首。但汝年太稚，恐不足以服众，列汝为第二可乎？”任公应曰：“予愿第三，不愿第二也。”盖案首者，即全邑之第一名，院试例必取录。惟俗语谓“县二府三俱不利”，故任公为此言也。任公好食咸鱼，应试时，同寓以其聪颖，戏之曰：“汝能速成一诗，予当购咸鱼赠汝。”任公请命题。曰：“即以咸鱼为题，以鱼字为韵可矣。”任公即口占一诗。其全文不复记忆，但中有一联云：“太公垂钓后，胶鬲举盐初。”此二语已极工矣。以髫龄童子，读书不多，且咸鱼又无正当典故，乃能运典巧妙若此，诚天才也。

任公轶事

予与任公同为新会人，我乡潮莲属东方，任公为茶坑乡属西方，相距颇远。任公有“神童”之名，年方舞勺，则游邑庠。成童领乡荐，与吾乡陈昭常、卢臣清，同科中式。时正主考为李端棻侍郎，副主考为王仁堪殿撰，欣赏其文，许为大器。李侍郎有女弟尚待字，乃托王殿撰执柯，欲以女弟归之。任公之父莲涧世丈，在乡授徒，固恂恂儒者。王殿撰乃约与会晤，谈及此事。莲涧丈以寒素之家，齐大非偶，辞不敢受。侍郎使语之曰：“予固知启超寒士，但此子终非池中物，飞黄腾达，直指顾问事。予第物色人才，勿以贫富介介。且予知予女弟固深明大义者，故敢为之主婚。毋却也！”其后任公就婚于京师，归里谒祖，新妇亦谨守妇道，乡党称贤。盖茶坑已僻陋，梁氏更寒俭。以久处都市，习惯奢华之妇女，多慕虚荣，每难处约。而任公夫人，乃能安之若素，诚可嘉也。夫人生长贵州，云、贵为鸦片出产之区，男女老幼，殆无人不吸烟，至有携备烟具，沿途卖烟者，或布席于道旁，或伸枪于窗口，零沽现卖，视为寻常。李侍郎家则悬为厉禁，举家不染此癖，则为贵州之特别人家。夫人初至茶坑，见乡人，辄问其吸烟否，盖以为与贵州同俗也。任公与予同学于万木草堂，即广府学宫之仰高祠，日间好为谐谈，其读书作文，多在更深人静时也。暑假各自归里，假后复业，其弟仲策，出示所得诗文一巨帙。盖任公昆仲在里，时作扶鸾之戏，每与乩仙谈诗论文，日以为乐。乩仙不一，或为李白，或为杜甫，真假固不可知，然必为才鬼所托。一日有王摩诘降乩，随笔成文，中多佳句。任公试之曰："能联句乎？"曰："可。"任公乃与联句，亦即随时应付。任公又曰："摩诘好佛，吾与汝谈禅如何？"则又极有禅理，娓娓不倦。观此，即或非真摩诘，亦非有天才，未易伪托矣。又有女仙，为南汉宫人李某娘，题诗一片幽怨。任公详询其身世，为之作传。又忆其乩诗二首，其一曰："蛾眉谣诼古来悲，雁碛龙堆怨别离。三字冤沉奇士狱，千秋泪洒党人碑。"下四句已忘却。其二曰："煮鹤焚琴事可哀，不堪回首望蓬莱。一篇《鹏鸟》才应尽，五字河梁气暗摧。绝域莫回苏武驾，边风愁上李陵台。"下二句又忘却矣。此事在戊戌之前，而诗词隐约道及，岂事皆前定耶？其余诗文尚多，盖镇日以此消遣。与土地公亦甚熟习，平常扶乩，必在土地公化符，请其代邀乩仙。习之既久，可以不必用符，但写一条字便可。有时乩仙久不到，催符再化之，则土地公自着忙，为之邀致。然有时土地公降乩曰："请勿催符。"或问

“何故”，则曰“请问之冥漠”。可知符篆之用，莫名其妙。费长房能役鬼神，一失符书，即死于鬼手，盖择术不可不慎矣。戊戌后，予与任公同在日本，每宴会，恒作豁拳。任公曰：“我辈新会人，宜操土音。”实则新会土音甚杂，茶坑之于潮莲，其土音亦各别也。横滨商人，有演讲会，常在大同学校夜叙。予亦随众学习，然常预撰演辞，颇以为苦。任公教我：“不必自撰，但取他人之演辞，或一篇论说，即作自己演出，便是极好之演辞。此是训练时期，固不以雷同剿说为嫌也。”予于是得大解脱，皆任公之教也。任公居东京，然常来往于横滨，或流连于大同学校者累日，叙谈常至夜分。一夕偶动抹牌之兴，时麻雀未行，惟有天九，顾深夜何处得牌？任视案头，曰“得之矣”。盖予适有卡片一盒，任公即反用底面，以墨笔圈成天地人鹅，相与为戏。予已早睡，晨起视之，则名卡已成天九矣。东京早稻田大学毕业，大隈伯邀大同学校诸君观礼，并在其花园开园游会，予亦随众赴会。花园离大学不远，入园后，见有“立式宴会”之旗帜，随风荡漾。予固不识其何意，同行者亦梦梦也。既而见日人纷纷持杯碟刀叉，大嚼大咽，予等窃笑之，以为其饕餮若此也。时李盛铎为日本公使，与任公有旧，相与絮谈，亦不及饮食。柏原文太郎与康门甚稔，乃特设椅桌，招待梁、李，而引予等至餐所，请取携自便。然此际已杯盘狼藉，所余残炙，掇拾些碎，几至枵腹而归，惟有相视而笑，自怨自艾。以任公之见闻，尚不解此，我辈寡陋更何足怪耶？

《万木草堂忆旧》，卢湘父老师文存编纂委员会编，

香港文化服务社有限公司代理发行

梁任公先生别录拾遗

吴其昌

其昌以海陬稚学，幸得侍我先师暮年讲席，以逮于易箦。往来清华园及天津马哥保罗路寓宅者颇久，尝夏夜侍坐庭中，先师缕述变法之役及护国之役身所经历者，往往至子丑交，一夕竟至东方之黎明。其大端，世人所已知，亦颇有世所未知，可为“野史亭”中真实之史料者，今濡笔追录，以应晓峰先生督令拾遗之命。惜乎，丁此贞元绝续之际，中兴开国之大业方艰，先师乃长賫（赍）“报国后时”之痛以殁，不获再振其南海之潮音，龙象之怒吼，以号复我国魂！此则为弟子者言微而声弱，文章报国，作战不力，既有负于国家，亦愧对我师训！固不独望“西洲”而兴哀，思桥公而腹痛也。

先师曰：“余在护国之役略前，脑海中绝无反日之种子，不但不反日而已，但觉日人之可爱可钦。护国一役以后，始惊讶发现日人之可畏可怖而可恨。‘憎日’‘恶日’与‘戒备日’之念，由微末种子培长滋大而布满全脑。戊戌亡命日本时，亲见一新邦之兴起，如呼吸凌晨之晓风，脑清身爽。亲见彼邦朝野卿士大夫以至百工，人人乐观活跃，勤奋励进之朝气，居然使千古无闻之小国，献身于新世纪文明之舞台。回视祖国满清政府之老大腐朽，疲癃残疾，脏肮躐蹋，相形之下，愈觉日人之可爱可敬。狄平子诗‘恰怜小妹深闺坐，短短眉弯自画成！’即咏此境况也。当时日人甚爱我助我，尝谓彼亦诚心希望中国之复兴，与日本并立为强国，为黄帝后裔两柱石，余亦深信彼等之语不虚也。故愈觉日人之可亲。但有贺长雄既怂恿袁氏盗国称帝，始觉日人之可恶，然而尚未十分深恶也。二十一条之提出，始深恶日人之幸灾乐祸，损人利己，卖友打劫。然而知日本之‘凶’，而尚未知日本之‘毒’也。感觉日人之可恨可恶，而未知日人之可怖也。松坡既行，袁氏日夜派便警逻守吾门，余买街头胶皮车夫与之易服夜逃，甫离津，袁氏已觉，杀其便警。严命其沪上逻犬捕予，期在必得，‘务获梁启超，就地正法’之‘上谕’已布，上连像片，较清廷尤密。予惴惴不知死在何处，但暗中如有天神护卫，化险为夷，逢凶为吉。独自无僇，痴思妄想，岂真国运未绝，有天神呵护耶？则又哑然自笑。自是由津而沪而港，此疑谜终不能破。至港，日人始明目张胆助予，始恍然暗中护卫我者，非天神也，乃日本人也。由港至越，日本动员其官、军、商、居留民、间谍、浪人全力以助余，虽孝子慈孙之事其父祖，不能过也。夫日人果何爱于余，何求于余，而奉我如此乎？在越南道中思之，不觉毛骨俱悚，不寒而战。遂转觉每个日人，皆阴森可怖！吾乃知拟日人以猛虎贪狼，犹未尽也，乃神秘之魔鬼也。我此后遂生一恍惚暗影，他日欲亡我国，灭我种者，恐不为白色鬼，或竟为倭人也。然吾乃永远持‘中国不亡论’著称于世者，特我人戒备之对象，当在彼不在此。……”先师之语尚繁，谈彻通夕不寐者，即此事也。时为十六年新秋，济南惨案尚未发生也。先师夏间家居，必脱袜，赤足，拖鞋。而日人官吏、新闻记者拜访频数。阍者报东客来，必嚬蹙连呼“讨厌讨厌，又来保卫我了；可怕可怕”，每次必然，乃冠带见客。东客去，急跣足如故。

戊戌之役，夜话时，亦不倦缕述，大体与世所闻者不殊，袁世凯卖主求官，鬻党媚后，人人所习知。然写近百年史者，以为袁氏之与闻康事，乃出于谭嗣同夜半之劫持，则不深悉曲折也。据先师所亲述：“袁氏变法维新之见解，实出于自动，拥德宗以武力行政之计划，实亦发动于袁氏，而决非壮飞所强迫。事后细思，乃知戊戌之际，袁氏即已潜伏取清廷而代帝之心矣。其用心深长细远，吾辈纯日书生，尽为所欺，至十余年之久，真一世之奸雄也。袁氏初从吴忠壮公（长庆）于朝鲜，豪爽奔放，以一时人杰自命。时与马相伯（良）、眉叔（建忠）、张季直（謇）等新进名流，上下其议论，故欲强中国，革腐政之心，袁氏实不在人后，又眼见朝鲜为日人从其手中夺去，经此刺激，其爱国之心，实亦强烈而真挚，并不由于壮飞一席之语所启发。惟自始至终，一‘私’字横亘于胸，必须将中国移为其袁氏之私产以后，乃极力整顿使成为富强；此所以身败名裂，贻祸中国无穷也。南海先生（先师所称）未变政时，袁氏深恐中国即刻亡，乃协谋变政。及变政略有端绪，又恐中国之强由翁康梁谭，而己则为褊裨，故卖主而告密。及变政既已失败，又恐大权在裕禄，而己则仍为褊裨，乃复推行新政于直鲁，培实力而博民心，俟良机以倒清廷。事后推寻其线索，其称帝之念，固已潜蓄于戊戌以前，一贯而未尝变也。”

先师于生平死友中，最钦重浏阳谭先生嗣同。述其赴义时忠烈之轶事，闻之眼湿。“大祸既迫，德宗央英使馆护南海先生出京。然未央日使馆也。时日人初行新政，一颦一笑，惟欧洲是效，以为欧洲之文明政治，有保护他国政治犯之举也，亦欲在中国有所树为，一以夸耀文明于欧人，一以树势力于中国政党。时日驻京公使为林权助，事先已奉有相机保护政治犯之密令，至是乃自献殷勤，戮力营救。先以绿呢大轿，接壮飞至馆。继以绿呢骡车近余。——时京中即在公使馆亦尚未具有新式马车也。——壮飞与余处日使馆二日，日夜计划营救皇上之策，及计算南海先生之行踪。壮飞忽如有所省，一人入房中，阖户甚久，出乃以一文件，命公使馆役往投某衙门。笑谓余曰：‘还须告他一状！’余茫然不知所谓。壮飞终不肯言。事后都下忽甚传谭某告发其子嗣同忤逆不孝，断绝父子情谊，因得获免连累。度当日之所为，即此事也。血热而心细，身殉祖国，而老父获全，未有如壮飞之壮烈也。日使林权助，饰其夫人之车，强余与壮飞离京，壮飞坚辞谢曰：‘闻之西史，革命则无不流血者。中国革命之流血，请自嗣同始！’居使馆三日，脱奔清廷自首，曰：‘嗣同请以颈血洗涤中国之腐政！’遂斩于菜市。六君子成仁之日，予尚居东交民巷日使馆，悲惊晕绝。又数日，林使强纳余于其所预饰之夫人车中，外坐婢媪，卫士呵殿，扬言日本钦差大臣家眷回国，遂出京至津，直坐其兵轮赴日。”

先师遂连类而涉及富顺刘先生光弟（第），曰：“裴村，亦一至可歌泣之人也。裴村讲朱子学，学黄山谷诗，皆深造。其持身精严清苦，为京官十余年，寄居西直门外一小庙中，至死未尝赁屋于城内。余与裴村非故交，疏往还，不知其身世之详。因新政始略与接触。然每见之，肃然敬其为人。裴村一子亦至孝，临斩，哭奔菜市，向监刑官稽首号恸，乞以身代父死，叩头流血。不许。抱父首大哭，呕血，不久亦以毁卒。孤臣孽子，哀动鬼神！”先师曰：“此事至今思之，犹酸我鼻。中国有如此志士仁人而不兴，非天理也。”

先师述：“袁项城拒谏饰非，作伪术之巧妙，登峰造极，古今无可伦比。时帝制论已尘嚣全国，冯华甫（国璋）自南京来津，邀余同往作最后之谏诤。华甫曰：‘我之辩说远不如子，子之实力亦不如我。必我与子同往，子反覆予以开道，而我隐示以力为子后盾，庶几千钧一发危机可挽。’余诺之。乃尽一日夜之力，密草谏说纲要，至数十条，竭尽脑汁，凡可成为理由者，无不备举，欲为垂绝之国运，亿万之生灵，打最后之一针。及二人联翩至新华宫，项城闻吾等至，喜动颜色，酒酣，余正欲起立陈述，项城先笑曰：‘二公此来，吾知之甚稔，乃欲谏我不做皇帝也。我反问二公，袁某欲作皇帝者，究思作一代皇帝而绝种乎？抑思作万代皇帝而无穷乎？’余与冯愕然未答，袁又笑曰：‘除非痴人，自然欲作万代天子！’乃喟然叹曰：‘我有豚犬二十余人，我将尽数呼出，立于二公之前。任公！君最善知人，我即托任公代我选择一子，可以继立为皇帝者，可以不败我帝业，不致连累掘我祖坟者，任公，待君选出以后，我再决定称帝。如是或可称帝二代！’余与冯四目相视，嗒然如伤，怀中万言书，竟一字不出。袁诸子环立侍宴，幼小者乳媪襁褓侍，袁忽变作悲痛之容曰：‘我如许豚犬，无一克肖，无一非庸懦纨绔，然父之于子，孰不疼爱，我虽怒此辈不肖，然仍不愿因我造孽，他日为别人作鱼肉烹杀也。我百年后，敬托二公善护之。’余与冯迄辞出，竟不能一提‘帝制’字。”

因之而述及蔡将军锷，先师曰：“松坡，长沙时务学堂中齿最稚之学生也。时务学堂封，学生络绎东渡，静生（范源濂）与松坡家最贫，时我辈亡命客亦穷甚，无大力周济，所以援之者至菲薄，松坡与静生常衣囊中只剩日币三数有孔铜圆，忍受数周至数月。静生立志教育报国，余甚嘉之。松坡最瘦小，体极弱，必欲学陆军，余百方规劝不肯听，不得已任之。庚子汉口革命之役，佛尘（唐才常）已回鄂发动，余亦秘密返沪。时务学堂高材生林圭、李海寰……诸君，已随佛尘在汉实际工作，久之不得佳耗，松坡随余在沪，焦惶不安，请于余，亲至汉探助。至汉，佛尘命返湘，乞助于黄泽生将军。黄，老成练达材也。得松坡，即留之不放行；且大诟‘梁任公、唐佛尘无故牺牲有用青年’。松坡愤极，与之高声抗辩，黄充耳不闻，强留之。余又不得松坡行迹，愈惶急，决亲身赴汉。船票已办就。因亡命不敢逗街埠，准时而往，则此船以货少，早半小时启锭矣。余大怒，顿足而骂。无何，汉口事发，张之洞淫戮我民族之志士，唐佛尘率其弟子林圭、李海寰等五人继戊戌六君子之碧血，掷头颅以贡献其祖国，即世所称庚子六君子者也。松坡以黄将军之留，余以船期之误，皆幸得免死。”先师又言曰：“唐浏阳与谭浏阳，血性之热烈同，性格之卞急同，学问之幽隐僻奥同。《觉颠冥斋内言》与《仁学》，固有甚相似之点也。”

其昌于同门诸先进，尤钦服范静生先生，真可谓“温温恭人”“温其如玉”者，每与范先生晤对，不觉鄙吝都消，有秋月冰壶，映澈照人之概。举以告先生，先生笑曰：“汝以范静生比黄叔度，良是，汝亦知静生少时之况乎？虽谓之‘小乞丐’，不过也。襁褓丧父，与其弟旭东（范锐）由太夫人抚养，家赤贫如洗，弟兄拾野柴以为生。以聪慧故，得入时务学堂，乃反以膏火哺母弟。当时已感动吾辈。静生后以矢志以教育救国。旭东矢志以实业救国。兄弟艰苦奋斗，数十年如一日，至今俱卓然有成。非偶然也。”

1942 年 8 月《思想与时代》13 期

梁任公先生晚年言行记

吴其昌

中华民国三十一年十月三日，国民政府颁布褒扬先师梁任公先生明令。读竟，泫然流涕。不见我先师音容，十五年矣。中原板荡，神州疮痍，我先师地下有知，必将纵横走其老泪！幸而元戎神武，朝野同奋，中兴大业，发轫方半，晨旭初升，炎灵在望，不待家祭之告，九原有知，又必且血涌神王，奋兴无已，抱望无穷，长歌浩咏以鼓舞此伟绩也。昔吾亡友张素痴（荫麟）先生，以中枢未褒扬梁先生为遗憾，此在先师无遗憾也。其昌侍先师之日久，亲见先师每饭未尝忘国，其爱群忠国之怀，出于天性，非有所责报也。今中枢不忘前修，诵德报功，并且出于委员长蒋公万机之余所亲提，海内忠贤之士，必更将闻风而兴起。昔光武尊节义，敦名实，而东汉一代民族道德水准之高，为各朝冠，其效亦可以睹矣。曩吾友张晓峰先生（其昀），曾令其昌撰《梁任公别录拾遗》，当时促促，未竟所记。先生晚年之嘉言懿行，颇为外间所未尽知，其昌见闻真切，惧其日久而遂湮，长夜寥寂，濡笔而存之，倘足以警顽而立懦乎？

晓峰先生曾述及国父与先师合作，南海乃不肯与国父合作事，其昌亦曾从容举此事以询："世俗所传云云，究可信乎？"先师亲答曰："不然。中山（先师如此称）与我甚厚，在横滨，有一段时间，每宵共榻，此世人颇有知之者。外传南海轻视中山不恤与之合作，皆奸人挑拨之词也。最初，南海不甚了解中山确系事实，后经日人平山周、宫崎寅藏、头山满……辈之奔走疏通，尤其犬养木堂（毅）之解释为最有力。犬养翁汉学甚深，道德甚高，为南海与中山二人所共钦。经彼之解释介绍，二人俱已涣然互信。其后不断有奸人，两面挑拨，破坏合作。吾颇疑此种宵小，来自清廷，特南海环游世界，而我蛰居日本，无由委曲详尽进言耳。康、孙最后破裂，闻在马尼剌。孙屈己谒康，康亦欣然出迎，闻下至楼梯之半，有人阻康云：孙携有凶器，此来实行刺也。康惊骇上楼，孙大怒而出。此事我非目睹，亦得之传闻，大体或不谬也。犬养木堂闻此讯长叹，况在吾辈！然康实无轻视孙之意也。"

先师虽不及交蒋委员长，然对蒋委员长实中心钦慕爱护，此非其昌妄说，有一事可资确实证明也。十六年新秋，先师病体初健，甚喜。先师住宅右邻，为中原煤矿公司，其屋乃先生之婿周国贤氏所有。先生兴发，散步至公司庭中，其昌与廷灿兄（先生之侄）从。三人在花架下共坐一长藤椅，忽王抟沙先生匆遽入门（以下特用白话记），见先生，脱帽，搔其光秃之头，大呼曰："好戏！"先生笑曰："什么好戏？""蒋介石下野了！""真的吗？"梁大惊，掷其半支雪茄突然起立以足怒踏之。"这还能假！"王随答随摸烟盒，以一雪茄授梁，以一自抽。梁颓然坐，王亦对坐。"这还得了！这不得了！真不得了！"梁皱眉蹙额，连连咨嗟。"敢问先生，有何不得了处？"王故作滑稽，以戏中人声调相问。先生不答。少顷，叹一长气，“唉！中国真要乱到几时呢？我这一生，还能眼见中国太平吗？还能眼见中国再兴吗？我望了几十年想中国再兴，现在看来，中国再兴的时候，我决然已死了！”王此时面貌亦肃然，“先生病刚好，怎么这样悲观。早知如此，不告诉你。”梁仍不答，一人自叹自说：“共产党笑我不彻底。我自己知道，诚然不彻底。我只望国家早日的‘再兴’。国家的元气，再不能斲丧了，人民的苦痛，再不能不解除了！内战决须要停止；统一须要实现。先头，我甚至于痴痴的希望吴子玉，好，给你们赶跑了。现在你们又要闹翻姓蒋的！你们与中国究竟有什么样的深怨死仇，一定不让它统一再兴！”王窘极，以滑稽语调作答：“先生息怒，我姓王的不要闹翻别人。”梁不自然地微笑：“对不起，自然不是说你们，——你和子馨、廷灿。我有点愤激，好像在骂你们。——其实，蒋某人我没见过一面，不过凡是少年英雄（当时华北盛传蒋总司令为‘少年英雄’，故先师云云），我总觉得是可爱的。我爱少年。我为继起有人而喜。抟沙！正经请你讲讲这经过的详细。到底那里得来的消息？不要又上了东洋人造谣的当？”王于是略述蒋总司令那时下野赴日本的经过。先生闻蒋赴日本，突又起立厉声说：“老天！危险透顶！松坡不到日本决不送命！松坡有统一中国的资格。天知道，东洋医生给他打了什么药的针，就一命呜呼！蒋到日本干吗！糊涂！没有人提醒他一声。糟透！糟透！”先生面如土色。其昌乃起立曰：“先生的见解实在是对的。但我永远有一种迷信，天佑中国，一定会有贤者起而统一。蒋总司令应该就是。先生可休息了，我和灿哥出去打听确实消息报告。”因与灿兄扶先生归卧，先生回时足疲须扶，当夜便血复发。医生大惊，明明已痊愈，何以复发如此速而且猛！又卧床不起者近二月。据此事，先师心中爱护蒋公之真诚，于不知不觉间毕露矣。

国民革命军近京畿，其昌适返杭，为五妹缔婚，故济南惨案时，先师悲痛之状，不获亲见之。传闻先生有再度出国避难之说，即北上谒见，告以“先生如出国，其昌将再赴广西”。先生曰：“余对祖国，可告无罪。国人如谅余，余决不离祖国怀抱。如一时真不见谅，余无力赴美，将暂赴朝鲜隐居；汝能从我乎？”其昌答：“友人邀回广西任省视学。然朝鲜仍为我中华之国土也。崔致远之文章，李退溪之理学，亦何异乎中华，慕之久矣。且先生有命，自当随侍。”先生曰：“然。余至朝鲜，拟作朝鲜理学史，或朝鲜学案，汝可助我。”无何，先师病笃，七百年来朝鲜理学之渊源，遂任其若存若亡，国人虽通学，亦无有肯注意之者矣。惜哉！使先师而老寿，其功绩决不在黄太冲（宗羲）之下也。

先师急公忘私之德行甚高，非弟子阿谀，有一事实，述之足为末俗所师效。十五年夏，教部聘先生任京师图书馆馆长，而经费涓滴全无。初时挪用昔年馆中储积寒微之小款，先生捐馆长薪不取以维持。至冬，此余沥亦干，馆中无煤升火，无纸糊窗，余入之，冷风飕飕，乃如殡舍。（时尚在方家胡同）先生亦不裕，乃慨然将其本人五万元之人寿保险单，向银行押借、发薪、生火、糊纸，馆中人皆腾欢，暖如挟纩。此事徐森玉（鸿宝）先生亦常常对人称颂先生以私济公之美德。以私人生命之代价，济国家公共之文化，余至今三十八岁，尚仅见先生一人而已。故特表而出之。污官墨吏闻此事，良心亦有所感动否乎？

先生建设国家文化事业之热心，乃出于天性。可为吾辈之模范。北平图书馆充实完备，庄严矞皇，得呈今日之伟观者，大半出于先生之苦心擘划，经营创始，并由于任用袁守和（同礼）先生之得人。此世人所周知也。将其平生积聚之图书金石十余万件悉数交呈国家，今陈列于北平图书馆，此亦世人所周知也。有一事，关系民族文化甚巨，先师苦心努力作成之，私心者因私破坏之，而最后卒告失败，遗恨无穷。然世从未有知者，余特以董狐直笔揭破之。聊城杨氏海源阁之宋刊书，此国家之文化重宝也。使在日本，即价直较此低十倍者，亦早经政府指定为“国宝”矣。乃北洋军阀，昏聩不知，二次兵匪滋扰使杨氏较次之善本，若元刊明钞损失不少。其宋刊精华，由一年老之夫人，死力维护，得以救出，携之天津，邀索高价。厂肆书估有藻玉堂王某者，密得风声，渴思成此买卖以收大额佣金。此估素走先师门墙，乃报告先师。先师大喜，欲为国家永保此国宝。一面奖励王估，使其效力，一面邀集京津名流，共襄盛举。杨氏老夫人索价二十余万元，往返折冲，舌敝唇焦，又勉以“爱国”大义，最后始讲定七万元成交，包括宋刊四经四史，及宋刊《庄子》《王右丞集》等——约数十种，全部在内。此价实不称贵。但北平图书馆部门弘大，每一部门购书之费遂不能不严受时间限制。“善本书”一部门，不能立时提出七万元之巨款，时叶誉虎（恭绰）先生亦极热心公众文化，乃与先师共同宴客于梁宅，当时商定分为十股，各人认借，由北平图书馆按期摊还。北平图书馆先认二股，先生认一股，誉虎先生认一股，傅沅叔（增湘）先生认一股，周叔弢（暹）先生认一股。时北府首相潘复，欲求欢士林，自告奋勇，愿认三股或四股，托叶公转告，事垂成矣。越二日，会中某巨公爱古成癖，不能忘情于宋刊《王右丞集》，唤王估来，密告以欲将王集除外另售，王估难之。某公遂倡言："梁任公、叶誉虎皆好好先生，不懂市价，易受人欺，如此批书价，何至值七万金之巨耶。即四万金可了，已微贵矣！"杨氏老夫人闻之，愤极，遂解约。王估乃哀诉巨公："为此事，往来京津舟车旅店费，已赔三百金矣。商小民，非诸大人比，无钱补贴！"某公斥其痴，曰："若持《王右丞集》来，此区区三百金，吝不赏汝耶！"后闻《王右丞集》，竟归于某公，恐今又归日人矣。杨老夫人空抱遗书，善价难沽。越数年，闻以十八万金售于张汉卿（学良）将军，而九一八烽火踵至，又不果成。使此国族重宝，不得归于国家永保者，某巨公"私"之一念之所赐也。

先师好奖扬人善，而自处谦卑，于弟子辈如此，于同时友辈亦如此。教授清华研究院时，先生之齿，实长于观堂先师（王国维），衰然为全院祭酒，然事无巨细，悉自处于观堂先师之下。此外对于陈寅恪师、赵元任师、李济之师、梁漱溟师，亦皆自持伪约请教之态度。寅恪师称先生为"世丈"，而先师推重陈师，不在观堂先师下也。观堂先师从屈原游，先生为之请于当局者至再，终至见格。先师益咤嚓无聊，命其昌辈推举良师。其昌代达诸同学意，推章太炎（炳麟）先生、罗叔言（振玉）先生。先师欢然曰："二公，皆吾之好友也。"先生尤倦念章先生，尝一人负手，盘走室中，忽顾予曰："子馨，汝提起太炎，好极！使我回忆二十年前在日本时，吾二人友谊，固极厚也。太炎而今亦老矣，如肯来，当大乐！因汝一提，使我此二三日来，恒念太炎。”其昌因奉校命，北走大连，谒罗先生于鲁诗堂。南走沪，谒章先生于同孚里第。章、罗二先生固昔尝请业问学，特未展弟子之贽耳。初时罗、章二先生均有允意，章先生捻其稀疏之须而笑：“任公尚念我乎！”且有亲笔函至浙，报“可”。然后皆不果，罗先生致余书，自比于“爰居入海”，章先生致余书，有“衰年怀土”之语（二书忆尚保有于北平）。其后校中聘马叔平（衡）先生，林宰平（志钧）先生，则先师已殁矣。先是余每至沪，必谒章先生，至津，先生必问：“在沪见菊生（张元济）、太炎乎？太炎与汝谈何学？”其昌答：“菊生先生之德性、太炎先生之学问，皆使其昌终身不能忘。章先生偶与其昌谈及《易·说卦》‘其于人也为宣发’，其昌言：‘宣发即寡发，王伯申《经义述闻》曾言之。’章先生谓：‘此说是。证据在《北齐书》。’即背诵《北齐书》某人传如流。前辈读书之博而且精如此，虽欲不衷心钦服不能也。某次，与章先生谈及明清思想源流，章先生曰：‘戴东源（原）思想，出于明之罗整庵。’其昌大惊，此非将《整庵存稿》《困知记》《原善》《孟子字义疏证》等书，酿熟胸中，而透视其背，决不能出此语也。故其昌对静安、太炎二先生之学问，乃衷心佩服，非震其名也。”先师为之首肯者久之。

先师养疴津门，故旧往来最密者，丁在君先生（文江）、范静生先生（源濂）、胡石青先生（汝麟）、江翊云先生（庸）、余樾园先生（绍宋）、熊秉三先生（希龄）、张伯苓先生（彭年）、林宰平先生（志钧），次则张君劢先生（嘉森）、蒋百里先生（方震）、胡适之先生（适）、徐君勉先生（勤）。此四先生常在海外，返国始见。若叶誉虎先生（恭绰）、周季梅先生（贻春）、蓝志先先生（公武）等，则有事始至，不常来。（人甚多，已不记忆。）曾慕韩先生（琦）亦曾来问疾。其昌于上述诸名公，除胡适之先生，先已请谒外，其余皆因侍先师，始得捧手请益者也。百里先生，我同里，且吾先姑丈之远族弟兄行也。然未尝见一面，直至在先生家始识。志摩表兄本与先师最密，彼时在印度，故仅一至。弟子侍者，其昌及兴国姚显微（名达）、永嘉刘子植（节）。此诸名公，或在或逝，其风采言论，有足为世表率，传嘉话，培良风，因述先师而连类记之。今之文艺作者，扬恶而隐善，务讦人之丑而掩人之美，以毒骂痛诋挖苦揶揄为能事，建文艺之基础于粪秽上以自豪。病态乎，健康态乎，非余所知也。余则略记本人当时之印象：丁在君先生威仪修饰，卷须膏发，衣摺整挺，俨然英格兰之卿大夫也。崇科学，尊理智，讲条理，重分析，是其长也。在君先生语余，其少时亦曾读宋明理学书，此为世人所绝不知也。且亲语余："对于'无鬼论'之概念，不信'灵魂不灭'之说，最初皆得自宋儒，后学科学，而此种信念乃得证实。"先师述："在君为淞沪商埠督办时，荐函数百封，不任用，亦不拒绝。但将函中所述各人技能专长，分类分组保存，遇某事需人，依其技能，按类分组索阅，再行征求。其无处不玩'科学把戏'，至于如此。"一夕，在君先生戏问予曰："请问专家：郭沫若将《大学》'苟日新，又日新，日日新'，改为'兄日辛，父日辛，且日辛'。此论，予以为然否？"余曰："此至确不易之说也。郭此文投《燕京学报》，燕京托予审查，予赞叹绝伦，极力推荐。刊时即由予代校。"丁先生笑曰："我于金文甲骨，全为外行，然此说亦知其然也。”张君劢先生，诚恳口厚热情磅礴，终身以斐希忒自命，鼓吹复兴不倦；又为德哲人奥伊铿弟子，而对于宋明先贤学说，热烈服膺提倡者。范静生先生德性淡泊宁远，恬静和易，态度极温，语言极寡。喜生物学，即在先生家中，亦最喜至院庭中细观花木草树态姿生意，把玩研味。熊秉三先生天真，虽长须垂胸，而开口大笑时，尚有孩子遗态。胡石青先生敏锐而透切。江翊云先生静穆。其尊公叔海先生（瀚），余屡尝请谒于方家胡同。豪爽阔达，老而弥壮，高谈放歌，声震梁尘，与吾辈少年情绪投合。翊云先生与父风固殊焉。张伯苓先生开广而又坚毅。蒋百里先生深刻而沉郁。徐君勉先生真挚而诚恳。余樾园先生与吾辈最稔，在先生家往往解衣磅礴，挥毫作画。写巨松图，长二三丈，元气充沛，以赠先师，先师题以长歌，以自厉晚节焉。又各赠吾辈以画帧画扇，遍及诸弟妹，人人欢舞叫笑，极人世至乐。自今观之，樾园先生之画，骨重神隽，与南宋浙派之马（远）夏（圭）殊，与明代浙派之戴（进）朱（端）殊，与清代浙派之鹿床（戴熙）鹤斋（赵之谦）更殊，殆得力于黄大痴（公望），而又发挥其俊朗明爽之个性者欤？樾园先生，吾浙派画苑之别子亢宗也。亦时时以其所珍藏，请先师题跋，余尚记有黄石斋（道周）泼墨山水，蒋山佣（按：下空六字）手书诗卷等。又有粤人罗原觉，常携唐宋珍贵名迹来共赏。今日本影印流传之北宋武宗元笔《朝元仙仗图》长卷真迹，余早在梁宅罗氏携来时见之，真感觉有“五圣联龙衮，千官列雁行，冕旒俱秀发，旌旆尽飞扬”之气象。于（余）对于中国宝绘欣赏之兴趣，最初即培基于此时。

先师《饮冰室全集》，除各种专著外，即单以文体言，包涵之广，体例之杂，真古今罕见。先师尝自言："吾笑俞荫甫（樾）《曲园全集》体例之杂，乃下至楹联、灯谜、牙牌、酒令……都吝不肯芟。吾他日之集，毋乃类此。"故今日宰平师所编之《饮冰室合集》楹联以下尽删不录。然先师挽静安先师联，及寿南海先生七十联，则其昌不敢忘也。记之以为文集拾遗。挽王静安先师联云："其学以通方知类为宗，不仅奇字译鞮，创通龟契。一死明行已有耻之义，莫将凡情恩怨，猜意鹓雏。"上联能见王师学问之真价值所在。下联曲折表达王师纯洁之节操。真王师地下知己也。罗叔言先生误认为其昌代作，击节称叹不已。其实此联乃出先师自作也。寿南海先生七十联云："述先圣之玄意，整百家之不齐，入此岁来，已七十矣。奉觞豆于国叟，介眉寿于春酒，亲受业者，盖三千焉。"全联均集《史记》《汉书》，及《郑康成集》原文而成，又切合于康先生之学问及地位，工稳妥帖适合如此，真难能可贵也。其后，康先生卒于青岛，北京学界开追悼会于松筠庵。（明杨椒山先生故宅，康氏第一次上书变法之集合地。）其昌集经典成语为挽联云："大道之行，天下为公，有王者必来取法。群言淆乱，折衷诸圣，微斯人吾谁与归。"以篆文书之。先师遍奖于京中，誉为所有挽联第一。且谓余曰："惟我之寿联，略堪与汝联抗衡！"先师自居抝约奖饬后学之热情，至有如此者。先师易箦，其昌悲痛过分，几至不能为文联，后乃节取先师诗句，不敢更易，裁成为联云："报国惟恐后时，献身作的，天下自任；著论誓移旧俗，新知牖学，百世之师。"庶几先师以身殉国，不辞矢的之牺牲热情，以及开拓新知，文章革命之丰功伟烈，得万一之表见焉。

“献身甘作万矢的，著论求为百世师。誓起民权移旧俗，更研哲理牖新知。十年以后当思我，举国犹狂欲语谁。世界无穷愿无尽，海天寥廓立多时。”

“平生最恶牢骚语，作态呻吟苦恨谁。万事祸为福所倚，百年力与命相持。立身岂患无余地，报国惟忧或后时。未学英雄先学道，肯将荣瘁校群儿。”此先师三十余岁，亡命日本时所作律诗二首，中华民国十五年夏，手书之，以赐其昌者也。牺牲悲壮之热情，救世爱国之弘愿，高尚纯洁之怀抱，清醒鲜新之头脑，勇迈前进之精神，少年激昂之沸血，涌溢楮墨间。今日背忆诵之，犹不自禁热泪之夺眶也。弟子不敏，请事斯语矣。

“三年请业此淹留，二老雕零忽十秋，感激深于羊别驾，哀歌体涕过西洲。”此其昌所作《二十五年故都杂诗》之一，——清华园过梁、王二先师故宅诗也。附书之以殿此文。

1942年12月《中央周刊》5卷21期

梁启超传

吴其昌

第一章　一世纪来中国之命运

——从鸦片战争至梁氏诞生的前夕

第一节　绪　说

孟子说“知人论世”，我们要知道一个人全部的事业，了解他全部的心境，欣赏他全部的风度，认识他全部的学问，然后才能公正地评判他生平的价值。所以我们要做这个人的传记，必须暂时把我的神魂，钻入这个人的时代，并立于这个人的环境，透视了这个人的情绪、性格，然后能作亲切有味的描写，客观无私的综述，并且才可成功一部鲜活的信史。

中国这一百年来（1842—1943）的命运，真正是从乐土跌入了地狱，又从地狱爬回到乐土，一个四千年历史上从未有的大转折期。在道光二十年鸦片战争以前，中国虽然内部已经空虚，但外表承乾嘉余荫，还是金光灿烨！《南京条约》以后，绑上第一条枷锁！割了第一块骨肉！以后一条一条的绑上无量数的枷锁；一块一块的割了无量数的骨肉！受着这样“凌迟”的惨刑，简直堕入地狱的底层，最惨痛苦楚的时期，正在这一百年的中间。自甲午（1894）中日之战，至庚子（1900）联军之役，那时瓜分的酷刑，已为全世界所宣判定了。稍有血性的国民，都想蹈东海而自杀；陈天华就是著名的代表之一。梁启超，正是生长在这个最黑暗地狱底层的有血有泪有志气的一位满身创伤的青年。他也屡次想跳海而死，但他坚决地相信中国必然不亡，并且断然复兴，所以他在全然无望之中，挣扎奋斗。但是，可怜他到死，始终不见义师统一中华。他是在黑暗地狱中过了一生的“盲鱼”！虽然他的心是不盲的。别人我不知道，使我而处在梁氏的时代，我恐怕要终日恸哭呕血而死了。

第二节　梁氏生前中国一般的惨况

一　陷落于绝望的深渊

我们现在来回头看看梁氏的时代与环境：

> ……我国民全陷落于失望时代。希望政府，政府失望！希望疆吏，疆吏失望！希望政党，政党失望！希望自力，自力失望！希望他力，他力失望！忧国之士，溢其热血，绞其脑浆，于彼乎？于此乎？皇皇求索者有年，而无一路之可通，而心血为之倒行，脑浆为之瞀乱！……（《饮冰室自由书》）

所以康有为吟着“或劝蹈海未忍决，且歌惜誓留人间”的诗，后来梁启超还是告其友明水：“使中国而诚无可为，我惟有蹈东海以死耳！”到底那时环境的现状是怎么样的呢？西洋浪人所常常举例宣传，乃至照片绘画的：鸦片、八股、小脚、长辫、笞臀、杀头、花酒、磕头等怪状，这是最粗浅的有形的外症，人人所知道的。如果稍微放眼深刻地一看，那就更可悲了。

二　天灾·人祸

放眼先展望那时代整个的国家，则是：

> ……地利不辟，人满为患。河北诸省，虽岁中收，犹道殣相望。京师一冬，死者千计。一有水旱，道路不通，运赈无术；任其委填，十室九空。滨海小民，无所得食，逃至南洋，鬻身为奴，犹被驱迫，……驯者转于沟壑，黠者流为盗贼。教匪会匪，蔓延九州。工艺不兴，商务不讲，土货日见减色，而他人百物，畅销内地。漏卮日甚，脂膏将枯。(《论不变法之害》)

三　道德的堕落

以上还可以委之于自然及外来之灾祸！然而亡清末年的“汉族奴才”，经过三百年恐怖的大淫威的压迫，其制造奴根性的政策，居然成功，我羲黄神胄，那时不免大部分呈现着可悲痛的症象。《因明集》有一首古乐府名《奴才好》，刻画得透彻淋漓：

奴才好，奴才好，勿管内政与外交，大家鼓里且睡觉。古人有句常言道，“臣当忠，子当孝”，大家切勿胡乱闹。满洲入关三百年，我的奴才做惯了。他的江山他的财，他要分人听他好。转瞬洋人来，依旧要奴才。他开矿产我做工，他开洋行我细崽，他要招兵我去当，他要通事我也会。内地还有“甲必丹”，收赋治狱荣巍巍。满奴作了作洋奴，奴性相传入脑胚。……什么流血与革命，什么自由与均财，……我辈奴仆当戒之，福泽所关慎所归。“大金”“大元”“大清朝”，主人国号已屡改；“大德”“大法”“大日本”，换个国号任便戴！奴才好，奴才乐，世有强者我便服！三分刁黠七分媚，世事何者为龌龊，……灭种覆族事遥遥，此事解人几难索？……奴才好，奴才乐，奴才到处皆为家，何必保种与保国！

这是蒋智由先生沉痛的血泪，今日吾辈青年读之，真欲怒发冲冠，而在当时可并不认为严重的怪象。这种“严重的怪象”，真所谓“国家将亡，必有妖孽”。决不是含血喷人的污蔑，危词耸听的肆谈。

四　思想的颠倒

远在梁、蒋以前，以谨朴著称的郭嵩焘，已记其亲眼所见云：

……及至京师，折于喧嚣之口，噤不得发。窃谓中国人之心有万不可解者：西洋为害之烈，莫甚于鸦片烟；英国士绅，亦自耻其以害人者为构衅中国之具也，方谋所以禁绝之。中国士大夫，甘心陷溺，恬不为悔。数十年来，国家之耻，耗竭财力，无一人引为咎心。钟表玩具，家家有之。呢绒洋布之属，遍及穷荒僻壤。江、浙风俗，至于舍国家钱币，而专行使洋钱，且昂其值，漠然无知其非者。一闻修造铁路、电报，痛心疾首，群起阻难。至有以见洋人机器为公愤者；曾劼刚（纪泽）乘南京小轮船至长沙，官绅起而大哗，数年不息。是甘心承人之害，以使腹吾之膏脂；而挟全力自塞其利源，蒙不知其何心也！……（《郭筠仙集·与李鸿章书》）

五　民智的固陋

越十余年，梁氏之所亲见的，又变本加厉了。他说：

……吾少而居乡里，长而游京师，及各省大都会，颇尽识朝野间之人物。问其子弟，有知国家为何物者乎？无有也！其相语则曰：如何而可以入泮，如何而可以中举也。问其商民，有知国家之危者乎？无有也！其相语则曰：如何而可以谋利，如何而可以骄人也。问其士夫，有以国家为念者乎？无有也！其相语则曰：如何

> 而可以得官，可以得差，可以得馆地也。问其官吏，有以国事为事者乎？无有也！其相语则曰：某缺肥，某缺瘠，如何而可以逢迎长官，如何而可以盘踞要津也。问其大臣，有知国耻，忧国难，思为国除弊而与利者乎？无有也！但入则坐堂皇，出则鸣八驺，颐指气使，穷侈极欲也。……于广坐之中，若有谈国家者，则指而目之曰：是狂人也，是痴人也。其人习而久之……则亦自觉其可耻，钳口结舌而已。不耻言利，不耻奔竞，不耻媟渎，不耻愚陋，而惟言国事之为耻！习以成风，恬不为怪，遂使四万万人之国，与无一人等！……(《爱国论》)

任公先生岂不知道，这“莫谈国事”的恶风，乃是满洲皇帝三百年来杀头淫威禁制的结果。过去我在北平读书的时候，还见到西直门外小茶馆里的黑墙上贴着前清时代尚未刷去的条禁：“莫谈国事！”但是痛心的，想不到吾民族承受这淫刑的结果，竟养成为“无耻”！春秋之义：“蒙大辱以生者，无宁死！”庄子之言：“哀莫大于心死！”那知道吾民族受淫威、蒙大辱以后，竟由心死而变成无耻，所以革命的大业，一直要等待中山先生的领导，才能完成啊！

六　社会的腐化

这种无耻的怪象，延续到后来，尚为梁氏所亲见，他分别的记着：

……越惟无耻，故安于城下之辱，……而不思一雪；乃反托虎穴以自庇，求为小朝廷以乞旦夕之命。……官惟无耻，故不学军旅而敢于掌兵，不谙会计而敢于理财，不习法律而敢以司理。瞽聋跛疾，老而不死；年逾耋颐，犹恋栈豆。接见西官，栗栗变色；听言若闻雷，睹颜若谈虎！其下焉者，鲍食无事，趋衙听鼓；旅进旅退，濡濡若驱群豕！……士惟无耻，故一书不读，一物不知。出穿窬之技，以作“搭题”；甘囚虏之容，以受收检。抱八股八韵，谓极宇宙之文；守高头讲章，谓穷天人之奥！商惟无耻，故不讲制造，不务转运；攘穷于室内，授利于渔人。其甚者习洋文为奉承西商之地，入洋塾为操练买办之才。充犬马之役，则耀其乡里；假狐虎之威，乃轹其同族！兵惟无耻，故老弱羸病，苟且充额。力不能胜匹雏，耳未闻谭战事。以军资十年之蓄，饮酒狎花；距前敌百里而遥，望风弃甲！民惟无耻，百人之中，识字者不及三十。……五印毒物，天下所视为虺为鸠，乃遍国种之，遍国嗜之，男妇老弱，十室八九，依之若命。缠足陋习，……习之若性！……（《知耻学会序》）

又记：

……学校不立，学子于帖括外，一物不知。其上者考据词章，破碎相尚：语以瀛海，瞠目不信！又得官甚难，治生无术，习于无耻，瞢不知怪。兵学不讲，绿营防勇，老弱癖烟，凶悍骚扰，无所可用。一旦军兴，临时募集，半属流匄，器械窳苦，饷糈微薄。偏裨以上，流品猥杂。一字不识，无论读书。营例不谙，无论兵法。……官制不善，习非所用，用非所习。委权胥吏，百弊蝟起。一官数人！一人数官！牵制推诿，一事不举。保奖矇混，鬻爵充塞；朝为市侩，夕登显秩。宦途壅滞，候补窘悴；非钻营奔竞，不能疗饥。俸廉微薄，供亿浩繁；非贪污恶鄙，无以自给！限年绳格，虽有奇才，不能特达；必俟其筋力既衰，暮气已深，始任以事。故肉食盈廷而乏才为患。……（《论不变法之害》）

梁氏虽痛哭流涕地嚷着：“嗟乎！之数无耻者，身有一于此罔不废！家有一于此罔不破！国有一于此罔不亡！”然而那时的全国，充耳不闻，这也许天将灭亡满清政权的表征。

七　太后的奢靡

回头再看看那时满清政权的最高主宰，所谓“慈禧太后那拉氏”这老物，则正敲榨我们全体同胞的汗血，出卖我们祖国百年命运的代价，来挥霍她个人淫乐的享受。用创办海军的专款来修造颐和园，只是最显明著称的事，此外还有我们所不知道的弥天糊涂账，例如：

……乙未至戊戌间，凡借外债五千万磅，除偿款外，所余尚一千二百十七万磅有奇。辛丑以后，各省每年解一千八百万两于北京政府，每年所余者七百万两有奇。及今三年，亦二千万两有奇矣。此等美款，用诸何途？……乙未至庚子，颐和园续修工程，每年三百余万两。皇太后万年吉地工程，每年百余万两。戊戌秋间，皇太后欲往天津阅操，命荣禄修行宫，提“昭信股票”余款六百余万两。辛丑回銮费，据各报所记，二千余万两。辛丑后动工兴修之佛照楼（按即后来之居仁堂）工程，五百万两。今年（1903）皇太后七旬万寿庆典，一千二百万两。另各省大员报效，一千三百万两。即此荦荦数端，专为一人身上之用，我辈所能知者，其数已达九千万两！未知者复何限。……国民乎！国民乎！公等每年绞四千三百万之膏血，为北京城内一人（那拉氏）无用之私费，公等节衣缩食，抛妻鬻子，以献纳于……北京，为彼一人修花园、庆寿辰、筑坟墓之需也！……（《中国国债史》）

八　朝廷的昏庸

西太后的荒淫逸乐，别具肺肝既如此，辅翼此淫后老怪之元老大臣期何如？譬如户部尚书阎敬铭，千方百计撙节浮款，为国家创办海军，而皇太后天天向他闹钱，老大不快，把他革职了事。这一个例，说明除了“混蛋”——如李莲英——及“恶霸”——如荣禄等——以外，谁都不能存在。存在的“混大老”呢，请你看看：

……日本人谓我……握国权者，皆老朽之人也。非哦几十年“八股”，非写几十年“白折”，非当几十年差，非捱几十年俸，非递几十年“手本”，非唱几十年“喏”，非磕几十年头，非请几十年安，则必不能得一官，进一职！其内任卿贰以上，外任监司以上者，百人之中，其五官不备者，殆九十六七人也！非眼盲，则耳聋。非手颤，则足跛。否则“半身不遂”也。彼其一身饮食、步履、视听、言语，尚且不能自了，须三四人在左右扶之捉之，乃能度日。于此而乃欲责之国事，是何异立木偶而使之治天下也。且彼辈自其少壮之时，已不知亚、欧、非、美为何处地方，汉祖、唐宗是那样皇帝；犹嫌其顽钝腐败之未臻其极，又必搓磨之，陶冶之，待其脑髓已涸，血管已塞，气息奄奄，与鬼为邻之时，然后将我二万里山河，四万万人命，一举而畀其手！呜呼！……

而彼辈者积其数十年之八股、白折、当差、捱俸、手本、唱喏、磕头、请安，千辛万苦……乃始得此“红顶”“花翎”之服色，“中堂”“大人”之名号。乃出其全副精神，竭其毕生力量，以保持之。如乞儿拾金，虽轰雷盘旋顶上，而两手犹紧抱其荷包，他事非所愿、非所知、非所闻也。于此而告之以亡国也，瓜分也，彼乌从而听之，乌从而信之！即使果亡矣，果分矣，而我今年既七十矣，八十矣，但求其一两年内，洋人不来，强盗不起，我已快活过了一世！若不得已，则割三省两省土地，奉申贺敬！以换我几个衙门，卖三五百万之人民，作奴为仆，以赎我一条老命。有何不可！有何难办！呜呼！今之所谓老后、老臣、老将、老吏者，其修身、齐家、治国、平天下之手段，皆具于是矣。……（《少年中国说》）

九　外交的腐败

至于最重要的周旋世界、折冲列强、掌握国防和战之枢机、控制国家存亡之命运的机构，叫作“总理各国事务衙门”。简称“总理衙门”，将呈何种状况呢？那更妙了，素有“混蛋加三级”之雅号（北京饭馆里，“水燉蛋”加上鸡丁鸡片鸡丝——三鸡——这碗菜就叫“总理衙门”）。大家所亲见的：

……总理衙门，老翁十数人，日坐堂皇。并外国之名且不知，无论国际。并己国条约，且未寓目，无论公法。各国公使、领事等官，皆由奔竞而得。一无学识。……（《政变原因答客难》）

这实在是千真万确之事，当时曾有“把九龙弄到澳洲东南”的笑话，因为澳门与澳洲，这班“老王爷”实在有点搅不清楚！“使”“领”之由奔竞而得，也是事实，以出使日本的为尤甚的，只是把“捉留学生”“杀革命党”，为惟一要务。当时一位留日学生——笔名“东亚伤心人”——做一首新乐府，名《哀星轺》，讥使臣“献媚蓄意杀学生”，附带叙述使臣的出身，说：

……使臣当日好肩背，南洋贩米东洋卖。相公堂前，袖献票纸；王爷膝下，跪呈扇子。王爷心绪忧，肥奴旁侍喘如牛，亲捧留声机器奏床头。翁在街头卖卦命，儿走上房司门政。儿今作贵人，紫绶金章衬绿巾……

一〇　军队的黑暗

“若以练兵论之”，那末：

……用洋将统带训练者，则授权洋人。国家岁糜巨帑，为他人养兵以自噬。其用土将者，则如董福祥之类，藉众闹事，损辱国体，动招边衅。否则骚扰阎闾，不能防国，但能累民。又购船、置械于外国，则官商之经手者，藉以中饱自肥，费重金而得窳物。如是则练兵反不如不练！……（《政变原因答客难》）

上面这段话，没有一字是虚谎，甲午战争就惨败在这真凭实据上。

……据英人蒲阑德（Bland）的记述说："在战争发生前二年，汉纳根（李鸿章部下服务的德人）请李鸿章购买大量克鲁伯厂所造的大开花弹，供战斗舰上大炮之用。李氏已经签发了命令，但是终于不曾实行。……当黄海海战时，至有两艘战斗舰，共同只有三颗大开花弹！因此在大半日的苦战当中，中国战舰大口径的巨炮皆闲搁不能作用。"至于中国自己制造的鱼雷，据严复所说，有用铁渣来代替火药装在里面的！海军李鸿章用全力经营的，内容的腐败如此；陆军就更不用说了。……（李剑农：《中国近百年政治史》）

—— 实业的丛弊

再换一个方面，就当时推行关于经济建设的新政来观察：

……以开矿论之，……西人承揽，各国要挟，地利尽失，畀之他人。否则奸商胡闹，贪官串弊；各省矿局，只为候补人员"领乾脩"之用，徒糜国帑。如是则开矿反不如不开。……

……中国旧例：官绅之不办事而借空名以领俸，谓之"乾脩"。凡各省之"某某局总办""某某局提调"，无不皆是也。(《政变原因答客难》)

……乃至兴一利源，则官与商争，绅与民又争。举一新政，则政府与行省争，此省与彼省又争。议一创

举，则意见歧而争，意见不歧而亦争。究之阴血周作，张脉偾兴：旋动旋止，只视为痛养无关之事！……(《南学会叙》)

所以清末“官商合办”的，或是“官督商办”的经济建设，没有一件不是彻骨失败的。后来川汉铁路的建设，可怜路基已经铺到宜昌，只因“官与民争”，就扩大为清廷覆亡的致命伤！

一二　贪污的普遍

如果我们看完了官场中的上层阶级，还觉得未能恶贯满盈，不妨再走入普通官场，看看中下层吏曹郎官的一般风气：

……前此京朝士夫，朴素如老儒。入署大牵步行，宴客不过数簋。岁得俸廉数百金，即足以自给。其名士，往往敝衣破帽，萧然自得。而举国且仰其风采也。……(《说国风中》)

如果长能如此，那也罢了。但是到后来呢？啊，但只见：

……今也，全国富力，有日蹙而无日舒；而中流社会之人，已相炫以豪华。虽以区区一曹郎，而一室之陈设，耗中人十户之赋。一席之饮宴，值会典半年之俸。

而其尤宦达者，更无论也。……（《说国风中》）

所谓“其尤宦达者”淫奢滔天的罪恶，你如果不信，请你一读薛福成《庸盦笔记》里面的《河工奢侈之风》条。

……老于河工者为余谈：每岁经费，实用之工程者，十不及一！其余以供文武员弁之挥霍，大小衙门之酬应，过客游士之余润。凡饮食、衣服、车马、玩好之类，莫不斗奇争巧，务极奢侈。即以宴席言之，一豆腐也，而有二十余种。一猪肉也，而有五十余种。……（中间叙述种种罪恶甚怪甚详，不欲污我文笔，从略。）食品既繁，虽历三昼夜之长，而一席之宴不能毕！故河工宴客，往往酒阑人倦，各自引去，从未有终席者。此仅举宴席以为例，而其余若衣服车马玩好，豪奢之风，莫不称是。各厅署内，自元旦至除夕，无日不演剧，自黎明至夜分，虽观剧无人，而演者自若也。每署幕友数十百人，游客或穷困无聊，乞得上官一名片，以投厅、汛各署，无不延请。有为宾主数年，迄未识面者！幕友终岁无事，主人夏馈“冰金”，冬馈“炭金”，佳节馈“节敬”；每逾旬月，必馈宴席。幕友有为棋、博、樗蒲之戏者，得赴账房领费，皆有常例。……新点翰林，有携朝贵一纸书谒河帅者，河帅为之登高而呼，万金可立致。旧人拔贡，有携京员一纸书谒库道者，千金可立致！嗟乎！国家岁糜巨帑以治河，而频年河决，更甚于今日。竭生民之膏血，以供贪官污吏之骄奢淫僭，天下安得不贫苦！……

其他如外人所记，太监安得海、李莲英等之恃西后淫纵祸国，那更甚于此！养成亡清“全国宦场”的国风，贯彻上、中、下，不论贫、穷、富，一样的：

……前此偶有游戏，讳莫如深。今则樗蒲之博，以夜继昼；狭邪之游，张旗鸣鼓。职务废于醉饮，神志昏于姣变！而举国未或以为非也。前此贿赂苞苴，行诸暮夜；馈者受者，咸为戒心。今则攫金于市，载实于朝，按图索骥，选树论价，恬然不以为耻，而且以此夸耀于其侪辈也。……（《说国风中》）

第三节　梁氏生前中国一般的教育状况

够了！这本“地狱底层的官场现形记”的电影，在此重映一通，青年们！会使你哭笑不得，血泪倒流，是不是？你看了这本电影，你才知道清末的志士仁人，革命英烈，所抛的头颅，所喷的碧血，其意义如何的壮烈伟大了。中山先生，自然是最伟大的建国成功者，而梁启超冒九死一生，首先发难，勇往直前地冲锋。他自己承认“陈胜、吴广”之功，但天下后世的公评，他的勤劳，他的气魄、精神、声威，实在比陈胜、吴广要高出万倍！

这些暂且搁起，这电影还有下半本，是当时“地狱底层的文化界现形记”，也请今日青年一看。

还在梁氏四岁的时候，美国的电话已经装起来了，而同时在中国呢，

> ……记得光绪二年，有位出使英国大臣郭嵩焘，做了一部游记，里头有一段，大概说：“现在的夷狄，和从前不同；他们也有二千年的文明。”嗳哟，可了不得！这部书传到北京，把满朝士大夫的公愤，都激动起来了。人人唾骂，日日奏参，闹得奉旨毁版，才算完事。……（《五十年中国进化概论》）

更前十年（同治六年），宰相名儒倭仁，反对李鸿章在北京设同文馆的怪事，那更不必说了。

一三　童年生活是怎样的

既然全国没有半个学校的教育，我国民自“童年”以至“青年”最宝贵的一段光阴，所受的生活熏染是怎么样的呢？

> ……若其髫龄嬉戏之时，习安房闼之中，不离阿保之手。耳目之间所日与为缘者，舍床箦、筐箧、至猥极琐之事，概乎无所闻见。其上焉者，歆之以得科第，保禄利；诲之以嗣产业，长子孙；斯为至矣。故其壮也，

> 心中目中，以为天下之事，更无有大于此者。万方亿室，同病相怜；冥冥之中，遂以酿成今日营私趋利，苟且无耻，固陋野蛮之天下，……且恬然不以为怪。故试取西人幼塾乳臭之子，与吾此间庞壮硕老之士大夫相挈，其志趣学识，必有非吾此间此辈之所能望者！岂其种之特异哉，无亦少而习焉者之不得其道也。……(《论女学》)

或者说：梁氏所描写的，还是中上阶级社会中青年子弟所遭际的情形，自然还有更惨于此的下层社会的贫苦子弟，他们所受的生活熏染是怎样的呢？那在清末还没有描绘此类的速写，我只有请你读一读后来鲁迅《呐喊》集的《阿Q正传》《药》两篇文章来弥补这遗憾。

> ……遗风相传下来，江南的小康子弟，在老祖母的监护之下，谆谆地教训他道："不许上鸦片馆，可以在家设灯盘，抽大烟。不要去嫖，可以拣一个合意的'丫头'或'窑姐'讨一房小婆娘伴着你。"这类的慈训，社会上都是称为"教子有方"的。不多几年，这白面少爷，已经是弄到骨瘦如柴，家产荡尽，先于老祖母而死了。等到"教子有方"的这位老太太死时，无棺可敛，躺着尼姑庵的"施棺材"而了结。这类为社会家庭葬埋的青年，作者的眼内，还亲见小小一乡镇内有数十件之多。

一四　青年教育是怎样的

如果家内出了有志青年，那末也有“黄卷青灯，十年苦读”的学子。但是我们来看看他埋头十年，疲精竭神，所下苦功的对象，是什么东西呢？就是所谓“八股文”“八韵诗”。“八股文”这神秘的名称，我们听得烂熟，究竟是怎么一回事呢？

……明中叶以后，始盛行四股、六股、八股，破、承、起讲之格。虽名为说经之文，实则本唐代诗赋。专讲排偶声病。如宋元词曲，但求按谱填词。而芜词谰言，骈拇枝指，又加甚焉。……格式既定，务使千篇一律；稍有出入，即谓之不如格。是以习举业者，陈陈相因，涂涂递附；黄茅白苇，一望皆同。限以“三百”“七百”之字数，拘以“连上”“犯下”之手法。虽胸有万卷，学贯三才者，亦必俯就格式，不许以一语入文。其未尝学问者，亦能揣摩声调，敷衍讲章，弋获巍科，坐致高位。……（杨漪春侍御奏稿：《请厘定文体折》）

到清末更可笑了，更可杀了，竟以“游戏文章”公然作为国家登进人材的标准。而其游戏的下流不通，还远在“灯谜”“诗钟”“酒令”“牙牌”之下！全国白昼跳踉着这种文妖，真使人感觉着“清室不亡，是无天理”的！

……更有甚者，各省岁科、童试、县考、府考、院考，多出“截上”“截下”“无情”“巧搭”等题（例如“子见南子，自牖执其手”之类，割裂经文，渎侮圣言。……而各省沿用，毫不为怪。此种文体，……起、承、转、收、擒、钓、渡、挽，其法视文网为尤密，其例视刑律为尤严。遂使天下百千万亿之生童，日消磨精力于此等手法之中，舍纤仄机械之外，无所用其心，恐有旁骛而文法因以疏也。舍“串珠”“类腋”之外，无所用其学，恐有博涉而文体因以杂也。……（杨漪春侍御奏稿：《请厘定文体折》）

这位因变法而丧首的戊戌六君子之一——杨深秀，于是喟然长叹道：

……夫天下之士子，莫多于生童也。盈廷之公卿，皆起自生童也。而其用心及其所学如此！驱天下有用之才，而入于无用之地；一旦而欲举以任天下之事，当万国之冲，其可得乎！……（同上）

至于“八韵诗”的内容，尤为无味，不必多讲，而其最荒谬可笑者，以现代人之方音，而必须押隋、唐时代之韵脚，无理取闹如此，而反认为天经地义。所以声韵是用脑筋来硬记的，不用耳朵来听的！以致名震一时的老诗人，往往闹出“出韵”的笑话：

湖口高碧湄大令心夔，少有才名；其骈文书法及散体诗，均造深际。……殿试两次出韵，皆在“十三元韵”中；遂列四等。衡阳王纫秋闿运，赠以诗曰：“平生两四等，该死十三元！”（《庸盦笔记》）

这真是活埋青年、活埋天才的秦坑！

一五　官办“洋学堂”是怎样的

后来，满清政府也来办“洋学堂”了。可是人民说“上洋学堂，会给洋人挖去眼睛的”，绝对不来。小康之家以上的“爷们”，更是闻“洋学堂”之名而唾口水！梁氏记着：

……前清末年办学堂，学费、膳费、书籍费，学堂一揽千包，还倒贴学生膏火；在这种条件底下招考学生，却是考两三次还不足额。……好像拉牛上树！（《十年双十节之乐观》）

“洋学堂”里像“拉夫”一样的拉到了一批不三不四的学生了，以后又怎么样呢：

……但教方言以供翻译，不授政治之科，不修学艺之术，能养人材乎？科举不变，聪颖子弟，皆以入学为耻，能得高材乎？如是则有学堂如无学堂。且也，学堂

> 之中，不事德育，不讲爱国，故堂中生徒，但染欧西下等人之恶风，不复知有本国。贤者则为洋佣以求衣食，不肖者且为汉奸以倾国基！如是则有学堂反不如无学堂。……（《政变原因答客难》）

可不是吗，梁氏的预言，竟成为仙谶，当年北洋官费留美培植出来的学生陈锦涛，老而不死，竟“为汉奸以倾国基”！而且，后来比较规模像样的学堂，闹得也有督办、总办、会办、坐办各大员的怪象。除了坐办算是坐在校内像个校长模样以外，督办大臣等，都是“身滞京邸”而遥遥指挥沪、宁各校。譬如南洋公学的监督、总办等，换了八九个，终未出北京一步。至唐文治始毅然出京莅校，一时惊为奇事，而有“模范堂长”之颂！

那时“文化界现形记”的电影，如此如此。所以，中山先生要手创学校于日本横滨，后来就交给梁氏去办理，此即名振一时的大同学堂。

第四节　梁氏后来对于祖国命运的影响

在这样地狱底层的教育状况，向后再看看康有为的万木草堂，虽然不过是一座规模较大的“经馆”，虽然《草堂学则》上所定的课程依然不脱顽固老儒的气味，而在当时，谁也目为这是地狱底层第一盏点起的明灯。再往后看看陈宝箴、黄遵宪、江标、熊希龄、梁启超、谭嗣同、唐才常等在长沙合办的时务学堂，那便算地狱底层的火炬了。至于被迫而敷衍的钦办京师大学堂，那又是一座老翁高坐的衙门，捐监入学的尾间，与“学问”二字，如风马牛。一直要等到蔡元培先生来做校长，才算整顿而上轨道。

一六　文体的改革

若论文体的改革，梁氏的功绩，实在是他最伟大的所在。梁氏之后，胡适送他的挽联说：

文字成功，神州革命！
生平自许，中国青年。

继梁氏而起，而作更进一步的文体改革者，便是胡氏。所以胡氏对于任公这点上的功绩，认识得特别清楚。不错，你看了前面杨深秀所描绘、全国青年所摇头摆腰而吟哦的八股文，其内容的妖模怪样，肮脏龌龊，已经领教过了；若再跳出圈子来看看当年一班青年文豪，各家推行着各自的文体改革运动，如寒风凛烈中，红梅、腊梅、苍松、翠竹、山茶、水仙，虽各有各的芬芳冷艳，但在我们今日立于客观地位平心论之：谭嗣同之文，学龚定庵，壮丽顽艳，而难通俗。夏曾佑之文，更杂，庄子及佛语，更难问世。章炳麟之文，学王充《论衡》，高古淹雅，亦难通俗。严复之文，学汉魏诸子，精深邃密，而无巨大气魄。林纾之文，宗绪柳州，而恬逸条畅，但只适小品。陈三立、马其昶之文，祧祢桐城，而格局不宏。章士钊之文，后起活泼，忽固执桐城，作茧自缚。至于雷鸣潮吼，恣唯淋漓，叱咤风云，震骇心魂；时或哀感曼鸣，长歌代哭，湘兰汉月，血沸神销，以饱带情感之笔，写流利畅达之文，洋洋万言，雅俗共赏，读时则摄魂忘疲，读竟或怒发冲冠，或热泪湿纸，此非阿谀，惟有梁启超之文如此耳！即以梁氏一人之文论，亦惟有“戊戌”以前至“辛亥”以前（约1896—1910）如此耳。在此十六年间，任公诚为舆论之骄子，天纵之文豪也。革命思潮起，梁氏的政见既受康氏之累而落伍，梁氏有魔力感召的文章，也就急遽的下降了。可是就文体改革的功绩论，经梁氏等十六年来的洗涤与扫荡，新文体（或名报章体）的体制、风格，乃完全确立。国民阅读的程度，一日千里，而收获神州文字革命成功之果了。

一七　报纸的改革

除学校外，推进文化惟一的利器，则为报馆。辅助教育，启发民众，指导社会，介绍新学，宣传主义，主持公论，监督行政，纠弹非法，为民喉舌，……这许多神圣工作，都要靠报纸来负责实行。然而清末的报界状况又怎么样呢？凡是没有“洋人”与“租界”的都会，一概没有报纸：

> ……京都首善之区，而自联军割据以前曾无报馆，此真天下万国之所无也。每省之幅员户口，皆可敌欧洲一国，而除广东、福建外，省会之有报馆者无一焉。此

亦世界之怪现象矣。……（《清议报一百册祝辞》）

有“洋人”与“租界”的都会，才有模仿洋人而办华文报纸的。梁氏说：“近年以来，陈陈相接：惟上海、香港、广州三处，号称最盛。……”然而这类操于出身八股的无聊“文丐”之手的华文报纸，内容又怎样呢？

……每一展读，大抵：“沪滨冠盖”“瀛眷南来”“祝融肆虐”“图窃不成”“惊散鸳鸯”“甘为情死”等字样，阗塞纸面，千篇一律。甚者乃如台湾之役，记刘永福之娘子军！团匪之变，演李秉衡之黄河阵！明目张胆，自欺欺人。观其论说，非“西学原出中国考”，即“中国不亡是无天理论”也。展转抄袭，读之惟恐不卧！……”（同上）

我想现代有志青年，看着这样呕饭而又痛心的报纸，也要读之惟恐不卧！

一八　新兴各报述评

报纸的改革，与文体的改革，是有不可分离的关系。当时梁氏创办《时务报》《清议报》《新民丛报》《国风报》等于上海及日本。黄遵宪、谭嗣同、唐才常等创办《湘报》于长沙。陈范、蔡元培、章炳麟、章士钊等创办《苏报》于上海。严复、夏曾佑等创办《国闻报》于天津。日本留学生创办《译书汇报》《国民报》《开智录》等于东京。张继等创办《国民日日报》于上海。其他为中山先生所领导的革命团体，在国内、国外创办了大量的日报与杂志，如《中国日报》（香港）、《民生日报》（檀香山）、《大同报》（旧金山）、《中兴报》（新加坡）、《革命军》（邹容作）、《惨世界》（苏元瑛作）、《荡虏丛书》（章士钊编）、《陆沈丛书》（陈去病编）、《黄帝魂》（上海），及《汉帜》《汉声》《江苏》《浙江潮》《新湖南》《警世钟》《二十世纪之支那》（东京）等。就形质言，收获了"报纸改革"的成功。就超越的意义言，同时收获了"文体改革"的效果，并且即文体的改革为工具，为利器，连带收获了"政体改革"的成功，以至"国体改革"的成功。

第二章　亡国景象与维新初潮

——从梁氏诞生至戊戌政变

第五节　综　叙

前清同治十二年，即公历一八七三年，梁启超生于广东省新会县崖山附近之熊子乡。字卓如，后来改字任公。别号饮冰室主人。

这一年，是怎样的一个年头呢？中兴伟人曾国藩已在前一年逝世，左宗棠已六十三岁，李鸿章已五十一岁。梁氏的重要师友：李端棻四十一岁，黄遵宪约三十四岁，康有为十七岁。

现代史上主角与梁氏有关系者：乱世奸雄袁世凯十五岁，建国中山先生八岁。戊戌成仁六君子，可考者：杨深秀二十五岁，刘光第十七岁，谭嗣同九岁，林旭后一年生。梁氏晚年学友王国维后一年生，弟子蒋方震后七年生，蔡锷后八年生。尽碎鸦片战争以来中国所戴之枷锁，而地狱底层黑暗之中，始睹一缕祥光之涌现！

第六节　亡国现象的种种——梁氏生后的中国惨况

一九　祸根的溯源

此时就中国的命运而言，正如转巨石于危崖之上，一落千丈的衰颓，梁氏自述说：

> ……请看百年以来之事：乾隆中叶，山东教匪王伦之徒起，三十九年平。同时有甘肃马明心之乱，据河州、兰州，四十六年平。五十一年台湾林爽文起，诸将出征皆无功，五十二年乃平。而安南之役又起，五十三年乃平。廓尔喀又内犯，五十九年乃平。而五十八年，诏天下大索白莲教首领不获；官吏以搜捕教匪为名，恣行暴虐，乱机满天下。五十九年，贵州苗族之乱遂作。嘉庆元年，白莲教遂大起于湖北，蔓延河南、四川、陕西、甘肃，而四川之徐一德、王三槐等，又各拥众数万起事，至七年乃平。八年浙江海盗蔡牵又起。九年，与粤之朱濆合，十三年乃平。十四

年粤之郑乙又起，十五年乃平。同年，天理教徒李文成又起，十八年乃平。不数年，而回部之乱又起，凡历十余年至道光十一年乃平。同时湖南之赵金龙又起，十二年平。天下凋弊既极，而鸦片战役又起矣。十九年英舰始入广东。二十一年取舟山、厦门、定海、宁波、乍浦，攻吴淞，下镇江。二十二年结《南京条约》乃平。而两广伏莽，已遍地出没无宁岁。至咸丰元年，洪、杨遂乘之而起，蹂躏天下之半！而咸丰七年，复有英人入广东据总督之事。九年，复有英法联军犯北京之事。而洪氏据金陵凡十二年，至同治二年始平。而捻党犹逼京畿，危在一发，七年始平。而回部、苗疆之乱犹未已，复血刃者数载，及其全平，已光绪三年矣。(《新民说·论进步》)

二〇　延续的天灾人祸

梁氏未生以前的中国国运如此，祸根延续，梁氏既生以后的国运何如呢？

……自同治九年天津教案起，尔后民教之哄，连续不绝。光绪八年，遂有法国安南之役，十一年割送安南始平。二十年，日本战役起，二十一年割送朝鲜、台湾，结《马关条约》始平。二十四年广西李立亭、四川余蛮子起，二十五年始平。同年，山东义和团起，蔓延各省，几至亡国；为十一国所挟，二十七年结《辛丑条约》始平……（同上）。

这仅就战争流血等惨史而言，而且偏重于内乱方面的。

二一　此年的国际形势及世界大势

至于就梁氏生后的世界大势及国际形势去观察一下：这一年（1873），美国南北战争平定，重告统一，已经八年，“挤入列强之林”了；日本明治即位，维新成功，已经六年了；苏彝士运河开通，英国握世界海权，已经四年了；普法战争终止，德国一跃为世界巨强，已经三年了；意大利马志尼、屈黎波的二杰，进军罗马，以后卒造成意国统一之基，正在这年。这许多列强，此时都成为天之骄子，而合力以对付这东亚老朽昏庸而遗产丰富的中国！大者则截肢体，小者则割一脔，而中国就无辜受着“车裂”及“凌迟”之惨刑！小者如“租界”“租借地”，今姑不复叙述。其较大而割一肢一体者，如下表：

二二　中国遭受瓜分的“史迹表”

咸丰十年（1860）　割东海滨省及库页岛于俄。

同治三年（1864）　俄私取我中亚藩属地塔什干（Tashkand）。

六年（1867）　俄私取我中亚藩属地撒马尔罕

（Samarkand）。

七年（1868） 俄灭我侨民建立之中亚藩国布哈尔（Bukhara Khan）。

十一年（1872） 俄灭我侨民建立之中亚藩国基华（Khiva Khan）。

光绪二年（1876） 俄灭我侨民建立之中亚藩国浩罕（Khokand Khan）。

五年（1879） 日本私取我六百年太平洋藩国琉球。

十一年（1885） 法割我秦汉以来已成内地之安南全部。

同年（1885） 英、法瓜分我中南半岛之藩国南掌。

十二年（1886） 英灭我滇民建立木梳部朝之缅甸全国。

廿二年（1896） 日本割我藩国朝鲜及内省台湾。

二三 帝俄侵华的阴谋

舐糠及米，剥床及肤，到了十九世纪除夕（1899）的前夜，那风声愈传愈紧，中国已成为列强俎上之肉，只待手起刀落而已！梁氏说：

> ……曾不知“支那股份之票”，已骈阗于西肆。“中国瓜分之图”，已高张于议院！……（《南学会叙》）

明年（1900），二十世纪开始，果然全世界十一国联军共陷中国的首都！这真是“开刀大吉”的时候了，然而何以忽然又不瓜分了呢？别的原因虽有，而其中最大的秘密原因，是俄、日两帝国都怀着不可告人的鬼胎、野心，妄想独吞中国，而暗中加以破坏。帝俄当时的妄想独吞中国，可以从东三省占领后绝对不肯撤兵，及后来与李鸿章签订中俄密约二事来证明。

二四　暴日蓄志亡华的野心

至于日本，人家都以为它近年来才开始蓄意妄想独吞中国，但在八十年前，当日本还是一个闭关自守、微弱贫困、“显微镜下的小国”的时候，已经企图“巴蛇吞象”，“蚍蜉撼树”，早已想独吞中国，“为中华主”了。你或者要吃一惊吧？

蛮徒丰臣秀吉，我们不必再谈。名闻一时的维新首动的志士吉田松阴，不分国界，我们是何等敬重他啊！但他在狱中所著的《幽囚录》中，明明白白的说：

> ……今急修武备，舰略具，炮略足，则宜开发内诸侯。乘间夺加模、察加、澳都加。谕琉球朝贡，会同内诸侯。责朝鲜纳质、奉贡，如古盛时。北割满州之地。南收台湾、吕宋诸岛。渐示进取之势。然后爱民养士，慎守边圉，则可谓善保国矣。……

这是第一步骤，但还想步武辽金之对付南北宋。所以帖中便毫不讳言讲第二步骤，说：

……培养国力，兼弱攻昧；割取朝鲜、满洲，并吞中国。所失于俄、美者，可取偿于朝鲜、满洲……

你看八十年来日本凶恶的政客与军阀，所有的一举一动，哪一件不按照着吉田松阴的遗志，按谱踏拍在那里进行！

还有一个比较吉田松阴时代略前的志士，名佐田信渊。他的名著《混同政策》，里面说：

……凡侵略他邦之法，必自弱而易取始。当今世界万国中，我日本最易攻取之地，无过于中国之满洲者。何则？满洲之地，与我日本之山阴、北陆、奥羽、松前等处，隔一衣带水，遥遥相对。距离不过八百里，其势之易于扰乱可知也。故我帝国何时方能征讨满洲，取得其地，虽未可知；然其地之终必为我有，则无可疑也。夫岂但取得满洲已乎！支那全国之衰微，亦由斯而始。既取得鞑靼（指蒙古地）以后，则朝鲜、中国，皆次第可图矣！……

我们读了这样明目张胆的“吞华论”，回头来看什么“田中奏折”内所说的，欲征服世界，必先征服中国；欲征服中国，必先征服满洲，就可不必惊怪。因为这不过是日本八十年来上上下下人人暗诵的一句口头禅罢了。

如果有人推诿说，这是在野志士的言论。那末在朝诸侯的言论何如呢？诸侯岛津齐彬评论李鸿章的割弃安南事，说：

……不图清国一弱至于如斯也！以彼地广人众，岂无忠臣义士！而鸦片战争以后，政治仍然不整。内有长发之扰，外被英、法之侵；割地请和，天子蒙尘，谓非耻辱之大者耶？我国介在东陲，诚不可不早为之备。英、法既得志于清，势将转而向东。先发制人，后发制于人。以今日之形势论，宜先出师，取清之一省，而置根据地于亚东大陆之上。内以增日本之势力，外以昭勇武于宇内！则英、法虽强盛，或不敢干涉我矣。夫清国沿海诸地，关系日本国防者，惟福州为最。取而得之，于国防有莫大之利益焉。况清人与日本人异，苟兵力足以制其民，则无不帖然服从！彼英、法远隔重洋，尚不惮用兵之劳以取之，况我日本乎。……然清国素以地广人众，傲慢自尊，视日本如属邦！……故我之入手第一着，当以防外夷之攻略为上策。或助明末之遗臣，先取台湾、福州二地，以去日本之外患。虽取此二地，即我萨隅之兵已足。惟无军舰则不足以争长海上。故当今之计，又以充实军备为急图。

现在也有人说，李鸿章对于安南之役，收拾得如此潦草，结束得如此荒唐，土地割送得如此轻松而巨大，宁受中外同声的唾骂而不恤，正是因为李氏那时已经秘密探到日本吞华的国策，巨祸将发于肘腋之间，故其外交重点，突然离法而谋日。此说是否正确？现在还无法证明。但安南之役以后，中、日二国都开始竞争“新海军”的创建，那倒是有目共睹的事实。

要说当时日本吞华的野心，中国方面完全不知道，那也决非事实所宜有。汉学甚深、道德甚高的犬养毅氏，和孙、康、梁，都是至交。但他也会亲向任公吐出肺腑之言：民国纪元前十三年——一八九九年，梁氏有澳洲之游，往拜犬养木堂：

> ……犬养木堂（毅）语余云：“日本今无事可做，惟将投身于亚洲大陆耳！”……（《饮冰室诗集·壮别二十六首中自注》）

这话是在庚子八国联军之役的前一年说的。由此可知，纵然中国无拳匪的内乱，纵然全世界列强都要保全中国，而日本的居心，无论有道德、崇汉学的学者，以及吃人肉、亡人国的军匪，人人都毫不留情地要吞中国而帝中华！我现代多血多泪的有志青年啊！如果你生长在这时候，你将要如何的悲愤切齿、奋发淬砺啊！

第七节　梁氏幼年的家庭生活及家乡环境

二五　镌留着悲壮史迹的“崖山”熊子乡

熊子乡——这梁氏降生的地点，也足够刺激梁氏一生之荣誉和热血。何以故？梁氏自己就曾说过：

余乡人也，于赤县神州有当秦、汉之交，屹然独立群雄之表数千年，用其地与其人，称蛮夷大长！留英雄之名誉于历史上之一省。于其省也，有当宋、元之交，我黄帝子孙与北狄异种血战不胜，君臣殉国，自沈崖山！留悲愤之纪念于历史上之一县。是即余之故乡也。……余实中国南端之一岛民也。……（《三十自述》）

梁氏以一“数百年栖于山谷”而为“岛民”之特质，而自幼即受本乡过去“光荣”和“悲痛”两大纪念之刺激，梁氏一生命运“种子的薰习”，即奠基于此时。

二六　祖榻上的口训

他脑海薰习中所受最早、最洁、最纯和一生印象最深的，当推他祖父梁维济的口训。

余逮事王父者十九年。……王父爱余尤甚。四五岁，在王父及母膝下授四子书、诗经。夜则就睡王父榻，日与言古豪杰、哲人嘉言懿行。而尤喜举亡宋、亡明国难之事，津津道之！……（同上）

后来，梁氏虽然受“康党”所挟持，不能始终追随中山先生以倒满清，但他在光绪三十一年（1905）所发表的言论，竟是一个激烈的革命党！

……鄙人诚非有爱于满洲人也。……鄙人虽无似，一“多血多泪”之人也。每读《扬州十日记》《嘉定屠城纪略》，未尝不热血溢涌！故数年前主张“排满论”，虽师友督责日至，曾不肯即自变其说。至今日而此种思想蟠结胸中，每当酒酣耳热，犹时或间发而不能自制。苟思有道焉，可以救国，而并可以复仇者，鄙人虽木石，宁能无歆焉！……（《伸论种族革命与政治革命之得失》）

像这种明确痛快的文章，真可与当时革命党的宣传品的笔锋，交相比美。严复批评“梁氏实为亡清代二百六十年社稷之人”（见《学衡杂志》：严几道与熊纯如手书）。虽然未免推奖过甚，然而他的首先发难的功绩，实在是不容否认。而梁氏也曾说：

当光绪、宣统之间，全国有智识、有血性的人，可算没有一个不是革命党。但……手段却有小小差异：一派注重种族革命，说是只要把满洲人撵跑了，不愁政治不清明。一派注重政治革命，说是把民治机关建设起来，不愁满洲人不跑。……（《时事杂论·辛亥革命的意义》）

这话可以代表当时多少有血性的人的意见，虽不可知；但无论如何，却确确实实可以代表梁氏个人当时的意志和行动。

二七　开始离乡——睁开眼睛了

童年的梁启超，究竟不过是一个不见世面、孤栖山海的“岛民”，然则他后来一生的政治、民族、文化等意识，是怎么样养成的呢？他虽然是一个聪明绝顶的天才：六岁，五经卒业。九岁，能做千言的文章。十二岁，便中秀才。可是天天所埋头钻研的，不过是“八股”。虽是他自己极其讨厌“八股”，然而不知天地间除了“八股”以外，还有所谓“学问”！他说：

> ……余自先世数百年，栖于山谷。族之伯叔兄弟，且耕且读，不问世事，如桃源中人。余生九年，乃始游他县。生十七年，乃始游他省。犹了了然无大志。梦梦然不知有天下事！余盖完全无缺，不带杂质之乡人也。……（《夏威夷游记》）

中了秀才以后怎么办呢？

> ……十三岁，始知有段、王训诂之学，大好之。……肄业于省会之学海堂。堂为嘉庆间阮元所立，以训诂、词章课粤人者也。至是乃决舍帖括（即八股），

以从事于此。然不知天地间于训诂、词章之外，更有所谓“学”也。……(《三十自述》)

那时全国所通行的口号，连“灶下老婢”都知道的，叫作“穷秀才，富举人”“一举成名天下闻”中了举人，那还了得！而梁启超十七岁就中了举人。主考官为贵阳李端棻，酷爱这位青年新贵，却认为“国士无双”，打破社会地位的悬殊，就把他的妹妹许配给梁氏。并且就携挈着同赴北京去殿试。这回可下了第。好得很哩，如果梁启超十八岁就点了翰林的话，那末轰轰烈烈“戊戌政变”的主角，没有梁启超其人了。而梁氏如不经过十四年亡命生涯，那末这期间可泣可歌的雄文，也不会流传于天地间了。

下第归上海，购得《瀛寰志略》，才知道全球五大洲的形势及世界万国的部位大小，原来如此。于是索性把江南制造局所译的新书，大部是天、算、医、工、理、化等著作，不管懂不懂，都挪来硬读一顿，虽然不能消化，可是新生命和新血液，就此开始灌注入梁氏的体中了。

第八节　康、梁会接——关于思想、学术、政治的渊源

这里我们要叙说到梁氏的老师——决定梁氏半生命运的老师兼党魁，一位过渡时代必须牺牲的失败怪杰——叫作康有为的故事了。

二八　康有为氏的速写

那绰号叫作“圣人为”或“康圣人”的怪杰，他是广东南海县人。出身于理学名门的宦族。原名祖贻，字广夏，号长素。少时受业于名儒朱九江先生甚久，——这位朱次琦是调和理学上的程朱、陆王两派而不讲考据的学者。康学终生以此为基础。但康是一位野心蓬勃、开展前进、活泼飞跃的人。而港粤又是西洋文明的精华及渣滓杂凑之地。康的前进欲与求知欲，大大感觉不够。于是一人独居在西樵山上四年，把那时译出来的西洋学说，“皆初级普通学，及工艺、兵法、医学之书，及耶稣经典……”一顿乱读，又乱读一顿佛经，乱翻一顿九通。便自以为“学贯天人”，思通六教，包罗古今中外，新旧博通，“内圣外王”的盖世奇才、通人、大儒了。其实，以他的这样毫无科学训练的脑筋，毫无基本科学的常识，一人在山，把西洋科学、印度佛学、中国经史理学，乱读杂翻，胡思玄想，忽然自以为“恍然大悟”，说出来那真是“妙不可言”！他不知道这不过是“知识欲的冲动”，而决不是“求学问的正确轨道”。然而因其鹤立于一般“冬烘秀才”“腐朽大老”之上，致养成他“予智自圣”的夸大狂态度，不肯随时代而进步，到底被时代所遗弃而消杀！哀哉！那时候康氏才二十八岁。

这大胆勇猛的“圣人为”，“自光绪十五年（1889），即以一诸生伏阙上书极陈时局，请及时变法以图自强。……甲午败后，又联合公车千余人，上书申前议。……自此以后，四年之间，凡七上书。其不达也如故，其频上也如故。举国流俗非笑之、唾骂之，……先生若为不闻也者。……”（《南海康先生传》）他的“热诚”与“胆气”，倒真可佩服。

二九　万木草堂的内容

康氏就在这上书不达的时候，在广州长兴里万木草堂，开门讲学。这颇著一时盛名的长兴学舍，虽然仍是以前“书院”的形式，而智德体三育并重和课程的分设，颇有后来文法科大学的规模。他自任“总教授”“总监督”。另设“博文科学长”，类似教务长。“约礼科学长”，类似训导长。“干城科学长”，类似军训及体育主管。“书器科监督”，类似图书馆长。他们的课本是宋元明儒学案、二十四史、文献通考……“凡学生，人置一劄记簿，每日各自记其内学、外学，及读书所心得，时事所见及，以自课。每朔则缴呈之，先生（康）为之批评焉。”（《南海康先生传》）

三〇　长兴学舍的教育大纲表

兹记录当时长兴学舍的教育大纲，造一学表（见下页）。

梁氏因陈千秋（通甫）、曹丁泰（著伟）二志士的介绍，脱离了陈腐过时的学海堂而转学入这新鲜自由的长兴学舍，且惊且喜，就在这样的“学风”与“学科”之下，受深刻熏染者四年。

- 长兴学合教育大纲
  - 学纲
    - 志于道
      - 格物
      - 克己
      - 励节
      - 慎独
    - 据于德
      - 主静出倪
      - 养心不动
      - 变化气质
      - 检摄威仪
    - 依于仁
      - 敦行孝弟
      - 崇尚任恤
      - 广宣教惠
      - 同体饥溺
    - 游于艺
      - 礼
      - 乐
      - 书
      - 数
      - 图
      - 枪
  - 学科
    - 义理之学
      - 孔学
      - 佛学
      - 周秦诸子学
      - 宋明学
      - 泰西哲学
    - 考据之学
      - 中国经学　史学
      - 万国史学
      - 地理学
      - 数学
      - 格致学
    - 经世之学
      - 政治原理学
      - 中国政治沿革得失
      - 万国政治沿革得失
      - 政治实应用学
      - 群学
    - 文字之学
      - 中国词章学
      - 外国语言文字学
  - 科外学科
    - 校中
      - 演说（每月朔望课之）
      - 劄记（每日课之）
    - 校外
      - 体操（每间一日课之）
      - 游历（每年假时课之）

第九节　梁氏独立事业的开始

三一　中国新青年的群英会——湖南新政开幕

四年以后，光绪二十三年（1897），湖南巡抚陈宝箴、按察使黄遵宪、提学使徐仁铸，前使江标，厉行新政。辅助他的，有那时号称“四公子”之二陈三立、谭嗣同，和在籍名流熊希龄等。为培养新人才起见，特创办时务学堂，聘梁启超、谭嗣同、唐才常三人总主学务，梁氏又为领袖。所有一切的学纲、学课、学风，都是脱胎于长兴学舍而来，稍微加以变化罢了。

三二　长沙时务学堂的内容及其贡献

何以证之？梁氏记“南海先生长兴学记”，演其始教之言，说：

（一）立志；（二）养心；（三）读书；（四）穷理；（五）经世；（六）传教；（七）学文；（八）卫生。（《万木草堂小学学记》）而他在四年后主办长沙时务学堂时，所公布的学约也说：

> ……一曰立志。……二曰养心。……三曰治身。……四曰读书。……五曰穷理。……六曰学文。……七曰乐群。……八曰摄生。……九曰经世。……十曰传教。……
>
> ……凡学者每人设劄记一册，分“专精”“涉猎”二门。每日必就所读之书，登新义数则。其有疑义，则

书而纳之待问匭以待条答焉。其详细功课，别著之学校报中。……每刚日，由教习随举西书格致浅理，或目前事理数条以问之，使精思以对。……每柔日，由教习随举各报所记近事一二条，问诸生以办法，使各抒所见（皆以笔谈）。……每月以数日为同学会讲之期，诸生各出其劄记册，在堂互观。或有所问，而互相批答。上下议论，各出心得，其益无穷，凡会讲以教习监之。……（《湖南时务学堂学约》）

……时务学堂，……国中学校之嚆矢。……学科视今日殊简陋，除上堂讲授外，最主要者为令诸生作劄记，师长则批答而指导之。发还劄记时，师生相与坐论。时吾侪方醉心民权革命论，日夕以此相鼓吹。劄记及批语中，盖屡宣其微言。湘中一二老宿，睹而大哗！群起掎之。新旧之哄，起于湘而波动于京师。御史某（按即杨崇伊）刺录劄记全稿中触犯清廷忌讳者百余条，进呈严劾；戊戌党祸之构成，此实一重要原因也。……（《时务学堂劄记残卷序》）

在这样一种不拘形式，而朝气蓬勃、精神充沛、乐趣的、进取的学风之下，自然能够造就出非常奇伟的人才来。当初时务学堂第一班的学生只有四十人，而五分之二都成了革命先烈，或开国名人。庚子汉口革命之役，教习唐才常率领学生林圭、李炳寰、田邦璿、蔡钟浩、傅兹祥等二十余学生，受着孙、梁共同的指挥，联合会党举义兵不成，踏着“戊戌六君子”的碧血，而碎首成仁于国贼张之洞之手。以上六人，就是所谓“庚子六君子”！时务学堂第一班的学生已去了一半。那时四十门徒中，最小的一位蔡艮寅，只有十六岁，大家都很爱他，他便是我中华民国建国伟人中的一位，民四护国之役的元勋——蔡锷将军。门徒中最穷苦的，要推范源濂，他在开国时期，终身致力于教育事业；他在中国教育界、一般文化界及生物学界建设的成绩是决然不朽的。此外军事学专家蒋方震（百里），也是那时四十门徒之一。其余也不必枚举。总之，这样一种“设备不具”的学堂，竟培养了如此伟大、质量俱优的杰出人才，真是收获着“乐育英才”最大的成功。

我们试把其余通都大邑或租界上所矗立着的“洋楼官学堂”，挪来做一个对照。以“样子”论，他们是巍峨骄挺。以内容论，他们是：

> ……各省纷纷设学堂矣。而学堂之“总办”“提调”，大率皆最工于钻营奔竞，能仰承长吏鼻息之“候补人员”也。学堂之教员，大率皆“八股名家”，弋窃甲第，武断乡曲之钜绅也。其学生之往就学也，亦不过曰“此时世装耳！此终南捷径耳！与其从事于闭房退院之诗云、子曰，何如从事于当时得令之ABCD”。考选入校，则张红燃爆，以示宠荣。资派游学，则苞苴请托，以求中选。若此者，皆今日教育事业开宗明义第一章，而将来为一国教育之源泉者也。试问循此以往，其所养成之人物，……可以立于今日民族主义竞争之潮涡

乎？……（《新民说·论进步》）

无怪乎严复、周树人（鲁迅）等，都要逃出海军学堂，章士钊、穆湘瑶、胡敦复等，都要逃出陆师学堂，此中症结，你就可以恍然大悟了。

三三　启发新智的第二步骤——创学会

以上是叙述梁氏青年时代承康氏作风，所推行“维新”实际方法之第一步骤——办学校。

办学校，是专以培植继起的少年子弟，是储才以留待将来之用的。如果要急切改进一般成人的智识的头脑，启发目前蒙昧无知的社会，那末当另求方法。康、梁所应用的第二步骤是创学会。

会社，倒是中国固有的国粹，明末士大夫组织的复社、几社、应社、读书社，以及其他的 ×× 文会、×× 文社等，真像丛林一样矗立着，但都被满清入关后用“杀头的压道机”来压平了。到康有为乃重新兴起：

> ……凡讲学莫要于合群。盖以得智识交换之功，而养团体亲爱之习。自近世严禁结社，而士气大衰。国之日孱，病源在此！故务欲破此锢习，所至提倡“学会”。虽屡遇反对，而务必达其目的然后已。……（《南海康先生传》）

李剑农的《中国近百年政治史》上，也简要的叙述：

……康氏宣传主义的方法，首先就是创立“学会”。……他在广西讲学的时候，曾经创立一个“桂学会”。丙申年在北京，遇到文廷式等一班名士，组织“强学会”；他就抓住这个强学会，推张之洞作会长。袁世凯也是强学会的赞成人。又设分会于上海。北京的强学会，并附设强学书局。……御史杨崇伊受人嗾使，说强学会的宗旨不正当，随即奏请把它封禁了。……后由御史胡孚辰奏请就强学书局改设官书局，李端菜又奏请推广学校，将官书局推广改为京师大学，就是北京大学的前身。……（《中国近百年政治史》第四章第三节）

强学会的后果，钜大难量，虽为朝廷所封禁，却正抬高它的身份。

……然自是“学会”之风遍天下，一年之间，设会百数！学者不复以此为大戒矣。……(《南海康先生传》)

梁氏所记，与李氏稍异，他说：

……乙未七月，京师强学会开，发起者南海先生；赞成者：陈炽、沈曾植、张孝谦、袁世凯等。余被委

为会中书记员。不三月，为言官所劾，遭封禁。……（《三十自述》）

这是可以补正李氏的《中国近百年政治史》的。强学会封禁了！可是，不久（1897 年丙申）德国强夺胶州湾的巨波又压过来了。全国的文人士大夫，又沸腾起来，“保国”！“保国”！这样地赤手空拳，高声大喊。康有为紧紧抓住这时机，在京师号召“保国会”。这谁都不便再说“宗旨不正当”的鬼话了吧？于是康氏就把保国会的组织，尽量推广到各地方行省去：

……先是，胶警初报，事变甚急。南海先生以为振励士气，乃“保国”之基础。……欲令各省志士各为学会，以相讲求，则声气易通，讲求易熟。……于京师先倡粤学会、蜀学会、闽学会、浙学会、陕学会等。而杨君锐实为蜀学会之领袖。君（林旭）遍谒乡先达鼓之，一日而成。以（戊戌）正月初十。开大会于福建会馆，闽中士大夫皆集，而君实为闽学会之领袖焉。及开保国会，君为会中倡始董事，提倡最力。……（《林旭传》）

三四　长沙南学会概述

正在这同一时间之内，陈宝箴、黄遵宪、徐仁铸在湖南推行新政；梁启超、谭嗣同、唐才常在长沙讲授新学；江标、陈三立、熊希龄等在夹辅维新。这一班人受到北京如此紧张的电浪，那有不立刻响应之理！于是湖南的“南学会”大放光彩的成立起来了。谭嗣同被推为南学会的会长，有声有色的慷慨论天下事：

> ……君（谭氏）……独留长沙，与群志士办新政。……而以南学会最为盛业。设会之意，将合南部诸省志士，联为一起；相与讲爱国之理，求救亡之法；而先从湖南一省办起，盖实兼“学会”与“地方议会”之规模焉。地方有事，公议而行；此“议会”之意也。每七日大集众而讲学，演说万国大势及政学原理；此“学会”之意也。于时君实为学会长，任演说之事。每会，集者千数百人；君慷慨论天下事，闻者无不感动。故湖南全省风气大开，君之功居多。……（《谭嗣同传》）

看了上面的叙述，知道这南学会的作用，确系比众不同。它的本身的意义，是“推行地方自治机构”及“政治学会”。而就这“地方”的区域性质而言，那又不叫湘学会而叫南学会。目的在“合南部诸省”，不过“先从湖南办起”。如果真能容许它办到“地方有事，公议而行”八字，那末它兼有“立法权”与“监督权”。充其量“南部诸省”早不是清廷所有了。可是，天下事决没有如此简单顺利的，不上半年，反动的旧力，如冷酷无情的北风怒吼南奔，这些灿烂微弱的昙花，一霎儿烟消云散了。

三五 “明”“暗”二力的闪电战

戊戌（1898）八月政变的失败，中国以前所有一切的微光与微温、种子与幼芽，都沉埋在冰河深渊中了。只剩几头“寒冰地狱的鬼王”——那拉后、荣禄之流——冻血淋漓，在刀山上嚼中华青年的嫩骨！举头一望，但见一面是无数赤身裸体，遮着红肚儿，画着八卦，挪着混天大旗、引魂幡、雷火扇、阴阳瓶、九连环、如意钩、火牌、飞剑、三尖钢叉、八宝法物的怪东西，蠕蠕而动，到处找“洋人”来杀。这就叫作“义和团”。一面是无数怒发冲冠、悲愤填膺的青年，怀着炸弹、手枪，甚至可以说是提着自己的头颅，踏着前人的血迹，前仆后继的起义，这就叫作“革命党”。除了这二种实际行动的人物以外，赤手空拳“康、梁式”的维新志士，在国内已无活动的余地，只有亡命到海外去慷慨论天下事了。

以后所有的“学会”，都秘密含有革命的使命，与前期的学会，性质根本不同。公车上书式的最后一次集会，是庚子年上海张园所召开的国会，算是前期式学会的一个结束。

当唐才常在上海组织“正气会”时，拳乱方始萌芽。未几，改为“自立会”，谋在长江一带起事。及至六月拳乱大作，北方名士如严复等，也避地南下至上海。唐才常便假保国会时的名义，运动在沪各省的维新志士，开会于张园，名之曰“国会”。到会的名流，有容闳、严复、章炳麟、宋恕、吴葆初、张通典、狄保元、马相伯、戢元丞、文廷式、沈荩、龙泽厚等，共约数百人。推容闳为会长，严复为副会长，唐才常为总干事。开会的时候，章炳麟当众把辫发剪去，表示对于满清决绝，颇耸动一般人耳目。其实这个会，参与分子很复杂，……大多数会员，不过震于“国会”“民权”等新说，乘兴来会罢了。……（《中国近百年政治史》六章二节）

此后集会的中心，全中国都移在上海租界上了。而会中的主角，大抵都受有中山先生的感召，带有革命思想的了。譬如（1）戢元丞、秦力山等创设“新社”；（2）章炳麟、蔡元培、黄宗仰等创立“中国教育会”；（3）吴敬恒、蔡元培等创立“爱国学社”；（4）陈去病、刘光汉（师培）等创立“南社”；（5）钮永建等创立“军国民教育会”；（6）章炳麟、徐锡麟等创立“光复会”。黄兴、宋教仁、杨笃生等创立“华兴会”。那都是朝宗归海于中山先生的“兴中会”的。

三六　推行维新的第三步骤——办报纸

康、梁因戊戌的打击，在国内所经营创办的学校与学会，既扫地无余，那末他们第三个步骤是什么呢？是办报。

“报”——本来是中国流行最早的，历代的“邸抄”，就是政府公报。至于现代新式报纸，那末滥觞于鸦片战争以后若干年，香港及上海侨居外人所办之报纸。康有为已经明白知道：学校、学会、报纸，是三位一体，互相为用，缺一不可的。所以当在北京办强学会时，特派梁氏办报，那时所办的报，艰苦卓绝得可敬，而简陋幼稚得可笑。

> ……甲午丧师以后，国人敌忾心颇盛，而苦瞢于世界大势。乙未夏秋间，诸先辈乃发起一强学会，今大总统袁公，即当时发起之一人也。……彼时同人……最初着手之事业，则欲办图书馆与报馆。袁公首捐金五百，加以各处募集，得千余金。遂在后孙公园设立会所。向上海购得译书数十种。而以办报事委诸鄙人（梁氏）。当时固无自购机器之力，且都中亦从不闻有此物。乃向售“京报”处托用粗木版雕印。日出一张，名曰“中外公报”。只有论说一篇，别无记事。鄙人则日日执笔为一数百字之短文，……当时安敢望有人购阅者，乃托售“京报”人随“宫门钞”分送诸官宅；酬以薪金，乃肯代送。办理月余，居然每日发出三千张内外。然谣诼蜂起，送至各家者，辄怒以目。驯至送报人惧祸，及悬重赏亦不肯代送矣。其年十一月，强学会遂被封禁。……
> (《初归国演说·鄙人对于言论界之过去及将来》)

这一事，是梁氏平生新闻事业开始的第一章；也是近代中国有正式意义的新闻开始的第一页。梁先生晚年还亲自对其昌说：“当时虽在极端艰难困苦之中，而兴趣极高。有时木版雕刻来不及印，甚至间用泥版凹文代印的，其可笑到如此，而同人等对之皆津津有至味。对于这报纸热烈帮助的，还有你们浙人张菊生（元济）、汪伯唐（大燮）、孙慕韩（宝琦）三公。”事隔三十年，梁先生对我讲述这段故事，还是眉飞色舞。因为那时的梁氏老早已经明白“学校的对象，是培植青年后起人才。学会的对象，是联络成年智识阶级。报纸的对象，是启发社会一般民众”的原理了。所以京师的强学会，及“中外公报”，被封禁了，但这是初涌之潮，岂是人力所能遏制的！他们就转其帆以向上海。

三七 《强学报》与《时务报》

上海的强学会分会的情形，是怎么样的呢？初时由会中发行一种《强学报》，经济的支持是靠张之洞的。后来因为这《强学报》上常常不用“大清光绪……”纪年，而用“孔子降生……”纪年；这虽然可以说是模仿公历之以耶稣降生为纪年，但是把位张大帅骇慌了！不得不勒令禁止。这班维新志士，那里肯休；刚刚碰到梁启超转帆南下，就紧握机会，由黄遵宪、汪康年、梁启超、麦孟华、徐勤等名义发起，总组《时务报》。公推梁氏任总主笔。梁氏得以自由发挥其文豪的天才，也就在此报。于是声名隆起，甚至并驾其师，而曰“康、梁”，也就在此时。更有一件趣事，梁氏的晚年学友——国际史学权威者王国维，此时正在时务报馆中当一名小书记，还没有资格和梁氏对面谈话呢！梁氏说：

> 丙申二月南下，得数同志之助，乃设《时务报》于上海，其经费则张文襄（之洞）与有力焉。而数月后，文襄以报中多言“民权”，干涉甚烈。其时鄙人之与文襄，殆如劳工者与资本家之关系。少年气盛，冲突愈积愈甚。……（《初归国演说·鄙人对于言论界之过去及将来》）

明年（1897）冬天，梁氏反抗资本家张之洞之压迫，便飘然远行，溯江而西，到长沙去大会群贤，轰轰烈烈地推行新政了。

又隔一年，便是戊戌（1898），梁氏重到北京，暂时脱离言论文笔生涯，参与实际政治运动，而演出一幕中国历史上划时代的、血迹永不磨灭的悲剧，就是人人所周知的所谓“百日维新”“戊戌政变”了。

第三章　维新的失败与革命的成功

——自戊戌变法至梁氏亡命

第十节　促成戊戌变法的原因

三八　综　述

今先简要阐述戊戌政变的原因。原因甚不简单，为提纲挈领起见，可先分为“外激的”“内根的”两大类：

（甲）关于“外激的”原因，又可分为“远因”“近因”两大组。

（乙）关于“内根的”原因，亦可分为“远因”“近因”两大组。

兹分别备述之。

三九　外激的远因

（A）关于“外激的远因”，又可分下列四项述之：

（1）由于中国之闭关政策　康熙时代，那时西方的文艺复兴，科学发达，都还不久。康熙帝极力提倡欧洲文化，亲自学习拉丁文及代数，大量欢迎明末以来挟其科学而来华传教的、智德俱高的教士。一时中国吸收西洋文明，呈蓬勃之概，至少不在彼得时代的俄国之下。使能继续遵循此轨道，则中国之科学化、工业化，要提早三百多年！中国的国际地位和文化地位，后来决不至堕入地狱的底层！不幸，簸弄中国命运者——雍正，因为他私人皇位的暗争，无端牵涉到宗教团体的暗争。他恨一班西洋教士，帮助他“文明而又仁慈”的政敌哥哥，接位之后，把西洋的文化人，全数驱逐出国！两扇大门一闩，从此以后，中华全国成了隔绝世界的孤岛，全体民族成了伏居土穴的鼬鼠！世界天天在不断的进步，而满清宰制下的中国，“夜郎自大”，崇炫自己的文化，在那里闭着眼睛自吹自尊！譬如戴东原，这样自骄自夸的学者，竟说“中国古代的算术，高出于西算”！对于西洋一切一切的进步与发明，当然丝毫都不知道。郭嵩焘说了一句“现在的夷狄也有数千年文明”的话，京师的士大夫愤怒得发了狂！一八九七年（丁酉），意大利学者马可尼（Marconi）氏，已经发明无线电了，而在中国，也居然自称“学者”的叶德辉，正在同时大讲“五行之位首东南”，“五色黄属土，土居中央；中国人是黄种，天地开辟之初，隐与中位！”等童话——长胡须老头儿所说的无耻又无味的童话。如果长此闭关下去，再昏昏颠颠的睡一千年，那末又当别论。可是这紧闭的大门，给英国“海盗型”的鸦片商，用炮舰来轰得七穿八洞！逼迫你允许卧榻之旁最肥美的所在，不客气地由他们兴家立业起来。辱国丧权的愤慨以外，单就这三百年来文化的飞跃与落伍，双方觌面的对照，美丑之别，不是盲人，都要感觉到无比的自愧与难堪。尤其是南方各省为甚。不过这批八股文人，智识太低，自私太重，素无国家民族的观念，合群参政的习惯（这是要杀头的），从没有伟大不怕死的民众领袖，为之代言、宣发、组织、领导，来实地行动罢了。那时忍着难堪之耻，稍有血性的文人，正苦于“群龙无首”之时，康、梁、谭等恰恰适合那时“文人阶级”中大胆不怕死的领袖。所以康有为某一次在明杨椒山先生故宅松筠庵集合青年上书时，联名者约二千人。戊戌政变，可以说是闭关以后，中国文化突然落伍，受刺激的优秀民族，必然奋起的斗争。

（2）由于鉴于俄皇大彼得西化富强的歆羡　康氏第五次上书中，已经明白地条陈三策。上策——第一策，是：

> 取法于俄、日二国，以定国是……

在大彼得以前不久，蒙古人奴役下的俄国，那时还是一獉狉未开化的民族。大彼得正与康熙同时的，因他的不顾一切，实行欧化，居然二百年以后，跻于世界列强之林，蚕食中国的藩土——整个中亚细亚及西伯利亚，而反使中国仰之为文明上邦。这当然是刺激中国变法维新的一个有力因素。

（3）由于列强之集中环攻　自从普法战争以后，欧洲保持四十年的武装和平。虽然他们的帝国主义，一天高张一天；但是他们全部“贪欲的触须”，一齐伸展到远东的老大中国来，这是他们一致认为肥美而又丰饶的一块神秘的大地。

……欧洲人之言曰：支那者，世界之天府也。世界之天府，当与世界共之；非一种人之所得私也（此欧人瓜分主义）。亚洲人之言曰：支那者，亚洲之中坚也。亚洲之境壤，当亚洲自治之；非他种人之所得攘也（此日本独吞主义）。(《论日本东方政策》)

而日本有浮田和民者，著《日本帝国主义》一书，公然大声提倡日本独吞中国，他说：

……日本者，世界后起之秀，而东方先进之雄也。近者“帝国主义”之声，洋溢于国中；自政府大臣、政党论客、学校教师、报馆笔员，乃至新学小生、市井贩卖，莫不口其名而艳羡之，讲其法而实行之。试问今日茫茫世界，何处有可容日本人行其“帝国主义”之余地，非行之于中国而谁行之？……

这十九世纪的后半期，如七八猛兽，环伺一牛。戊戌政变，是这潜力尚大的牛救亡图存的一吼。

（4）船坚炮利政策之失败　远在鸦片战争结束时，魏源已经深深感到外力压迫之可畏，所以他作《海国图志序》文说：“是书何以作？曰：为师夷之长技以制夷而作。”在洪、杨之战时，就有一件重要而也有趣的故事：

> 有合肥人刘姓，尝在胡文忠公（林翼）麾下为戈什哈。……尝言：楚军之围安庆也，文忠曾往视师，策马登龙山，瞻眄形势，喜曰：“此处俯视安庆，如在釜底，贼虽强，不足忧也。”既复驰至江滨，忽见二洋船鼓轮西上，迅如奔马，疾如飘风。文忠变色不语，勒马回营，中途呕血，几至坠马。文忠前已得疾，自是益笃，不数月，薨于军中。盖粤贼之必灭，文忠已有成算。及见洋人之势方炽，则膏肓之症，着手为难，虽欲不忧而不可得矣。阎丹初（敬铭）尚书，向在文忠幕府，每与文忠论及洋人，文忠辄摇手闭目，神色不怡者久之，曰：“此非吾辈所能知也。”……（薛福成：《庸盦笔记》荩臣忧国条。按：后来阎敬铭供给创办海军费，最为热心，殆即根此。）

稍后李鸿章借戈登大炮之力，平定江南。他致书于曾国藩说：

西洋炸炮，重者数万数千斤，轻者数百数十斤。战守攻具，天下无敌。……俄罗斯、日本，从前不知炮法，国日以弱。自其国之君臣卑礼下人，求得英、法秘巧，枪炮轮船，渐能制用，遂与英、法相为雄长。中土若于此加意，百年之后，长可自立。……

这西洋“船坚炮利”的实力，是为胡林翼、李鸿章等一班中兴元勋所亲自尝到滋味的了。于是急起作“皮毛”的模仿，譬如同治四年，曾国藩、李鸿章设江南机器制造局于上海。五年，左宗棠设马尾轮船制造局于福州。九年，曾、李又设北洋机器制造局于天津等，李鸿章的大脑中，自然充满着：“中国文物制度，迥异外洋獉狉之俗！”（《李文忠公奏议》）所以只要：

……中国但有开花大炮、轮船两样，西人即可敛手！（《与曾文正公书》）

白昼在那里做这样“黄粱大梦”，你们不要笑痛肚子。这一种皮毛维新适足更养成骄夸、懒惰、空虚的弊病。所以梁氏严格地批评李鸿章所行的新政，说他：

……知有兵事而不知有民政，知有外交而不知有内务，知有清廷而不知有国民，知有洋务而不知有国务。（《李鸿章传》）

在这样的政治恶习下办出来的“船”那里曾“坚”，“炮”那里曾“利”！“炮弹”里面所装的是什么东西，李鸿章自然是不会知道的。可是，在同时模仿新法的日本，有一个严酷无情的对照：驻英国公使郭嵩焘，报告说：

……日本在英国学习技艺者二百余人，各海口皆有之，而在伦敦者十九人。嵩焘所见有二十人皆能英语。有名长罔良芝助者，故诸侯也，自治一国，今降为世爵，亦在此学习法律。其户部尚书恩屡叶欧摩，至奉使讲求经制出入，谋尽仿行之。……而学兵法者绝少。盖兵者末也。各种创制，皆立国之本也。……（《郭筠仙集·上李中堂书》）

不错，中国些微有一点远见的士大夫都看透了那些枝枝节节的“船炮政策”绝对无用；而想从“立国之本”的“各种创制”上，来一番彻底的改革与维新。这就是酝酿十余年的维新思想，造成“戊戌政变”的原动力所由来。

四〇　外激的近因

（B）关于“外激的近因”，又可分下列四项述之：

（1）由于日本维新成功的鼓励　此项不烦详述。

（2）由于甲午战败国耻的教训　以自称“……尧、舜、禹、汤、文、武、周公、孔子的子孙文明神胄的堂堂中华”大国，而战败于边僻海岛的“虾夷”，这脸在地球上真是丢得又丑又苦！全国上下“五分钟热度”的血液，确曾一度沸腾。尤其身居九五的少年皇帝——清德宗，真和明末的崇祯皇帝一样，手忙脚乱，乱找宰相找到日本去了。日本变法维新、转弱为强、打败中华、吞并朝鲜的元功首相是伊藤博文。戊戌的前一年，伊藤博文适个人来华游历，中国的可怜士大夫不管“三七二十一”，哗然主张“硬留伊藤博文做中国宰相”。竟有这样的笑话，而居然掀动皇帝！

《清季外交史料》云：

光绪二十四年秋，伊藤来华时，一般士大夫……多主借才变法。宗人府主事陈懋鼎奏请召见伊藤。

其奏曰：

……应请皇上于伊藤甫来之时，即明降谕旨，……令其预备召见。……皇上于其进见时，宣中、日和睦之谊，询彼国变革之序。于内政、外交，两有裨益。……（卷一百三十四页十九）

贵州举人傅夔，索性奏请留伊藤为相，以行新政。其奏曰：

奏为维新事重，执政无人，请破除成见，留相伊藤，以联日本，而行新政。……臣何以谓今日中国借助变法，莫如伊藤为宜也？日本，同洲之国，本与我同文。伊藤又日本中兴之名臣，而首赞维新之治。一切制度宪法，皆其手订。……亡羊补牢，犹未为晚。可否……恳祈留相伊藤，借助变法，以行新政；并请预订年限，以操“用舍在我”之权，出自圣裁。国家幸甚！天下幸甚！（军机处档案）

当时那班“白面文人”的哀哀无告、皇皇求援的愁苦心理，以及环顾全国的茫茫无才、渺渺无望、束手待毙的窘态，真是由这一点上流露得深刻、活跃。上述二奏乃是“病急乱投医”“白昼做大梦”的呓语；然而光绪皇帝居然召见：

当伊藤一行觐见光绪帝于勤政殿，伊藤奏曰：“外臣博文，此次来到贵国，系为漫游。本日蒙陛下召见，殊为光荣。恭维陛下敢良旧法，力图富强，此于保全东亚局面上实有重要之关系。……”光绪帝说：“贵国维新以来之政治，为各国所称扬；贵爵对于祖国之功业，实无人不佩服。”伊藤答：“过蒙奖谕，万不敢当。臣不过仰礼我天皇陛下之圣谟，聊尽臣子之职分耳。”光绪帝说：“贵我两国，地势上同在一洲之内，最亲最近。目今我国改革，迫于必要。朕愿闻贵爵披沥其意见，请贵爵将改革顺序方法，详细告知总理衙门王大臣，予以指导。”伊藤答：“敬奉谕旨。王大臣如有咨询，臣依实际所见，苟有利于贵国者，必诚心具陈。”（平塚笃：《续

伊藤博文秘禄》页一二六至一二九)

这一幕有历史性价值的喜剧，足以证明光绪帝对于变法维新的意志如何的急迫，而寻求人才之失望又如何的悽惶。好了，隔了半年之后，有了全国文人的领袖——六度上书、名震中外的康有为，又有梁启超、谭嗣同、杨深秀等一班得力的干部。徐致靖推荐了，张荫桓推荐了，师傅翁同龢又说“其才胜臣十倍”了。这还不是中国的伊藤博文吗？梁、谭、杨等一班羽翼，这还不是中国的严仓、大久保、木户之流吗？何必“与虎谋皮”、借材于四年前的国仇呢？所以光绪帝得着康、梁、谭等，真是如获至宝！纵然康氏所上的书内有“求为长安布衣而不可得！”及“不忍见煤山前事！”等大逆不道之言，帝仍一笑置之。说“康某何不顾生死乃尔，竟敢以此言陈于朕前”，反而更加器重。所以戊戌政变，可称为甲午战败后的教训所促成必然的结果。

（3）由于瓜分惨祸的迫切　光绪二十三、四年（即丁酉、戊戌），全世界瓜分中国的阴谋与计划，已达于最高潮了。俄国在东三省的军队，无论如何不撤。“德帝张其贪欲的饿眼”，向远东找殖民地不得而焦躁。恰好1897（丁酉）年，山东胶州杀了二个德国传教士，德帝就把它做成惊天动地的文章，因而奠定了欧、日各国瓜分中国的局面。蒋总裁（即蒋介石。——编者注）著《中国之命运》，对于戊戌一年瓜分的实情与危机，有简要详明的叙述：

（甲）英国　在甲午之前，列强已有在中国领土上划分“势力范围”的先例。英国于割取香港之后，于道光二十六年（1846）中英退回舟山条约，即明定清廷“不以舟山等岛给予他国”的字句。光绪二十年（1894）中英滇缅界务及商务专约，亦明定清廷“不将孟连与江洪之全地或片土让与别国”。甲午之后，光绪二十四年中英威海卫租借条约划威海卫为英国租界地，九龙租界条约划九龙为英国租借地（按租借期均九十九年。九龙问题至今未解决）。光绪二十五年，英俄相约：划长江流域为英国建筑铁路范围，这时候英商福公司又取得山西、河南两省的采矿权。

（乙）法国　法国占据越南之后，于光绪二十三年又取得清廷“海南岛不割让与他国”的保证。光绪二十四年又取得“广东、广西、云南三省不割让与他国”的保证。在这个时候，他先后取得延长龙州铁路，建筑滇越铁路及开采两广、云南矿山之权。光绪二十五年，他又与清廷订立广州湾租借条约，划广州湾为其租借地（期限是九十九年——其昌注）。

（丙）德国　德国于光绪二十四年，与清廷订立胶澳条约，划胶州湾为德国租借地（期限是九十九年。这是开全世界破天荒的先例！——其昌注）。并允德国建筑胶济铁路及开采铁路沿线三十里以内矿产。

（丁）帝俄　帝俄于光绪二十二年，与清廷订立华俄道胜银行合同与东三省铁路合同，划东三省为其势力范围。复于光绪二十四年租借旅顺、大连湾（这是抵制德国势力的扩张而急起直追的，所以也效颦期限为九十年！——其昌注），并以续约取得旅大一带铁路矿山工商各特权。光绪二十五年，英、俄两国相约：划分长城以北，为帝俄建筑铁路范围。

（戊）日本　日寇于占领我澎湖、台湾以后，于光绪二十四年，取得清廷“不割让福建省及其沿海一带与他国”的保证。……（《中国之命运》第二章页三一至三二页）

蒋总裁于是在总结时，严肃的告戒人们：

列强划分中国各地为他们的“势力范围”，亦就是作瓜分中国的准备！瓜分下的惨剧，虽未实现，而路矿、工商等权，已经被列强分割净尽了！（同上书页三二）

瓜分的灾祸迫在眉睫，所以在戊戌（1898）的春天，康氏的活动中心保国会，连张之洞、袁世凯诸人，都愿意做发起人或会长。二个月以后，在野的怪杰康有为，已一变而为帝皇心腹、最有权力的无冕宰相了。

（4）鉴于土耳其不变法而衰弱的覆辙　当时连蕞尔的藩属小国如暹罗也努力奋起，变法图强。独有近东的土耳其，远东的大清，二个老大病夫，在奄奄一息的状态下，忍受着做世界列强分割肢体的“解剖对象”！这算是悬在中国对面一方镜子。康有为所进呈的——《突厥（土耳其）衰亡史》《波兰灭亡记》等历史，听说光绪帝读之，有时至于泪下的。变法的决心，乃愈益坚定而迅速。

四一　内根的远因

（C）关于“内根的远因”，又可分下列四项述之：

（1）由于乾、嘉以来养成政治上传统恶习的溃决　满清中叶以后，政治、社会各方面不可收拾的腐状，已叙述于第一章，此不复及。至于政治上的恶习，也在于清初对于汉官吏压制逼迫得过甚所致，一件政治如果发生毛病，汉官吏只要参与丝毫意见，就得负连带责任，“革职”“查抄家产”“谪戍”“斩决”“妻子发功臣家为奴”！连珠似的“天威”下来了。久之，养成汉官吏发明二项求生存的秘诀：一是不负责，二是蒙蔽掩饰。一位终身平稳的宰相八十岁做寿时，许多门生拜请“官运亨通”的秘诀，他说这是千金秘方：“多磕头，少说话，遇事莫出主意。”果能守此三诀，定可保证由少年时的部郎，升到龙钟时的宰相而毫无波折。故“不负责”三字，乃清代“官场经”中的天经地义。谈到上下蒙蔽的恶习，我先借用龙启瑞的一封信来看看：

……抑某窃有进者……今之督抚，不肯担待处分（不负责），又乐以容忍欺饰为事（蒙蔽）。有一二能办之员，且多方驳饬之，使逆知吾意不敢为。然督抚亦非真以为事之宜如此也，大抵容身固宠，视疆场若无与！苟及吾身幸无事，他日自有执其咎者。又上之则有宰相风示意旨，谓水旱、盗贼，不当以时入告，上烦圣虑！国家经费有常，不许以毫发细故，辄请动用。……为督抚者，……夙昔援引迁擢，不能不借助于宰相；如不谘而后行，则事必不成而有碍，是以受戒莫敢复言。盖以某所闻皆如是也。……(龙启瑞:《上梅伯言书》)

地方官吏，被中枢逼诱而养成“不负责”与“蒙蔽”的恶风如此！中央方面本身如何呢？道光时的首相曹振镛，曾奏说：

今天下承平，臣工好作危言，指陈阙失，以邀时誉。若遽罪之，则蒙拒谏之名。惟有抉其细故之舛谬者，交部严议；则臣下震于圣明，以为察及秋毫，自莫敢或纵。……

这是教皇帝以蛇虺为心，暗箭杀人，以吃热血青年的阴毒恶计。当然是管用的。继任的宰相穆彰阿，尤为不堪！以致与穆氏同样地位的大学士王鼎，欲揭发穆氏的奸状，乃至“先自杀”而后“尸谏”。惨到如此！然而他尸谏的遗疏，还是给穆党威迫利诱的夺去，换一个不相干的假遗疏，真更惨了！（见薛福成:《庸盦笔记》蒲城王文恪公尸谏条）这类恶风，曾国藩名曰“掩饰弥缝，苟且偷安”。这种“蒙蔽”的结果，不但国泰、王亶望、陈辉祖、郝硕、伍拉纳等贪款至数千百万，皇帝不知；甚至如和珅的贪污赃款至黄金八万万两，抵全国国库十年的总收入！在未抄以前，也还蒙在鼓里呢！这“偷安”的景象，如广西巡抚郑祖琛，在洪、杨已起时，还在那里饮酒赋诗。而两广总督叶名琛，在英军攻破广州时，正在那里“敲木鱼念佛”。——粤人名之曰“六不”：谓“不战！不和！不守！不死！不降！不走！”由于官场而影响及民间社会，于是清末中国社会做人的金科玉律是：“天下本无事，庸人自扰之”，“多一事不如少一事”，“大事化小事，小事化无事”，“吹皱一池春水，于卿底事”，“饮吃三碗，闲事不管”。而“好事之徒”“生事之辈”，成为诅骂危险分子的代名词。于是数百年肮脏、蹋跶、龌龊、腐烂，一起积蓄壅滞、酝酿发酵起来，全中国成了一只腥秽冲天的臭水缸！浸在臭水缸里的，凡是血液清洁的青年，人人要决破这缸而出。所以世人要“无为”，康氏偏改名为“有为”。世人要“做大官”，而中山先生偏教人“不要做大官，要做大事”。世人教人“不要生事”，而中山先生偏教人“你去找事做”等例。这都是要把三百年来全中国壅积的腥臭，来一个通气、决口、洗涤、扫荡的工作。但工作的方法手段不同：康氏所领导的“百日维新”“戊戌政变”，乃是一种通气、决口的部分洗涤工作，所以必然短期内失败。而中山先生所领导的“民族革命”“复兴中华”工作，乃是根本倾覆这臭水缸，大家跳入新的空气阳光水流之中，所以会久远的成功。

（2）由于窥破满洲民族能力的减低　满洲民族初入关时，挟其兵农合一方锐之气，平流寇，平“忠义的前三藩”——弘光（福王）、隆武（唐王）、永历（桂王），平“叛逆的后三藩”——吴三桂、耿精忠、尚之信，摧枯拉朽，当之者靡，明人惊为神兵。及至康熙帝，平喀尔喀（外蒙全部），平准噶尔（新疆全部），平卫、藏全部，及乾隆帝“十全武功”以后，那末全亚洲都惊满洲八旗兵为神兵了。中叶后的清兵，凭其“神话式的威力”，倒仍可以镇摄全亚；但若要一按其实际，则纸老虎已经泥水淋漓，不堪一击了。不必到道光时鸦片战争，这纸老虎才土崩泥溃，即在嘉庆时“八旗兵”腐败无能的状况，已经达到惊人的程度：稻叶岩吉《清朝全史》记嘉庆初清兵剿川、楚教匪的情况云：

> 常备军之腐败，……不但“八旗兵”已也，“绿营”腐败，亦复相同。当交战时，雇兵、乡勇为先锋，汉人之绿旗营次之。其素称骁勇绝伦之满洲兵、吉林兵及索伦兵在最后。贼军亦然，亦驱难民以当锋镝，真贼在后观望。“乡勇”与“难民”交战，而“官兵”与“贼兵”不相值！倘乡勇伤亡，匿而不报。或稍得胜利，即取以为己功！然与贼会之时甚稀，多不当贼锋，如某某将军（按：即永保），惟尾追而不迎击，致有“迎送伯”之绰号。甚至地方村民，预备粮饷，请其出兵，拒而不纳！常求无贼之地驻军！……

这就是乾、嘉全盛时八旗精兵的“武功”！再看看他们的“军纪”：

……军中费用之侈，骇人听闻，据当时从军者言：兵饷多为管粮员所侵蚀，实际待遇士兵甚薄。聊举一例：时有建昌道石作瑞者，侵蚀五十万两。但非其自贮，不过用以延诸将帅宴饮而已。尝于深箐荒麓间，供一品五六两之珍馐。一席至三四十品之多。有某尚书初至阵中，彼赠以珍珠三斛，蜀锦一万疋，他物称是。……（《清朝全史》上，第四十九章）

在这乾、嘉之际的征剿川、楚教匪一事，已可显著的证明满、汉人才能力的高低。不必等待洪、杨以后湘、淮军的兴起。从乾隆末年剿教匪时，负责平匪的满洲大帅，如湖北都统永怀镇守湖北，总督宜绵讨伐陕西，福宁英扫荡四川，不但无一不败，且只有扩大匪祸！扰攘八九年，而最后平定教匪的，最勇猛无敌而亦最勤劳立功的，乃反出于汉族中新挺起来的杨芳、杨遇春二将军。此时已透露满、汉两民族“武德”消长的征兆。至于鸦片战争时，八旗兵土崩瓦溃的丑状，甚至使英军吃惊的。王钧曾记当时八旗兵的实况说：

……奉调之初，沿途劫夺。……抵粤以后，喧呶纷扰，兵将不相见。遇避难百姓，指为汉奸，攘取财物。教场中互相格斗，日有积尸！……尽夺十三行，背负肩担而去。呼群结党，散赴各乡，累日不归，不知所事！……百姓以兵不击贼，反阻民勇截杀，自是咸怀愤激，益轻视官兵矣！（王钧：《金壶浪墨》）

汉民族初时对于满族武力的畏惧，扫地无余，已由“轻视”而进于“鄙视”，尤以粤人为甚。所以秀才、举人等白面书生，也竟敢明目张胆起来要求改变“祖宗的成法”，以求国家的生存。这是戊戌政变能得国内多数智识分子同情与影响的缘故。

（3）由于洪、杨乱后实际政权的转移　因洪、杨之乱及其平定，而清代实际政治权力，暗中转移甚大。以种族说，大权分于汉族。以政制说，大权分于地方。正当洪、杨势盛之时，八旗兵的无用，固然是腾笑天下，而满洲官吏之无能，也颇可遗羞后世。此时正是肃顺当权时代，他倒有自知之明，知道那时满人的泄气，汉人的方兴，这场大难，非汉人绝对不能平定，力劝咸丰帝重用曾、胡、左等一班新人，赋予相当权力，使之立功。薛福成曾记：

……时粤贼势甚张，而讨贼将帅之有功者，皆在湖南。……惟肃顺知之已深，颇能倾心推服。平时与座客谈论，常心折曾文正公之识量、胡文忠公之才略。苏、常既陷，何桂清以弃城获咎，文宗欲用胡公总督两江，肃顺曰：“胡林翼在湖北措注尽善，未可挪动。不如用曾国藩督两江，则上下游俱得人矣。”上曰：“善。”遂如其议，卒有成功。左文襄公之在湖南巡抚幕也，已革。永州镇樊燮控之都察院；官文督湖广，复严劾之。廷旨："如左宗棠果有不法情事，可即就地正法！"肃顺告其幕僚，……转告郭嵩焘。郭公闻之大惊，求救于肃顺。……上果问肃顺曰："方今天下多事，左宗棠果长军旅，自当弃瑕录用。"肃顺奏曰："闻左宗棠在湖南巡抚骆秉章幕中，赞画军谋，迭著成效。骆秉章之功，皆其功也。人才难得，自当爱惜。请再密寄官文，录中外保荐各疏，令其察酌情形办理。"从之。……文襄勋望遂日隆焉。（《庸盦笔记》肃顺推服楚贤条）

到洪、杨平后，这汉、满两族政治能力的实际竞赛，结果揭晓，相差得实在太远了。自此以后，满人所死力独霸、丝毫不松的政权，不得不被汉人分去了一半。至于中央政权被分于地方的因果，李剑农说得很明：

……在洪、杨战役期中，许多人的巡抚、总督位置，全由军功取得。一面作督抚，一面带兵打仗，如江忠源、胡林翼、李鸿章、左宗棠、刘长佑等不计其数。……此后的督抚，不惟有领兵之权，并且兼有随意编练军队之权。……地方编练军队，虽须奏明，……皇帝因为急于平乱，只要地方有办法，没有不裁可的。裁可后即由各地方疆吏自由施行。需要补充或扩大额数时，又用同一办法，一面奏报，一面办理。湘军、淮军都是由此种程序成立及扩大的。……概括起来，清政府

> 地方势力，在此期中的变化，不外两点：一，督抚取得军事上的实权，其势渐重。二，军队由“单元体”化为“多元体”，中央失去把握之权。……（《中国近百年政治史》第二章）

戊戌政变，换一个方向的看法，也可以说是汉族和平的政治革命，非在上述的形势下，是没有发动的可能的。上述的实际形势，也是戊戌政变一个最大的诱因。

（4）由于咸、同之际宫廷政变的结果　清廷之亡，亡于太后那拉氏一人，这是天下万世的公评。那拉氏（即西太后慈禧太后）本为咸丰帝的侍妾。稍通文字，小聪明而性险刻。咸丰帝已深恶之；帝病于热河，恐身后那拉后造祸，半夜与肃顺商议，先行赐死。时无第三人闻者，不意太监李莲英在窗外守夜，闻之。宫门已键，爬狗洞而出，密告于那拉氏。那拉氏即于半夜叩太后寝宫，哭诉求救命。明晨，咸丰帝朝其母，太后大怒，责其何以无故杀人？帝愕然，力辩其无。此事遂寝。故那拉氏终身恨肃顺入骨，而爱李莲英入髓。又据《春冰室野乘》所记，咸丰帝实为那拉氏所毒弑；帝临崩时，有人在窗外闻帝作怒恨声，连呼“翠儿！翠儿！你好忍心”翠儿是那拉氏的小名，似乎咸丰帝已发觉中了翠儿的毒手而死的。这翠儿可偏偏生了一个儿子载淳——同治帝。正后无子，后来称“东太后”。那拉氏因为是同治帝生母的缘故，后来称“西太后”。咸丰帝崩后遗诏，以怡亲王载垣、郑亲王端华、户部尚书肃顺（端华胞弟）及军机大臣中兵部尚书穆荫、吏部左侍郎匡源、礼部右侍郎杜翰、太仆寺少卿焦佑瀛、御前大臣额驸景寿等八人为“赞襄王大臣”。此时同治帝年仅六岁，这八人实为那时中国的最高权力者，而肃顺尤为其中的灵魂。议定改年号为“祺祥”，已经铸了“祺祥通宝”的钱了。可是不久这心狠手毒的那拉翠儿，运用她阴忍险刻的手段，突出不意，先发制人，把肃顺处斩，端华、载垣赐死。否认“赞襄王大臣”的遗诏，她便自称“太后”，违背清代祖宗三百年的家法，居然“垂帘训政”起来，“牝鸡司晨”，中国从此便堕入地狱的深渊！所以这次大政变，决不是宫廷间私人之争，而是关系全国百年的大计，汉族大臣凡是属于肃顺政治系统的，无不人人慄慄危惧，胡林翼闻此大变，就在同年忧愁而死了。曾国藩也屡次想自杀。要不是洪、杨未平，这班人都会斩草不留根的。立了儿皇帝载淳以后，东太后相当安分公正，西太后则放僻邪淫，无所不为！连她自己亲生儿子同治帝，也深恶他母亲的丑声四播而强烈的反感。西太后所信任、所狎暱的，只有太监；此外无贤，无尊，无亲，无贵，无大臣百官；至于“国家”与“百姓”，那即使分解她全身每一颗细胞都是找不出来的！天地之间，只有她与太监。自从东太后授意丁宝桢杀了太监安德海以后，这位老姨太太不耐烦了，她就再用前此“谋杀亲夫”的秘诀，毒弑了正宫东太后。这是恽毓鼎《崇陵传信录》记载得很明白的。从此以后，中国最高的政治权力，表面上是属于儿皇帝一人；事实上却在西太后一个人手里；骨子里却属于太监李莲英一人。所谓“议政亲王”“军机大臣”，一齐要向这“皮哨李”（李莲英的绰号）垂手低头，连声道“是！是！是！”而退。以中国五千年悠久的文明，三千万方里博大的土地，四万五千万优秀的人民，而把这全副命运，放在一个目不识丁、鸦片入骨、不阴不阳、非人非物的怪东西——皮哨李手里，呜呼哀哉！所以全国，不论何种阶级，上至帝后（包括东太后、同治帝后、光绪帝后在内），下至平民，一致痛恨西太后与皮哨李，真是深恨入骨，但敢怒而不敢言耳，戊戌政变，就是国中勇敢不畏死的青年，企图与皇帝合作，起而推翻西太后与李莲英统治的政治革命！

四二　内根的近因

（D）关于“内根的近因”，又可分下列四项述之：

（1）由于“帝”“后”本身的争权　从上述“远因第（4）项”政变的波浪下来，同治帝亲母子之间，恶感日深。西太后真是个“恶婆娘”，甚至干涉儿子媳妇的燕好，同治帝愤而外游，得不名誉的病而死。西太后愤亲生子不孝，不为他立嗣，使同治帝绝代。书呆愚忠吴可让先行自杀，然后以遗疏“尸谏”，请为“大行皇帝立嗣”（刚死的皇帝称大行皇帝），白白牺牲了生命，除了令人作呕的“传旨嘉奖”以外，一切完了！西太后于是重立一个更小的儿皇帝，是她亲妹妹所生的，只有四岁的载湉——光绪帝。常开分谤的御前会议时，有人主张援立溥伦，西太后厉声斥责：“溥”字辈一概不要！这一吼，吓得亲王大臣面面相觑，谁还敢逆“河东狮”的淫威！一个个喏喏连声而退。这一来，把一位天真活泼的小朋友载淳，生生地抓入紫禁城的牢狱中去，判了长期徒刑三十四年，而后“就狱正法”！这就是光绪皇帝的生活史。西太后何以主张“溥字辈一概不要”呢？这里有三个秘密原因:(一)最大的一着是她“专制到死主义”。立了“溥”字辈，她的地位是“祖母”了，是“太皇太后”了，那时老脸再“难为情”垂帘训政了。所以仍立“载”字辈，她以“养母”及“皇太后”资格，“专权专到死”！(二)其次的原因，依然是“专制到死主义”。如果立了“载”字辈的年长的人，他便不服从你指挥了。所以抓到只有四岁的小孩，那便是她和李莲英的玩物了。(三)最后是她对亲生子的泄忿主义。若立“溥”字辈，就是默认是同治帝之后了。偏立“载”字辈，使这不孝亲母的“忤逆子”绝嗣。光绪帝做了三十年囚徒，而有甲午中日战争的大败。这三十年中间的天灾、人祸，内忧、外患，百孔千疮，实难书记。这“青年皇帝”——不，“青年囚徒”！眼看着国家是快要亡了，而“亲爸爸”和“皮哨李”的荒淫，反日甚一日，要想有所改变补救而手无寸柄，鳏寡孤独，除了一位七八十高龄的老师傅——翁同龢以外，茫茫宇宙间竟举目无一个亲人！又忍无可忍，闷闷地再做四年囚徒，到了戊戌年，忽然上天降下了一个怪杰康有为，领导了一批少壮干部及数千人附和的青年羽翼，及全国翕然同情的舆论，肯自动帮他——这个“寡人”来变法维新，他真是欢喜得有“感谢上苍”“天佑中国”的心绪，所以信任康有为的彻底及变法动作的迅速，真是古今所罕见的。“百日维新”所以突然如火焰一般的怒起，这是一个最大的近因。

(2)由于满族嫉妒汉族情感的表露化　据上述，光绪帝因急欲解除其囚徒的地位，而真正取得“皇帝”的权力，不得不完全重用汉族人才，以达成其目的。洪、杨乱平，捻党又清，新疆收复，回乱重定，大功多出于汉人，满族此时已深深感觉到汉族本质的优秀，能力的高强，而本族乃有根本生存的威胁，嫉妒、愤怒、恐惧，而无可如何！今见皇上又一味重用汉人，不平之气更甚。凶悍的满人如刚毅、荣禄，且明目张胆昌言排汉。这在汉人岂有不知之理，梁氏的著作内就叙述甚详（均见下）。但西太后和李莲英的荒淫政治，对中国固然是推入地狱。对满族，岂不是更打入泥犁吗？所以识大体的少数满洲人，也竟有同情于光绪帝及汉族青年的维新变法运动的。譬如杨深秀的密友文悌：

御史文悌者，满洲人也。以满人久居内城，知宫中事最悉。颇愤西后之专横，经胶、旅（之役）后，虑国危。文君门下有某人者（按即大刀王五），抚北方豪士千数百人。适同侍祠，文君语君（杨深秀）宫中隐事，皆西后淫乐之事也。既而曰："君知长麟去官之故乎？长麟以（皇）上名虽亲政，实则受制于后，欲请上独揽大权。曰：西后于穆宗则为生母，于皇上则为先帝之遗妾耳。天子无以'妾母'为'母'者其言可谓独得大义矣。"君（杨）然之。文又曰："我奉命查宗人府囚，见澍贝勒（按即溥澍，同治帝有遗诏欲立之为后者），仅一袴蔽体，上身无衣，时方正月祁寒，吾怜之，赏钱十千。西后之刻虐皇孙如此！盖为（皇）上示戒，故上见后辄颤！此与唐武氏何异？"因慷慨诵徐敬业讨武氏檄"燕啄王孙"四语。目眥欲裂。君（杨）美其忠诚。（文）乃告君（杨）曰："吾少尝慕游侠，能逾墙，抚有昆仑奴甚多；若有志士相助，可一举成大业。闻君门下

多识豪杰，能觅其人以救国乎？”君（杨）壮其言而虑其难。……（《杨深秀传》）

可见当时主张“维新”“改革”的志士，固然是以汉族为中坚，但也有少数的满人渗入。而“守旧”“顽固”分子，固然多属于满族的朝贵，而汉族的败类，如许应骙、杨崇伊之流，也无耻的作伥。老实说，到了戊戌年间，维新派与顽固派，对于统治中国政权的争夺，已经走到“图穷匕现”“短兵相接”的阶段了，因之像闪电一般的迸发了这“百日政变”刀光血影一幕历史上精彩的悲剧。

（3）由于中山先生领导革命运动的亢进　概括地说，亡清末叶的三十年间，中国人的思想畴范，约可分四个时期：从光绪初年至甲午之战，是以李鸿章为中心时期。从甲午之败至戊戌政变，是以康有为为中心时期。从戊戌政变失败至日俄战争，是以梁启超为中心时期。从甲辰帝俄战败至辛亥革命，是以中山先生为中心时期。但此只是就中上社会及智识分子的表面部分而言，而实际上中山先生所领导的革命工作，已逐渐深入人心，弥漫全国；清廷亦不得不承认这才真是“致命”的隐忧大患！在初时，八股秀才们不免认“孙汶为红眉毛、绿眼睛的公道大王”（吴稚晖先生语）。但至戊戌、庚子之间，中山先生“驱除鞑虏，恢复中华”的光明大义，已逐渐宣白于天下。中山先生说：

……经此（庚子惠州之役）失败而后，回顾中国之人心，已觉与前有别矣。当初次之失败也，举国舆论，莫不目予辈为乱臣贼子，大逆不道，咒诅谩骂之声，不绝于耳。吾人足迹所到，凡认识者几视为毒蛇猛兽，而莫敢与吾人交游也。惟庚子失败以后，则鲜闻一般人之恶声相加。而有识之士，且多为吾人扼腕叹惜，恨其事之不成矣。前后相较，差若天渊。吾人睹此情形，中心快慰，不可言状；知国人之迷梦，已有渐醒之兆。（《建国方略》）

戊戌与庚子，只差二年，而中山先生之革命风潮，已澎湃如此。清德宗及其一部分大臣，自然感觉到变法维新，尚可苟且保全宗社；这是“害取其轻”的原则，所以急剧地厉行变法改制。

（4）由于国内舆论倾向维新之渐渐成熟　上章已述甲午以后，国内各地各种“学会”已风起云涌。这种“学会”，都是造成维新党与革命党的苗圃。同时西洋新学说，无可阻遏的如潮水浸入，国内的民智无可封锁地日益开启。决非老朽官僚张之洞的《劝学篇》，冬烘学究叶德辉的《翼教丛编》等著作所能挽阻。而同时旅华公正之外人，复为启发中国民智之事，尽侧面之努力。稻叶氏云：

……此时在上海之外人，乃对于民间风气之革新而乐为助力。其最著者则“广学会”也。广学会者，一八八八年（光绪十四年）在中国之英、美宣教士及学士等所组织。其中知名之士，以林乐知、丁韪良、慕维廉、艾约瑟、李佳白等为最著。其目的在启发中国之新智，辅翊中国之自强。其最初在翻译新书，发行杂志。如《泰西新史揽要》《文学与国策》《治国要务》《自西徂东》《列国变通兴盛记》《万国公报》等，皆有唤醒中国之价值。……广学会知中东战后，中国渐有觉悟，乃派李提摩太于北京，周旋于名公巨卿之间，讲善后之策，当时推李提摩太为官书局教习，固辞，其言曰：官书局教习之地位，……所成就不过数十百人。……不如为广学会尽力，扩大其规模，以培养将来中华之人才，赞助智德之发达也。……（《清朝全史》第八十二章）

所以到了戊戌年间，维新运动，已呈“瓜熟蒂落”的现象。除了冥顽无耻卖身求荣的少数败类以外，都可以说是渴望政治改革有如甘霖的了。

第十一节　戊戌政变史剧的绘影

上述“戊戌政变”的内、外、远、近的原委因素，以及政治的、外交的、社会的、文化的各种背景环境，都加以综合的、客观的详述，读者也早已了然“戊戌政变”的真实性质了。再回头来看经过的事实，自然更容易心领神会，彻底了解了。这一幕悲壮、简短而重要的史剧，其经过的史迹如下：

四三　痛哭流涕时代的最后请愿

光绪二十四年戊戌，因德人的强占胶州湾，引起俄人立即强占旅顺、大连湾，英人强占威海卫、成三角，法人强占广州湾，甚至意人也要强占三都澳。国人大惊，看见瓜分之刀已在颈上，奔走号呼，“保国会”之类便在各地涌起。幽居深宫的二十九岁皇帝清德宗，也忧愁得要死，问他惟一的亲信人老师傅翁同龢，到底还有什么办法没有？老师傅实在太老了，难当“起弱图强”的重肩，于是进荐六度上书、名满天下、羽翼丰盛的新进士康有为。同时徐致靖、张荫桓、李端棻、高燮曾等一班大官，又疏荐康氏。康氏又复痛哭流涕的最后一次的上书，有激切的透论，及详备的规画。梁氏扼要记着：

康先生之上皇帝书曰：“守旧不可，必当变法。缓变不可，必当速变。小变不可，必当全变。”又曰：“变事而不变法，变法而不变人，则与不变同耳。”故先生所条陈章奏，统筹全局者，其次端在：请誓太庙以戒群臣，开制度局以定规模，设十二局以治新政，立民政局以行地方自治。其他如：迁都，兴学，更税法，裁厘金，改律例，重俸禄，遣游学，设警察，练乡兵，选将帅，设参谋部，大营海军，经营西藏、新疆等事，皆主齐力并举，不能支支节节而为之。而我皇上亦深知此意。……（《政变原因答客难》）

又请泯满、汉种族之界限：梁氏又记：

……康南海之奏对，其政策之大宗旨曰：“满汉不

分，居民同志。”斯言也，满洲全部人所最不乐闻者也，而我皇上深嘉纳之。……(《论变法必自平满汉之界始》)

光绪帝全部接受了康氏的意见，随即于四月二十三日，下诏定国是。于四月二十八日召见康氏，即任命康有为在总理各国事务衙门行走。又召见梁氏，即赏举人梁启超六品衔，命办大学堂、译书局事务。在帝的本意，自然要以更重要的位置畀予康、梁，可是二品以上大员的黜陟，都要向颐和园请命；那麻烦了。故暂给以小官，而实赋予大权。从此以后，康、梁便得发舒其胸中的抱负了。所谓“戊戌新政”“百日维新”，便自此开始了。

四四　新政要纲一览

但轰轰烈烈开幕以后，所演的戏可并不伟大。举其重要节目如下：

（一）命自下科始，乡会试及生童岁科各试，向用四书文者，改策论。

（二）定乡会试随场去取之法，并推行于生童岁科试。

（三）停止朝考。

（四）命删改各衙门则例。

（五）命于京师设立农工商总局。

（六）下裁汰冗官令，命裁撤：詹事府、通政司、光禄寺、鸿胪寺、太仆寺、大理寺衙门；湖北、广东、云南三巡抚；并东河总督缺。其各省不办运务之粮道，向无盐场之盐道，亦均裁撤。其余京、外应裁文武各缺，命大学士、六部、各省将军、督抚，分别详议以闻。

其余尚有不成片段的小新政，从略不举。即此戋戋的新政，在我们今日看来，不但距离国民的政治理想，有隔世之感；比较日本明治维新的规模，有天渊之别；即就康有为所上的条陈而言，也还有千里之差。然而在清德宗看来，却总算是大刀阔斧的了。就是上列几桩新政，从四月行到七月中旬，似乎行得顺手起来，召谭嗣同进京。旋发上谕，“内阁候补中书林旭，江苏候补知府谭嗣同，均赏加四品卿衔，在军机章京上行走”。这就是名震一时的“四京卿”。梁氏说：

……自四卿入军机，然后皇上与康先生之意，始能少通，锐意欲行大改革矣。(《谭嗣同传》)

于是在七月二十七日，光绪帝宣布堂皇的上谕：

国家振兴庶政，兼采西法。诚以为民主政，中西所同；而西人考究较勤，故可以补我所未及。西国政治之学，千端万绪，主于为民开其智慧，裕其身家；其精者乃能美人性质，延人寿命。凡生人应得之利益，务令其推广无遗。朕夙夜孜孜，改图百度，岂为崇尚新奇，乃眷怀赤子，皆上天之所畀，祖宗之所遗；非悉使之康乐和亲，朕躬未为尽职。今将变法之意，布告天下，使百姓咸喻朕心，共知其君之可恃。上下同心，以成新政，以强中国，朕不胜厚望！（《爱国论》所引）

四五　磨折的警报

此时也许就是光绪帝皇威发扬到顶点的时候了吧！在此略前，光绪帝想乘机黜退几个守旧大臣，立一点“主子的威风”，便借一件事把礼部的满、汉两尚书四侍郎——都是最顽固分子：怀塔布、许应骙、堃岫、溥颋、徐会澧、曾广汉，一齐革职。那知道怀塔布的妻，是侍奉那拉后得宠的老妈子，便向“老佛爷”哭诉起来，“老佛爷”于是勃然大怒，光绪帝便惶悚害怕起来，据梁氏述：

（七月）二十九日，皇上召见杨锐，遂赐衣带诏，有“朕位几不保”“命康与四卿及同志速设法筹救”之语。……（《谭嗣同传》）

据恽毓鼎所述：

谭、杨愤上之受制，颇有不平语。上手诏答之，略谓：“顽固守旧大臣，朕固无如何。然卿曹宜调处其间，使国富兵强，大臣不掣肘，而朕又上不失慈母之意。否则朕位且不保，何有于国！”于是蜚语寝闻于西朝。（恽毓鼎：《崇陵传信录》）

四六　谭、袁半夜的壮剧

那时怀塔布及汉奸杨崇伊等早与荣禄阴谋废光绪帝。嗾走狗李盛铎奏请帝奉太后至天津阅兵，荣禄因以武力实行废立。帝明知天津便是他自己“正法的刑场”，可是不得不下谕九月奉太后至天津阅兵！康有为这班人真急慌了，怎么办呢？不得已想到求救于袁世凯。

君（谭嗣同）与康先生捧诏（衣带诏）恸哭，而皇上手无寸柄，无所为计。时诸将之中，惟袁世凯久使朝鲜，讲中外之故，力主变法。君密奏请皇上结以恩遇，冀缓急或可救助，词极激切。八月初一日，上召见袁世凯，特赏侍郎。初二日复召见。初三日夕，君径造袁所寓之法华寺，直诘袁曰：“君谓皇上何如人也？”袁曰：“旷代之圣主也！”君曰：“天津阅兵之阴谋，君知之乎？”袁曰：“然，固有所闻。”君乃直出密诏示之曰：“今日可以救我圣主者，惟在足下。足下欲救则救之。”又以手自抚其颈曰：“苟不欲救，请至颐和园首仆而杀仆，可以得富贵也！”袁正色厉声曰：“君以袁某为何如人哉！圣主乃吾辈所共事之主，仆与足下，同受非常之遇；救护之责，非独足下，若有所教，仆固愿闻也！”君曰：“荣禄密谋，全在天津阅兵之举。足下及董、聂三军，皆受荣所节制，将挟兵力以行大事！虽然，董、聂不足道也，天下健者，惟在足下。若变起，足下以一军敌彼二军，保护圣主，复大权，清君侧，肃宫廷，指挥若定，不世之业也。”袁曰：“若皇上于阅兵时疾驰入仆营，传号令以诛奸贼，则仆必能从诸君子之后，竭死力以补救。”君曰：“荣禄遇足下素厚，足下何以待之？”袁笑而不言。袁幕府某曰：“荣贼并非推心待慰帅者，昔某公欲增慰帅兵，荣曰‘汉人未可假大兵权’，盖向来不过笼络耳。即如前年胡景桂参劾慰帅一事，胡乃荣之私人，荣遣其劾帅，而已查办昭雪之以示恩。既而胡即放宁夏知府，旋升宁夏道。此乃荣贼心计险极、巧极之处，慰帅岂不知之。”君乃曰：“荣禄固操莽之才，绝世之雄，待之恐不易易！”袁怒目视曰：“若皇上在仆营，则诛荣禄，如杀一狗耳！”因相与言救主之条理甚详。袁曰：“今营中枪弹火药，皆在荣贼之手。而营哨各官，亦多属旧人；事急矣，既定策，则仆须急归营，更选将官，而设法备贮弹药，则可也。”乃丁宁而去，时八月初三夜漏三下矣。至初五日，袁复召见。至初六日，变遂发……（《谭嗣同传》）

这一幕精彩而悲壮的话剧，应该在中国近代史上放一异光。可是，这里袁世凯所表演的，固然是神采活现的英雄本色，但却不能不启世人疑心。荣贼的阴谋，本应该在九月里才发作，何以八月初三夜这幕史剧演完以后，初六日事变就突然提前发作？所以有甚多的人，都说这反是袁世凯卖友首告所促成的。所以光绪帝至死恨袁世凯入骨；而袁世凯自己也曾有“臣，先帝之罪人也”的良心忏悔语，是不为无因的。

当谭嗣同热烈属望袁世凯救主之时，但林旭即不谓然。据梁氏所撰的林旭传说：“既奉密谕，谭君等距踊号呼。时袁世凯方在京，谋激其义愤；而君不谓然。作一小时代简，致之谭等曰：‘伏蒲泣血知何用，慷慨何曾报主恩。愿为公歌千里草，本初健者莫轻言。’”“千里草”，是东汉末年一首童谣：“千里草，何青青。十日上，不得生。”“千里草”合成一“董”字，“十日上”合成一“卓”字。本初是袁绍字。这里借用董卓、袁绍的故事来比喻董福祥与袁世凯。意思是说：这种办法，恐怕将来董福祥、袁世凯之流，挟天子以令诸侯，那真不可收拾了。

四七　皇帝成俘虏了

初六日，光绪帝就被拘禁到颐和园中的玉澜堂。太后垂帘主政。逮捕张荫桓、徐致靖及名振一时的六君子。

> 自四月以来，京师谣言，皆谓帝病重；然帝仍日日召见臣工，固未尝有病。及革礼部六堂官，擢四京卿；怀塔布及御史杨崇伊等先后至津，谒荣禄，遂相与定谋：檄调聂士成军五千驻天津。又命董福祥军移长辛

店。三次急电至总理衙门，言英、俄在海参威开战，英舰七艘泊于天津，请饬袁世凯回津防御。世凯至津，荣禄即乘专车抵京。与怀塔布、许应骙、杨崇伊、张仲炘，至颐和园，上封事于太后，请训政。太后立命以荣禄之卫兵守禁城。令荣禄仍回津以候召命。会议至夜半而散。翌晨，新党谋围颐和园之谣起，太后垂帘之诏下。——（自注）先是，太监于茶店中创一种风语，言帝设谋倾害太后，且引外人助已。士大夫多深信之，互相传播。(《清史记事本末》)

至于光绪帝被擒的情形，恽毓鼎记得甚惨：

御史杨崇伊、庞鸿书，揣知太后意，潜谋之庆王奕劻，密疏告变，请太后再临朝。袖疏付奕劻转达颐和园。八月初四（六）日黎明，上诣宫门请安，太后已由间道入西直门，车驾仓皇而返。太后直抵上寝宫，盖括章疏携之法。召上怒诘曰："我抚汝二十余年，乃听小人之言谋我乎？"上战慄不发一语。良久嗫嚅曰："我无此意。"太后唾之曰："痴儿！今日无我，明日安有汝乎？"遂传懿旨，以上病不能理万机为词，临朝训政。(《崇陵传信录》)

就把光绪帝圈禁于颐和园中的玉澜堂。凡是游过颐和园的人，都可以在玉澜堂凭吊，这一宫院左右美丽的配殿，屋中打了二道乌黑而坚实的砖墙，丑怪得要死，至今尚未拆除，这便算是近代史上遗留的史迹。

四八　废立阴谋与“单片请安”

过后，西太后一定要废掉光绪帝，说帝病危，把药方开示给天下公阅。她何以要多此一举，把药方公布于天下呢？这意思并不是证明她的人格的不撒谎，乃是有实力上的顾虑，要看看天下督抚的眼色。上面已经说过，洪、杨以后，清代政权暗移，中央则分大权于地方。军权与地方财政权，则均握于各大督抚之手。既然是方面千里的大诸侯，倒不好随便开罪的。各省官吏人民，对于废立之事，那是人人义愤填膺，可是有什么和平方法去挽救呢？最后两江总督刘坤一，到底给他想出一个绝妙的和平挽救方法来了，即所谓“单片请安折”。原来自同治元年以后，所有全国大小臣工奏疏，总要加“恭请皇太后、皇上圣安”或“伏恳皇太后、皇上圣鉴”。绝对不许单提“皇上”一人的，三十五年中绝无例外。此次刘坤一以伏读药方为藉口，单片“恭请皇帝陛下圣安”！既不得罪西后，又表示两江的大吏与人民，都忠爱于光绪帝。据说这是浙江名士汤寿潜所设想的。后来颇有几件“单片请安折”上去，李莲英和那拉后看见风色不佳，决定把这“痴儿”暂时囚禁起来再说。

至于康、梁这一般“小人”，在西后自然要把他们立斩处决，才泄“奴家”胸中一股无名之火。可是“洋鬼子”可恶透顶，首逆康有为已经早一日受英使馆保护，并且特派兵舰由天津护送到香港去了。次逆梁启超、谭嗣同，又由日本使馆用绿呢大轿，接到他使馆中保护去了。李莲英和那拉后于是恨“洋鬼子”刺骨。东洋小鬼割朝鲜、台湾，她没有觉得什么可恨；只有保护“逆贼”梁、谭，这才是不共戴天之仇。二年后庚子之大杀“东西洋鬼子”，其导火线即伏于此。

四九 谭嗣同精忠壮烈的芳躅

其中谭嗣同精忠壮烈的行为，尤为可泣鬼神，可风百世。他本可以如梁氏一样，由日本严密保护，安逸地送往东京。可是他已经入了安全地带，又重新自动出来，愿抛头颅，以改造祖国百年的命运！这种“忠”而“侠”的行为，中国已经数百年见不到了。

> ……旋闻垂帘之谕。君（谭）从容语余（梁）曰：“昔欲救皇上，既无可救；今欲救先生，亦无可救。吾已无事可办，惟待死期耳。”……入日本使馆，劝余同游。且携所著书及诗文辞稿本数册，家书一箧托焉。曰：“不有行者，无以图将来。不有死者，无以酬圣主。今南海之生死未可卜，程婴、杵臼，吾与足下分任之。”遂相与一抱而别。初七、八、九三日，君复与侠士（相传即大刀王五，但未至）谋救皇上，事卒不成。初十日，遂被逮。被逮之前一日，日本志士数辈，苦劝君东游，君不听；再四强之，君曰：“各国变法，

无不从流血而成！中国未闻有因变法而流血者，此国之所以不昌也。有之，请自嗣同始！”卒不去，故及于难。……于八月十三日斩于市。春秋三十有三。就义之日，观者万人，君慷慨神气不少变！……（《谭嗣同传》）

这壮烈史迹，民国十六年夏，梁先生亲和其昌再讲一篇，从黄昏直讲到天亮。已经隔着三十五年了，梁先生还是老泪纵横，其昌也不觉热泪夺眶。谭嗣同氏在百忙中间，还代他的父亲谭继洵，先上一个“黜革忤逆子嗣同”的奏片，使他的老父免于罪戾；他真是忠孝两全。他在狱中，又题一诗于狱壁，曰：

望门投宿思张俭，忍死须臾待杜根；
我自横刀向天笑，去留肝胆两昆仑！

张俭是譬喻他所怀念的康南海。杜根，也许是暗指他所期待的某侠士。这首诗，立刻电传到日本，日本立即为它谱出曲调来，令学生们歌唱。因为这件事的本身太可感动人了。

五〇　千秋肃敬的刘光第父子与林旭夫妇

其他同时五君子的义烈行为，也实在可泣可歌。譬如梁氏的《刘光第传》记他们父子殉国：

君（刘）既就义，其嗣子赴市曹伏尸痛哭一日夜以死。

三十五年后梁先生亲为其昌追述当时的情形说："裴村临刑，其嗣子不过十四岁或十六岁，仓卒确知，别无法救；赶赴刑场向监斩官刚毅叩头流血，请代父死，不允。既斩，抱其父头而哭，立时呕血，半夜而死。……"闻之酸鼻。又记林旭夫妇殉国事：

君（林）妻沈静仪，沈文肃公葆桢之孙女。得报，痛哭不欲生。将亲人都收遗骸，为家人所劝禁，乃仰药以殉！……（《林旭传》）

五一　康广仁、杨深秀、杨锐三君子的忠烈

又记康广仁狱中诰诫程、钱之气概：

……君（康）从容被逮。与程、钱二人同在狱中。言笑自若，高歌声出金石。……程、钱曰："吾等必死矣！"君厉声曰："死亦何伤！汝年已二十余矣，我年已三十余矣！……特恐吾等未必死耳，死则中国之强在此矣。死又何伤哉！"（《康广仁传》）

其他如记杨深秀：

忠诚之气，……论者以为虽前明方正学、杨椒山之烈，不是过也！（《杨深秀传》）

而记杨锐则云：

……叔峤……（锐字）尚气节，明大义，立身不苟，见危授命！有古君子之风焉。……（《杨锐传》）

这一幕历史上不朽的名剧，在北京的，以“黄匣”“硃谕”始，以“银刀”“碧血”终，就此草草告一结束。至于梁任公本人呢，由日本公使林权助受日政府令，严密保护，扬言“日本钦察大臣内眷回国”，卫士呼殿，婢媪围绕，不令人窥。用专车送至塘沽，更由大岛兵舰，由塘沽直驶东京。在东京过他另一套亡命的文豪生涯去了。

第十二节　政变失败原因的解析

至于戊戌政变所以失败的原因，大概可以说是先天的、命定的、必然的、无可幸免的归宿。其原因实在最显而易见的。随便举例来说，即有下列各项：

五二　由于清德宗的无权与无能

也难怪他，他自四岁起便在这紫禁城的牢狱中受李莲英和西太后淫威的胁制，畏惧恐怖的心理，已经深深打入下意识中，满清的亲王朝贵，没有一人把这可怜的皇上放在眼里。每一个太监，都是监视他的侦探。他早已和汉献帝、魏高贵乡公，处于同一的地位。以如是的地位，而想奋发图强，大有作为，根本已有“缘木求鱼”之感。谭嗣同辈初时还装在鼓里，梁氏说：

> ……初，君（谭）之始入京也，与言皇上无权，西后阻挠之事，君不之信。及七月二十七日，皇上欲开懋勤殿，设顾问官，命君拟旨。先遣内侍捧‘历朝圣训’授君，传上言：谓康熙、乾隆、咸丰三朝，有开懋勤殿故事，令查出引入上谕中，盖将以二十八日亲往颐和园请命西后云。君退朝，乃告同人曰：今而知皇上之真无权矣。至二十八日，京朝人咸知懋勤殿之事，以为今日谕旨将下而卒不下，于是益知西后与帝之不相容矣！（《谭嗣同传》）

此点康广仁最有先见之明，早已洞若观火，他在戊戌春间就说：

> 我国改革之期，今尚未至。且千年来，行愚民之政，压抑既久；人才乏绝；今全国之人才，尚不足以任全国之事，改革甚难有效。今科举既变，学堂既开，阿兄（康有为）宜归广东；卓如（梁早年之字）宜归湖南；专心教育之事，著书，译书，撰报，激厉士民爱国

之心，养成多数实用之才。三年之后，然后可大行改革也。

他的卓见，未被兴高采烈的“阿兄”及卓如采纳。到七月他又恳切地说：

……自古无主权不一之国而能成大事者。今皇上天亶睿圣，然无赏罚之权。全国大柄，皆在西后之手，而满人之猜忌如此，守旧大臣之相嫉如此，何能有成！阿兄速当出京养晦矣。……（《康广仁传》）

这可说明戊戌新党，自己也知道必然失败，是“知其不可而为之”的。

五三　康有为本身的缺点

康有为对于“当领袖”的根本资格，其优点是：一、魄力伟大；二、精神勇猛；三、感情丰富；四、毅力坚韧。但他的缺点较多：一、胸襟不广；二、态度傲慢；三、个性执拗；四、理智不强；五、作事无序；六、缺乏科学训练；七、本身不求进；八、所学太乱，不适用于其时代（已详第二章）。而反骄然不惭，自谓贯通天地人，不免可笑。他在“百日维新”期间一生最精彩得意的生活，为他的头脑冷静理智较强的阿弟，对此有生动的描写及切中的批评。说：

……伯兄（康有为）书则讲学，接见人士日以数十，户外屦满。夜则代草奏稿，鼓言路，及能上折者上言。及四月，伯兄召见后，上奏及见客益忙。夜又改定《法兰西革命记》《突厥削弱记》《波兰分灭记》，因频奉上命索取，故弟须一切照料，昼夜商榷。伯兄草文，皆夜深高卧，诵之于口，而弟笔之于书。其有宜商者，即与弟辨议。即写成折，夕上而朝行！故弟亦忙极不能行。……（《戊戌六君子遗集》康幼博茂才遗文：致口易一书）

当时康有为的生活，如此的忙繁、紊乱而仓促，纵然精力过人，其成绩也自然不会佳的。他老弟对于乃兄的批评，尤为公允而有味。他说：

伯兄规模太广，志气太锐，包揽太多，同志太孤，举行太大！当此排者、忌者、谤者盈衢塞巷，而上又无权，安能有成？弟私窃深忧之。故常谓但能竭力废八股，俾民智能开，则危崖转石，不患不能至地。今已如愿，八股已废，力劝伯兄宜速拂衣，多陈无益，且恐祸变生也。伯兄非不知之，惟常熟（翁同龢）告以上眷至笃，万不可行。伯兄遂以感激知遇，不忍言去。……弟旦夕力言，新旧水火，大权在后，决无成功，何必冒祸！伯兄亦非不深知，以为生死有命，非所能避。……（同上）

以上真是语语洞中肯綮之言，他又指出乃兄性格的缺点，说：

伯兄思高而性执，拘文牵义，不能破绝藩篱，至于今实无他法，不独伯兄身任其难不能行，即弟向自谓大刀阔斧，荡夷薮泽者，今亦明知其危，不忍舍去。乃知古人所谓“鞠躬尽瘁，死而后已”，固有无可如何者。……（同上）

即梁氏本人，对于戊戌政变失败的原因，及“主动”领袖不可避免之缺点，亦有公正、平允、精到的自白：

戊戌维新之可贵，在精神耳。若其形式，则殊多缺点。当时举国人士，能知欧、美政治大原者，既无几人。且掣肘百端，求此失彼。而其主动者，亦未能游西域，读西书，故其措置不能尽得其当，殆势使然，不足为讳也。若其精神，则纯以国民公利公益为主；务在养一国之才，更一国之政，采一国之意，办一国之事。盖立国之大原，于是乎在，精神既立，则形式随之而进。虽有不备，不忧其后之不改良也。此戊戌维新之真相也。……（《南海康先生传》）

据梁氏的理论，则戊戌政变，本来是从失败中以求成功。即失败亦即成功。以失败促进成功。即谭氏之慷慨自愿洒热血以洗中国之腐政，亦热烈的怀望若此意耳。

五四　满族之嫉妒排斥汉人而破坏

自洪、杨平后，西后即以积极制裁中兴大臣为惟一政策，故彭玉麟宁可解除兵柄，至杭州西湖三潭印月的退省庵中做一渔夫，而绝不肯至京就任兵部尚书。梁任公尝叹息着说：

> 中兴诸勋臣，所以不能兴维新之治者，亦畏那拉氏之猜忌悍忍，而不敢行其志也。……曾国荃初复江南，旋即罢职间居，曾国藩之胆于是寒矣。左宗棠班师入觐，解其兵权，召入枢垣，阴掣其肘也。故甫及一月，而已不安其位矣。目余百端，无不类是，亦何怪其灰心短气，而无能为役也。……（《中国积弱溯源论》）

至于在捻、苗平定后，戊戌政变以前，这一段期间，正是事实上汉人立军功、握政权、地方督抚分取中央大权之时，此时，一些无知的满人嫉妒愤恨之气，郁而未发，但时时流露。譬如：

> 昔有某西人语某亲王曰："贵国（清）之兵太劣，不足与列强驰骋于疆场，盍整顿！"某亲王曰："吾国之兵，用以防家贼而已！"……（《中国积弱溯源论》）

凶悍的满人，更公然造作妖言，危词耸听，公然昌言以排汉：

不宁惟是。满汉界限之见，日深一日。逮于近年，遂有如刚毅辈造出“汉人强，满洲亡！汉人疲，满洲肥！”之十二字诀以乱天下！……（同上）

至于戊戌政变之前夕，则“防家贼”的声浪，愈唱而愈高。梁氏自述：

夫满、汉之界，至今日而极矣。……满人……无端忽焉画鸿沟以限之曰：“某事者，汉人之私利也。某事者，汉人之阴谋也。”虽有外患，置之不顾，而惟以“防家贼”为言！夫国家既以“贼”视其“民”，则“民”之以“贼”自居，固其所也。……（《论变法必自平满汉之界始》）

彼满人既侮辱吾全体汉族为“家奴”、为“家贼”，当满廷之割土地于异国时，他们所承秉惟一的政策，为“宁与仇人，不与家奴”！此又清末全国人人所深知者。而其设兵的对象，乃专以虐杀我汉族——“家贼”为目的！这样看来，则康、梁等谋戊戌维新，不但命定的绝对失败，反觉何必多此一举，只有“以贼自居”、以武力革其命耳。

在“百日维新”期间，满洲人闹鬼的趣事，尤为笑话百出：

梁氏说：

满人之仇视皇上也，谓皇上有私爱于汉人，有偏憎于满人！……

今满洲某大臣之言曰："变法者，汉人之利也，而满人之害也。"满人之阻挠变法，或于斯言也。……(《论变法必自平满汉之界始》)

在这样受满人排挤、压迫、攻击之下，"维新救国"，"变法图强"，真是一个荒唐的幻想。

五五　守旧分子的死力阻挠

不惟一事无能、感觉生存威胁之满洲朝贵视变法维新有如蛇蝎，即中国之"准汉奸"，全禄位、保妻子之大小官僚，亦视变法维新为"打破饭碗"之祸根，故亦出死力以反对。况中国自雍正、乾隆以后，压抑民气、愚蒙民智之政策，无所不用其极；百年之后，甚至整个民族的"人生观"，亦为之改变！梁氏所谓：

……乃今世之持论者，……曰安静也，曰持重也，曰老成也，皆誉人之词也。曰喜事也，曰轻进也，曰纷更也，皆贬人之词也。举之莫敢废，废之莫敢举。一则曰依成法，再则曰查旧例，务使全国之人，如木偶，如

枯骨，入于然不动之域，然后已！（《中国积弱溯源论》）

谭嗣同更痛切论之云：

处事不计是非，而首禁更张“躁妄喜事”之名立，百端由是废弛矣。用人不问贤不肖，而多方遏抑。“少年意气”之论起，柄权则颓暮矣。陈言者，则命之曰“希望恩泽”；程功者，则命之曰“露才扬己”。……统政府六部、九卿、督抚、司道之所朝夕孜孜不已者，不过力制四万万人之动，縶其手足，涂塞其耳目，尽驱以入乎一定不移之乡愿格式！……教安得不亡，种类安得可保也！（《仁学》）

在戊戌以前，既以是为牢不可破之“国是”；及新法既见之实施，则彼辈更感觉得实际的切肤之痛了。此中症结，梁氏亦早已深知：

……今守旧党之阻挠变法也，非实有见于新法之害也。吾所挟以得科第者曰八股，今一变而务实学，则吾进身之阶将绝也。吾所恃以致高位者曰资格，今一变而任才能，则吾骄人之具将穷也。吾所藉以充私囊者曰舞弊，今一变而核名实，则吾子孙之谋将断也。然犹不止此，吾今日所以得内位卿贰、外拥封疆者，不知经若干年之资俸，经若干辈之奔竟而始能获也。今者循常习故，不办一事，从容富贵，穷奢极欲，已可生得大拜，死谥“文端”，家财溢百万之金，儿孙阶一品之荫。若一日变法，则凡任官者皆须办事，吾将奉命而事耶，则既无学问，又无才干，并无精力，何以能办！将不办耶，则安肯舍吾数十年资俸奔竞，千辛万苦所得之高官，决然引退，以避贤者之路哉！故反复计较，莫如出死力以阻挠之。尽全国千万数之守旧党人，不谋而同心，异喙而同辞，他事不顾，而惟阻挠变法，……未有艾也。……（《论变法后安置守旧大臣之法》）

梁氏乃欲仿日本明治维新安置封建藩侯之法，以高位贵爵不视事而坐食厚禄以处置此辈，无奈清德宗之绝无寸柄啊！

我欲望鲁兮，龟山蔽之。
手无斧柯，奈龟山何！

梁任公先生年表

1873 年（同治十二年）一岁

正月二十六日，生于广东新会熊子乡。

正月，慈安、慈禧两太后撤帘，穆宗开始亲政。

1874 年（同治十三年）二岁

三月，日军入侵台湾。《循环日报》发刊。

1875 年（光绪元年）三岁

正月，马嘉理事件发生。

1876 年（光绪二年）四岁

授四子书及《诗经》。

刘锦棠等收复乌鲁木齐等地。

1877 年（光绪三年）五岁

新疆南路肃清。

1878 年（光绪四年）六岁

六月，开平矿务局在直隶唐山开平镇成立。

1879 年（光绪五年）七岁

圣约翰大学的前身圣约翰书院开办。

1880 年（光绪六年）八岁

学为文。

正月，清政府命曾纪泽与俄交涉伊犁事件。李鸿章创办海军。

1881 年（光绪七年）九岁

能缀千言。

《中俄伊犁条约》签订。唐胥铁路正式通车。

1882 年（光绪八年）十岁

朝鲜“壬午兵变”，中日冲突加剧。

1883 年（光绪九年）十一岁

中法战争爆发。

1884 年（光绪十年）十二岁

“应试学院，补博士弟子员。”

南洋海军初具规模。

1885 年（光绪十一年）十三岁

入广州学海堂，治训诂之学，渐有弃八股之志。

镇南关大捷。中法媾和。签定《北京条约》。

1886 年（光绪十二年）十四岁

天津《时报》创刊。

1887 年（光绪十三年）十五岁

母赵氏卒。肄业于学海堂。

台湾建省。中国铁路公司建立。

1888 年（光绪十四年）十六岁

正月，英军发动第一次侵藏战争。

1889 年（光绪十五年）十七岁

“举于乡。”

二月，慈禧太后归政。

1890 年（光绪十六年）十八岁

“计偕入京师。”李端棻以妹许字之。旋下第归。与陈千秋同往谒康有为。

1891 年（光绪十七年）十九岁

就读于万木草堂，接受康有为的思想学说。“十月，入京师，结婚李氏。”

1892 年（光绪十八年）二十岁

“王父弃养。”

五月，俄国侵占帕米尔。

1893 年（光绪十九年）二十一岁

郑观应所著《盛世危言》出版。

1894 年（光绪二十年）二十二岁

“客京师。于京国所谓名士多所往还。”

朝鲜东学党起义，引发中日战争。

1895 年（光绪二十一年）二十三岁

协助康有为发动“公车上书”。强学会成立后，梁启超为书记，不久遭封禁。

北洋海军覆没。中日《马关条约》签订。

1896 年（光绪二十二年）二十四岁

作《西学书目表》，办《时务报》，著《变法通议》。

南洋公学创办。

1897 年（光绪二十三年）二十五岁

十月，至湖南，就任长沙时务学堂总教习。

中国通商银行创办。德国占领胶州湾。

1898 年（光绪二十四年）二十六岁

入京师，受光绪帝召见，奉命负责办理京师大学堂译书局事务。九月政变后，东渡日本。十月创办《清议报》。

维新新政失败，六君子就义，康有为逃亡海外。慈禧再摄政。

1899 年（光绪二十五年）二十七岁

十一月，美洲设中国维新会，受邀前往。至夏威夷，居半年。

美国提出“门户开放”政策。

1900 年（光绪二十六年）二十八岁

六月回日本。七月至上海，后因汉口难作，转至南洋、澳洲。

八国联军攻陷天津、北京。

1901 年（光绪二十七年）二十九岁

四月，再至日本。

《辛丑条约》签订。

1902 年（光绪二十八年）三十岁

三月，创办《新民丛报》。十一月，创刊《新小说》。《饮冰室文集》出版。

1903 年（光绪二十九年）三十一岁

五月，梁启超由加拿大抵达美国纽约。阅十月后，仍返日本。同年，著《新大陆游记》。

《苏报》案发生。华兴会成立。

1904 年（光绪三十年）三十二岁

著《中国币制问题》及《外资输入问题》等。

日俄战争爆发，清政府宣告局外中立。

1905 年（光绪三十一年）三十三岁

著《开明专制论》《与革命党相驳论》。

同盟会成立。清宫办银行。

1906 年（光绪三十二年）三十四岁

在日本。

清廷实行宪政。

1907 年（光绪三十三年）三十五岁

著《国文语原解》。

同盟会黄冈起义爆发。

1908 年（光绪三十四年）三十六岁

著《中国古代币材考》。

十一月，德宗及西太后相继去世。醇亲王摄政。

1909 年（宣统元年）三十七岁

在日本。

京张铁路通车。

1910 年（宣统二年）三十八岁

创刊《国风报》。著《币制条议》《外债平议》。

中央资政院正式成立。清华学堂在京成立。

1911 年（宣统三年）三十九岁

在日本。

武昌革命军起义。湖北军政府成立。

1912 年（民国元年）四十岁

十一月，梁启超结束流亡生活，回到阔别十四年的北京。著《国性篇》等。

孙中山在南京宣誓就任临时大总统，中华民国宣告成立。

1913 年（民国二年）四十一岁

著《政治上的对抗力》《中华民国宪法草案》。任司法总长。

宋教仁被杀。二次革命爆发。

1914 年（民国三年）四十二岁

著《欧洲战役史论》《银行制度之建设》等。任币制局总裁。

公布新约法。参政院成立，黎元洪任院长。第一次世界大战爆发。

1915 年（民国四年）四十三岁

著《余之币制金融政策》。创刊《大中华》月刊，发表《异哉所谓国体问题者》一文，抨击国体之混乱。参加护国运动。

1916 年（民国五年）四十四岁

先后担任护国军两广都司令部都参谋，军务院抚军兼政务委员长等职。《盾鼻集》出版。父卒。

六月，袁世凯抱病而死。黎元洪就任大总统。

1917 年（民国六年）四十五岁

出任财政总长兼盐务总署督办。

张勋复辟，败亡。冯国璋就任大总统。

1918 年（民国七年）四十六岁

年底，梁启超赴欧，亲身了解到西方社会的许多问题和弊端。

九月，徐世昌当选为大总统。十一月，第一次世界大战结束。

1919 年（民国八年）四十七岁

著《欧游心影录》。《饮冰室丛著》出版。

五四运动发生。十二月，冯国璋于北京逝世。

1920 年（民国九年）四十八岁

著《佛教之初输入》《翻译文学与佛典》《墨经校释》《清代学术概论》。创设“讲学社”，邀各国学者来华讲学。

七月，直皖战争爆发。皖系战败。广东政府消灭。

1921年（民国十年）四十九岁

著《墨子学案》。

广东新政府成立。七月，中国共产党宣告诞生。

1922年（民国十一年）五十岁

著《陶渊明》《大乘起信论考证》。

香港海员大罢工、安源路矿工人大罢工取得胜利。中东铁路收回。

1923年（民国十二年）五十一岁

著《国学入门书要目》《戴东原哲学》《戴东原先生传》《人生观与科学》。

孙文于广东设大元帅府。

1924年（民国十三年）五十二岁

著《近代学风之地理的分布》。

孙中山组织北伐。冯玉祥发动北京政变，总统曹锟被囚禁。

1925年（民国十四年）五十三岁

第四次编订《饮冰室文集》出版。

孙文殁于北平。五卅事件发生。

1926 年（民国十五年）五十四岁

在北平清华学校讲学。

“三一八”惨案发生。七月，国民革命军誓师北伐。

1927 年（民国十六年）五十五岁

在北平清华学校讲学。

国民政府成立于南京。

1928 年（民国十七年）五十六岁

著《辛稼轩年谱》，未竟。

南京国民政府公布《中华民国刑法》。

1929 年（民国十八年）

一月十九日，梁启超病逝于北平协和医院。

国民政府推行民众基础教育。海关新税则实施。